南斗文星高

罗孚 著

全国百佳出版社
中央编译出版社
Central Compilation & Translation Press

1980年,罗孚在法国。

我行我素我罗孚

在网上搜索"罗孚"这个词,往往可以搜到的是一个名贵的汽车品牌。今天,我们要介绍的"罗孚",却是一位文人,一位有名的文人,一位颇有来历的文人。

罗孚是他的笔名,他本名罗承勋,1921年生于广西桂林。

他是一位报人。1941年在桂林参加《大公报》,从练习生做起,先后在桂林、重庆、香港三地的《大公报》馆工作,一共干了41年。徐铸成说他文品皆优,胡政之也说他头脑清楚。他做到香港《大公报》副总编辑和香港《新晚报》(即《大公晚报》)的总编辑,还编过《大公报》、《文汇报》的《文艺》周刊和《海光文艺》月刊等。

但他又不仅仅是一位报人。

1947年,他作为进步知识分子,参与了重庆地下党的理论刊物《反攻》的创办和编辑工作,《反攻》的领导人正是当时还没有被称作江姐的江竹筠。1948年,他在香港加入了中国共产党,以后长期在廖承志同志的领导下工作,廖公称他作"罗秀才"。

上世纪50年代,叶灵凤寓居香港,在他和朋友们的鼓动和帮助下,为左派报刊撰文,一时间凤兮归来,霜红正晚。70年代末，聂绀弩从沁园回到家，一副病躯，满脑子都是诗。他在香港以野草出版社为名，出版了聂诗《三草》，如今，老聂的诗成了一代人的心灵史。更早一些时候，查良镛还是一位编辑，写了几部电影剧本也没找到感觉，他鼓励这位同事在《新晚报》上开天辟地写武侠小说，以后，我们就看到了"金色的金庸"；类似的，还有梁羽生。再晚一些时候，他在《读书》杂志上写文章介绍香港作家，一篇《你一定要看董桥》，使得这位经济学出身的编辑，更上层楼，名满大江南北……

其实他还是一位作家，首先是一位散文家，他把发表过的文章汇集成册，有《风雷集》（1957）、《西窗小品》（1965）、《繁花集》（1972）和《香港文丛·丝韦卷》（1993）。作为党领导下的文艺工作者，他不遗余力地为主旋律讴歌，似乎其中也有那么一点"风花雪月"。有人称他是香港左派文化阵营中的"一支健笔"，他却说，早年的文章不忍猝读，"四十多年来我写了不少假话，错话，铁案如山，无地自容"。萧乾评论说："这是巴金的《真话集》问世以来，我第二次见识到这样的勇气，这样的良知，这样的自我揭露。"

1982年起，由于一个自己也意想不到的原因，他在北京蛰居了十年。从此，罗承勋改名为史林安。可是，黄苗子和郁风一定要管他叫"史临安"，临安者，南宋偏安之地后来的杭州是也。

北京十年，其实不是蛰居，是谪居。走了罗孚，来了"柳苏"。柳、苏，当是柳宗元和苏东坡。他说，我安敢自比柳、苏，只是取了其中的贬谪之义罢了。话虽这么说，事实上他成了"专职"的作家，也迎来了自己创作的高峰。这期间，他写了介绍香港形形色色的《香港，香港》、《香港作家剪影》和

《香港文化漫游》，描绘了一幅97以前香港文坛的画卷，他肯定香港是有文学的，也有很多好的作家。他写下了二十余万字的散文和随笔，见诸大陆和香港的报刊。他还读诗、写诗、解诗，自己写了许多首旧体诗，编辑了聂绀弩的诗集，写了《燕山诗话》。柳苏比起罗孚，又多了一点冷峻和老辣，好像还有一点忧伤和无奈。

当然，他还不止是写作，还有交游。和他作忘年交的有：沈从文、夏衍、冰心、启功、钟敬文，他的密友还有舒芜、舒諲，和他一起吟诗作赋、唱和作答的有：黄苗子和郁风、丁聪和沈峻、吴祖光和新凤霞、杨宪益和戴乃迭，还有黄永玉、王世襄、范用、邵燕祥……这些也都成了他的创作题材。他为新组建的三联书店写作并出谋划策，沈昌文曾说："柳苏先生熟谙港人港事，许多人、书、事都是他亲历、亲闻。文章不仅生动而富文采，而且具有史料意义。他还帮助我们扩大了自己的出版范围，开辟了一条通往外面世界的道路。"

1993年，他回到了香港。他说，我对香港，未免有情，我恋香港。余年无多，"岛居"最久。这些年，他又在报刊上以"岛居杂谈"和"岛居新语"为栏目，写了大量的散文和随笔。年事虽高，笔锋仍健。出版了《文苑缤纷》、《丝韦随笔》等书，还编了一个专辑《香港的人和事》。

主持《新晚报》后，他以"罗孚"登记了身份证，也不再用其他笔名。几十年来，他用过十几个笔名。也许是留恋家乡的山水，他用过"石发"；抗战时崇尚罗斯福，同事们管他叫了这个"花名"，他就做了"史复"和"罗孚"；写革命文章时是"封建余"；办报时作"辛文芷（新闻纸）"；抗战时期在重庆替宋云彬主编的《民主》周刊写"无花的蔷薇"专栏时为"丝韦";上世纪 60 年代为文时又称"吴令湄(勿令迷)"。当然，还有"柳苏"。现在，罗孚，既是本名，又是笔名。

  罗孚"岛居"以来，他的作品似乎也被"岛居"了起来。今天，我们整理出版罗孚的著作，就好像迎接一位长者的归来，也应了聂绀弩写给罗孚的诗："惜墨如金金似水，我行我素我罗孚。"

编者
2010 年 9 月 2 日

目 录

辑一

003 / 巴金热
007 / 世纪同龄老画家
　　　——林风眠在香港
010 / 回想《知堂回想录》
016 / 周作人其文
018 / 曹聚仁在香港的日子
033 / 回忆曹聚仁先生
035 / 我所知道的叶灵凤先生
042 / 凤兮，凤兮
　　　——纪念叶灵凤逝世十周年
046 / 叶灵凤的后半生
054 / 吞旃、坐牢及其他
063 / 叶灵凤二三事
067 / 关于《香港方物志》
071 / 关于《读书随笔》
075 / 繁花时节怀绀弩
　　　——《聂绀弩传》代序

083 / 绀弩和香港

087 / 绀弩和杂文

096 / 怀念秦似

103 / 秦似和香港

107 / 萧红的骨灰

112 / 蔡元培的坟

115 / 鲁迅的演讲地

119 / 章士钊二三事

辑二

127 / 香港有亦舒

136 / 金色的金庸

146 / 侠影下的梁羽生

155 / 三苏
　　　——小生姓高

165 / 唐人和他的梦

174 / 才女强人林燕妮

184 / 梁厚甫的宽容和"鬼马"

194 / 像西西这样的香港女作家

204 / 侣伦
　　　——香港文坛拓荒人

213 / 徐訏也是"三毛之父"

223 / 刘以鬯和香港文学

232 / 无人不道小思贤
　　　——香港新文学史的拓荒人

242 / 你一定要看董桥

252 / 好一个钟晓阳

262 /《海光文艺》和《文艺世纪》
　　　　——兼谈夏果、张千帆和唐泽霖

275 / 杂花生树的香港小说

284 / 东北雪东方珠

294 / 香港的文学和消费文学
　　　　——代后记

304 /《南斗文星高》后记

辑一

巴金热

没有人想得到，越来越受人尊敬的老作家巴金在这几年忽然和香港这个城市有了这样密切的关系。他本来是长时期在上海居住、工作的，除了抗日战争那几年流离转徙到中国的西南角。

以前，他只是在好几次出国途中，经过香港。也为香港美丽的夜色写过赞美的文章。

近年忽然和香港的关系密切起来，也还是由于文字因缘，一个作家，总是用他的作品和人们打交道。

"史无前例"的十年过去，中国在徘徊了一阵之后才大步前进，拨乱反正，局面不是一下子就马上天朗气清的，而且有些地方"左"手抓得紧，不肯爽爽快快地放开而开放。于是，有些作家的文章就先外后内，先在香港的报刊发表，再在内地的报刊刊出。巴金的《随想录》就是其中最著名的。这是他从一九七八年起陆陆续续写出来的随想式的散文，大约每周一篇，一年写它三四十篇，一年出一本小书，他打算出五本书，作为晚年留下的一点"痕迹"。《随想录》、《探索集》、《真话集》、《病中集》，已经出了四本，再写出一本，在这上面他就可以完成心愿了。《随想录》是总名。他当然还有更大的心愿，完成长篇小说《一双美丽的眼睛》和译完俄国作家赫尔岑的大著《往事与随想》。

虽然是小书、小文章，却引起很不小的反响。由于讲的是真话，"不是四平八稳，无病呻吟，不痛不痒，人云亦云，说了等于不说，写了等于不写的文章"。因此，很为人们所爱读。其中《回忆萧珊》一篇，情真意挚，是作者用血和泪写成的，感动了许多读者。文章虽然首先发表香港，很快就流传到内地，后来又出了英文本，就更是流传到世界各国了。巴金的小说读者众多，但也有些人过去没有读过他的小说，只是从这些随想文章认识到巴金的可尊敬：敢说真话，敢于解剖自己，更敢于解剖"文革"。当有人对"伤痕"还想讳忌的时候，他却不理这些，照样敢说、敢写。这几年，长期不倦（虽在病中，依然挥笔），以大量篇章"彻底否定文革"的作家，他可以算得上是国中第一人了。

他并不是没有受到压力的。读者从《真话集》的《怀念鲁迅先生》和《鹰的歌》这两篇文章就可以看得到。前一篇文章是在上海的《收获》和香港一家报纸同时发表的。港报登出的受到了斧钺之灾，凡是与"文化大革命"有关或者有"牵连"的句子都给删去了，甚至鲁迅先生讲述的他是"一条牛"，吃的是草，挤出来的是奶和血的话也给一笔勾销了，因为"牛"，和"牛棚"有关。不是作者在《鹰的歌》中作出这样的揭露，人们就不可能知道在"四人帮"时代早已过去之后，还会发生这样的怪事。以至于作者忍不住又写了这样的话："删削当然不会使我沉默。"当不能奋飞天空时，也宁愿像鹰那样，从悬崖滚下海去。这说得何等沉痛而悲壮！

《怀念鲁迅先生》受到这样的"私刑"，是在一个时期忽然不许多写"文革"的"禁令"正在推行,也及于香港一些角落之时。

而当著名演员赵丹去世前的绝笔文章,"管得太具体,文艺没希望",明里暗里受到一些人的斥责,大有遭受鞭尸的可能时,巴金在他的随想文章中鲜明地表示同意这遗言,还用赵丹另一句话做文章的题目:《没有什么可怕的了》!这又是何等沉痛而悲壮!

巴金的越来越赢得人们的尊敬绝不是偶然的。

这也使得他在一九八四年得到了香港中文大学授予的荣誉学位,而在典礼上,那篇本来应该是例行公文的校方赞词,却写得异常热情充沛,完全打破了那种西方式学府的传统,甚至使人们感到有些出奇。

在典礼之余,他成了唯一的明星,虽然同时接受荣誉学位的还有另外几位学者和知名之士。人们包围的却是他,连同时接受学位的一位英国学者也拿出自己收藏的巴金著作请他签名。

典礼之外,他还参加了好几次座谈会,每一回都是一次热潮。

有人说,与其说中文大学把荣誉送给巴金,不如说巴金把荣誉带给了中文大学。

有人说,一时之间,香港出现"巴金热"了。

他的《病中集》刚刚出版,一下子就被抢光。这是一本新书少有的市况。

他的活动经常成为报上显著的新闻。他不活动时,记者们就去访问他,为他写了一篇又一篇特写。几十个记者簇拥着他拍了合照,比一般"要人"显得更"要人"。副刊上的文章就更不用说了。

这一切,都是任何一位作家在这个城市出现时所没有过的。

从他的到来到离去,这一阵"巴金热"持续了大半个月之久。

而在香港的粤语影片中,他的著作也曾经有过改编拍片热,拍成电影的至少在十部以上:《家》、《春》、《秋》、《憩园》、《寒夜》……

这一切,是香港给巴金的荣誉,还是巴金给香港的荣誉呢?一九八四是香港政治史上应该大书一笔的一年,在香港文学史上也应该可以大书一笔的吧。

世纪同龄老画家

——林风眠在香港

想起他,就不由得想起白鹭,想起白荷,想起小鸟,想起鲜花,想起仕女的清纯,想起戏剧人物的拙趣,想起山水的幽静和浓郁,想起静物,想起有时还加上的案头饰物。这些都是他的笔下物。

这一切,使人想到的是既清新,又厚重;既妩媚,又奇拙;像娟秀的少女,又像散淡的老人。

他是世纪的同龄人——一九〇〇年诞生,今年八十五岁的林风眠老人。

对于许多人来说,他似乎是飘然远引了,好几年没有他的消息,不知道他在什么地方。

他并没有远引,只不过离开了生活多年的江南,回到了八十五年前他来到人世间的岭南,不是家乡——梅县,也是家乡——香港。香港原来是他们广东人的乡下,可以算得是家乡的。

几年前他从上海来到香港,去巴黎开过画展,去巴西探过妻女,却在香港定居下来。画展是法国官方举办的。他还再度去过巴黎,又去过日本帮助他的义女冯叶开画展。他也不止一次去巴西探视亲人，不过，前两年他的老伴在巴西去世了。

老人早年参加勤工俭学去法国学画。老伴是外国人，女婿也是外国人。但你从他身上嗅不出什么洋味，更嗅不出什么洋画家式的异味。几乎没有见他穿过整整齐齐的西装，虽然经常穿的是西式便装，冬天还戴上画家们欢喜戴的法国帽，也不觉得有什么洋味，仿佛眼前的人是个乡土气重的老头儿，使人感到的是一派自然的纯朴。

但看到他的画幅，有人是可能要轻轻问的：是不是中国画？怎么不是呢？不要说那是用毛笔画在宣纸上的，细细体味画中的蕴藏吧，就会明白，那只能是中国的，尽管有着西洋画的影响。尤其是那些仕女，一个个都是古典美人的胚子，那水粉的运用使蝉翼轻纱产生了透明的披拂感，真是一绝。

他的山水也是具有鲜明的特色的。人们看得较多的是黄熟的秋天的原野，或新绿的春天的柳塘，近年他画得多的却是重色粗笔浓得化不开的山水，勾勒渲染，渲染得像是包藏着火红的热情，像是把热情和颜色都喷薄而出，留在纸上了。这些更是中国的山水。

他谈画时，举了三条：要民族的、时代的、个人的。要有民族的特色，时代的气氛，个人的风格。他自己是这样做了，做到了，他的作品一看就只能使人感到，那只能是中国的、现代的、林风眠的。

他的画既老又年轻，老是炉火纯青的艺术，年轻的是富有生命力的艺术精神。

老人在香港这几年却还没有举行过一次画展。他向人表示正在求变，一旦有成，一两年内要开一次画展的。但这两年看过他的山水人，却说他的变已经呈现在纸上了，更厚、更重、更老辣,也更林风眠,不是别的人画得出的,要说变法,已经变了。

虽然是这样大的年纪,也有过身体很不舒服的时日,但清癯的他还是精神矍铄的,还是常常拿起画笔,像添寿一样地为人间增添精品。

他最近迁移在靠海的新居,深居简出,有些像"结庐在人境"的闹市中的隐者,一般不参加应酬,偶然去看看画展。

而人们期待的是他的画展!

他的住所曾被贼人光顾过一次,偷去了一些画幅,不过,那些都是义女冯叶的作品,画得很像老人之作,骗过了不是风雅贼的眼睛。

香港现在的流行语:安定繁荣。老人的生活是安定的——来港后只搬过一次家;创作可以说是繁荣的——精神好时,天天作画,差一些时,也经常作画。

一九八五年五月于北京

回想《知堂回想录》

《知堂回想录》是周作人一生中最后的一部著作。一九六〇年十二月开始写作,一九六二年十一月完成。这以后他虽然仍有写作,但作为完整的书,这却是最后的、也是他晚年著作中最重要的一部。

这部书最初的名字是《药堂谈往》,后来改成《知堂回想录》。

书是曹聚仁建议他写的。当时我们都在香港工作,有一次曹聚仁谈起他这个想法,我是说这是个好主意,可以在香港《新晚报》的副刊上连载。曹聚仁于是写信给周作人。在周作人看来,这是《新晚报》向他拉稿,尽管也可以这样说,但说得准确些,拉稿的其实是曹聚仁,因为立意和写信的都是他。

周作人晚年的一些著译能在香港发表、出书,都是曹聚仁之功。曹聚仁一九五七年第一次到北京进行采访工作,访问了周作人,表示可以通过他,把周作人的文章拿到香港发表。这以后,周作人就开始寄稿给他,由他向一些报刊推荐。

周作人晚年和香港(也可以说是海外)的两个人通信最多:一是曹聚仁,一是鲍耀明。但文章基本上都是寄给曹聚仁的。曹聚仁长期担任《南洋商报》驻港特派员,后来又参加了

《循环日报》的工作,和朋友办过刊物,又替好几家报纸写过稿,是香港文化界中活跃的人物。鲍耀明长期在一间日本商行工作,虽然也写、译一些东西(笔名成仲恩),但到底是商界的业余,不像曹聚仁是文化界的专业人士。他近年已移民到加拿大,不做"香港人"了。他和曹聚仁一样,手头上保留有周作人不少信札,也一样都在编印出书。曹出的是《周曹通信集》,鲍出的是《周作人晚年手札一百通》(影印)。

经曹聚仁之手出周作人的书,前有《过去的工作》和《知堂乙酉文编》,后有这《知堂回想录》。

《知堂回想录》前后写了两年,但开始在《新晚报》上连载时却是完成一年多以后——一九六四年八、九月的事。香港报纸习惯边写边登的做法,一般都不是等全篇写完才登。对于周作人这一著作之所以拖延刊出,一个原因是我还有顾虑,怕他这些尽管是回忆录的文章依然属于阳春白雪,不为晚报的一般读者所接受;另一个原因是要看看他对敌伪时期的一段历史是如何交代的。后来见他基本上是留下了一段空白,这才放了心,认为他很"聪明",没有想到他是另有自己的看法这才"予欲无言"。

经不住曹聚仁的不断催促(曹又是受到周的不断催促),终于在拖了一年零八个月以后,开始了《知堂回想录》在《新晚报·人物志》副刊上的连载。《新晚报》的这个"人物志"副刊,是因为要连载溥仪的《我的前半生》而创办的。这时这个长篇早已结束,正在连载一个字数较少的中篇《绿林元帅外传》(?),是写张作霖的一生。《知堂回想录》开始登载时,它还没有连载完,两个连载就同在一个版面上刊出。周作人在给鲍耀明的信中说:"知《新晚报》通告将从八月登载《谈往》,在宣统废帝以后,又得与大元帅同时揭载,何幸如之!唯事隔数年连我写的人也忘记说什么了,其无价值可知。报上既经发表,译载亦属自由,唯不知系何人执笔……"这里的"译载"是听说日本某一大报要译载全文,但后来似乎并无其事,只是有节译在日本报刊发表。

对于拖延了这么久,周作人显然是感到不愉快的;但终于能连载却还是使他表示了"何幸如之"的一点快意。不料没有多久就又是不幸来了,才不过一个多月,它就受到了"腰斩的厄运"。我是奉命行事。"这个时候还去大登周作人的作品,这是为什么?"上命难违,除了中止连载,没有别的选择。

周作人在另外给鲍耀明的信中说:"回想录想再继续连载,但或者因事关琐屑,中途曾被废弃,亦未可知。"也许他在北京听到什么风声才这么说罢,我们远处海隅的人当时却是茫无所知的。当停载成为事实,周作人又给鲍耀明写信说:"关于回想录的预言乃不幸而言中了,至于为什么则外人不得而知了。"他当然明白,这绝不是因为"事关琐屑"而不被继续登载。

那时候,离"文化大革命"虽然还有一年多,但北京文艺界已经有了一点不同的气氛,有些文艺界的领导人已经开始受到批判,包括一个月预支四百元稿费给周作人也似乎成了问题。当然,这些都是后来才听说的。

一九六五年,我受朋友的委托,协助黄蒙田办《海光文艺》,想把它办成一个中间面貌低调子的月刊,争取台湾有稿来,刊物能销台。它在一九六六年一月创刊。《知堂回想录》停载后曹聚仁一直在另谋出路,却一直找不到适当的出路。这时就想到把它在《海光文艺》上连载,但由于每期篇幅有限,近四十万字不知要多久才能登完,因此就打算由曹聚仁选出一部分作为节载。这还有另外一个原因,它已交书店出单行本,怕书出了而全文还不能连载完。不料事与愿违,《海光文艺》才出了半年,"文化大革命"就惊天地而来,香港虽在海隅,属于"化外",谁还有胆办那样的刊物,登知堂其人的文章?勉强拖到那年年底,《海光文艺》就自动停刊了。《知堂回想录》的节载于是又成为泡影。周作人也就在《海光文艺》停刊后的几个月去世。在他生前,他只看到了《知堂回想录》在《新晚报》上连载了不到两个月。

周作人的去世并没有使曹聚仁放弃争取这部书的刊印和出版,相反的,他感到只有更努力使这一愿望实现,才能对得住他的故友。他一方面继续让书店慢慢在排书,一方面又设法使它在海外的华文报纸上刊出。他的努力并没有白费,《知堂回想录》终于在那一年秋天开始在新加坡的《南洋商报》刊出,用了十个月的时间,连载完毕。又过了一年多,一九七〇年,这部历尽坎坷的书稿终于由香港三育图书文具公司出版了。这时已是周作人一瞑不视的三年以后。

《知堂回想录》从写成到出书,历时八年。这使人想到周作人的另一著作——《知堂杂诗抄》成书更早,寄到海外更早,掌握在星洲的一位学者手中二十多年,终于还是"出口转内销",今年才由湖南的岳麓书社出书。白跑了一趟海外,经历了二十七年。比起《知堂回想录》只历时八年来,就不免使人感到曹聚仁的难能可贵了。他这时已走到了自己生命的晚年,一九六七年还大病了一场,从死亡边缘挣扎而回,《浮过了生命的海》,是他病后记下病中心情的书。他以病弱之躯,亲自担负起校对《知堂回想录》的责任。书出了两年之后,他再一次受困于病魔,终于在澳门撒手人寰。回想整个过程,就不能不使人对这位离开我们已经十五个周年的老作家，有更深的怀念和更深的敬意！

周作人在《知堂回想录》的《后序》中，对曹聚仁深表谢意，"因为如没有他的帮忙，这部书是不会得出版的，也可以说是从头都不会写的"。这是事实。但曹聚仁在《校读小记》中，却说是我"大力成全的"，他"不敢贸然居功"。真正不敢贸然居功的是我，因为他说的不是事实。而且，书出版时的一九七〇年，"文化大革命"还在高潮之中，早已奉命"腰斩"这书的我，又怎么当得起"大力成全"的称赞呢？书一出，他就送我，我一看，就连忙找他，希望他能删去这一句，尽管这只是一句。同时，书前印出的周作人的几封信中，有一封谈到他认为上海鲁迅墓前的鲁迅像，有高高在上、脱离群众的味道，此外还说了几句对许广平不敬的话，我也劝曹聚仁最好删去。这封信后来是照删了。提到我的那句话可能因改动不易，还是保存至今。我当时这样的"戒慎恐惧"，完全是出于个人的小心谨慎，并不是受到了什么压力，当时有权力可施压的大人先生，正在北京忙于"闹革命"，无暇过问这远在海隅的区区小事了。

我还要说一下自己。年轻的时候，我是对周氏兄弟双崇拜的，既爱读鲁迅的文章，也爱读知堂文章，不仅爱读，还暗中在学，当然，都学不像。后来由于抗日战争期间参加了报纸工作，又由于时世和工作的需要，我就一心一意学鲁迅，写杂文，惭愧的是没有什么成就。至于周作人，因为他做了汉奸，也就成了我笔伐的对象，这就使我不再学他，那时的时世也没有心情去写作什么闲适的小品。抗战过去了，生活在政治运动之外的香港，比较有一些闲情逸致去接触各种各样的文学作品，于是又渐渐恢复了对周作人散文的爱好，尽管爱读鲁迅的杂文的热情不减。因此，到后来有机会刊发周作人的文章时，我是乐于采用的。由于知道内地报纸上已经刊登了不少他的散文，而写鲁迅的一些文章更是出了好几本书，还听说他每月可以固定预支四百元的高额稿费，使我就更加没有什么顾忌。正是这样，《知堂回想录》给《新晚报》发表，我很愿意接受，尽管后来看了原稿，觉得材料是丰富，但文章的光彩却已不如早年，这支笔到底是老了。周作人晚年的不少文章，也多半使我有这样的感受。不过，还是认为有它的可读性。总的说来，周作人的散文是十分具有吸引人的艺术力量的。

最近偶然看到自己在一九四五年写的一篇杂文《周作人和吴承仕》，说周作人不仅比不上当年在日军占领下的北平不屈死节的学者吴承仕，也比不上明末清初有所失节的诗人吴梅村，吴梅村后来是有悔意的，而周作人看来却并没有什么后悔。二十年后，从《知堂回想录》的避谈敌伪时期，从他的书信中的一些自辩，而似乎直到临终，也没有多少悔悟。

不以人废言，周作人在散文上所立的言，所达到的高度，所具有的光彩，数十年以下，依然动人。不以人废史，"五四"新文化运动中周作人作为一员主将的历史，也是不可能被抹去，而需要保存下来的。

一九八七年十月于北京

周作人其文

周作人已经死去整整二十年了。近四十年来，他又一直名不见报刊。他的著作也不容易看到。没有想到，他文学上的成就还是不失其吸引力，这吸引力不仅及于老年人，也及于青年大学生。

一位在北京大学教书的教授说，他讲鲁迅的课，固然是座无虚席，而且要换大课室；他讲周作人的课，也一样座无虚席，一样要换大的课室。尽管不少人很少或甚至没有读过周作人的作品，而听讲以后，就很想读他的作品了，有人还打算继续他在民俗学等方面的探索和研究。

这，我想不能说是什么坏现象吧。

周作人一生"作"的这个"人"是复杂的。早年，和鲁迅同时投身于新文学运动；后来，一个在杂文，一个在散文上各自取得了很高的成就。更后来，一个成了"民族魂"，一个成了民族罪人。晚年的周作人，又在写作和翻译上作出了他独具一格的贡献。

不以人废言，他的作品是站得住的，有些而且还是站得很高的。就是他在敌伪时期的作品，除了极少数外，我想也不能统统都加上"汉奸文学"的恶名，大多数篇章其实是不涉及政治的。

不以人废史,他历史上早年那光辉的一页更不应抹煞,要不然,中国现在文学史就不够完整了。

适当出他的书,在文学领域里进行一定的研究,不仅是可以的,而且是必要的吧。

研究,可以有不同的观点。在前不久召开的"鲁迅、周作人比较研究学术讨论会"上,最长的一篇论文是会议开幕才送到的,它极力主张要清除周作人的作品,但它也表示,你尽管可以出,我绝不放松批。这比起一味反对出书的来,这还是实事求是的学术研究的态度。

一般说到周氏兄弟,都是指树人、作人,其实是周氏三人,还有建人,不过他不以文名。三人而二堂,俟堂鲁迅,知堂启明。两堂不仅文章堂堂,而且同时都诗好、字好,又不是一般的好,也是各自取得了极高的成就的,只是一般人见过周作人字迹的不多就是了。

一九八七年十一月

曹聚仁在香港的日子

一

打开三联新书《中国学术思想史随笔》，看到的是作者曹聚仁在满架图书前清癯的半身像。那是我曾经熟悉的形象，那书架所在的天台小屋，也是我曾经闲坐过的地方。在"曹聚仁"三字的签名之下：注着"一九〇〇年——一九七二年"，它提醒我原来他也是世纪同龄人，和为他说过公道话的夏衍同一年出生；再过大半年，到明年七月，就是他去世的十五周年了。

第一次见到他，大致是四十四年前一九四二年的事。在桂林东郊星子岩边的《大公报》编辑部里，那一天来了一位身材矮小的军人模样的客人，一身旧军装，腰间束了一条皮带，普通一兵，貌不惊人。听别人说，这就是曹聚仁。因此就不免刮目相看了，这是我已经知道的一个作家兼教授的名字。这时又知道，抗日战争开始后他就投笔从戎，做了中央通讯社的战地记者。后来更知道，他还在蒋经国的"新赣南"主持过《正气日报》。既是中央社，又是蒋经国，在我那年轻而又单纯的头脑想来，不敢恭维是理所当然的事。何况那时我只不过是管收发兼管资料的练习生,也不可能去接近这样一位作家、教授、大记者。虽然如此,他那一身军装和一条皮带,却给我留下了一个较深的印象,几十年后的今天回想起来,还是如在眼前,尽管那在抗战的当年并不是少见的形象。

再见到他却是在十三四年以后的香港了。军装当然已经卸下,在上海当教授时的阴丹士林蓝布长衫自然更不复见,而是洋装在身,却经常有一个布袋在手,是北京街头常见的那种布袋,塞满了报纸和书刊,有点他自己所说的"土老儿"的味道,形成了"土洋结合"。

二

曹聚仁是一九五〇年从上海到香港的。夏衍在《懒寻旧梦录》中说,"抗战胜利后,他一直住在香港",显然是记忆有误。

抗战胜利后曹聚仁回到了上海(这以前,他离开了《正气日报》,去了上饶的《前线日报》),一边教书,一边还替香港的《星岛日报》写通讯文章。按他自己说,上海解放后,他对新的城市政策感到"惊疑",最后终于下了"乘桴浮于海"的决心,到海外做一个不在"此山中"的客观的观察者。

他一到香港,就在《星岛日报》上用特栏的形式,发表引起左派迎头痛击的《南来篇》连载文章,大谈解放后的内地形势,主要是上海。以"不偏不倚"的"中立派"自居,以史家之笔自命的他,对建国初期的新气象有赞有弹,自然是应有之义。今天回想起来,那些议论尽管未必都很恰当,却是可以理解的。但在当时,在左派人士的眼中,这还了得,分明是一个"反动文人",逃亡到海外,大发"反动谬论",这头"乌鸦"

真是无法容忍！于是纷纷写文章反击，其中最尖锐的当然是早些年已经点名叫他"看箭"的杂文名家聂绀弩。我当时也在学写杂文，也不免拿了曹聚仁充当箭靶子。

虽然如此，右派也并不怎么能接受他，对他是戒惧而存疑的。他虽然对中共诸多批评，但并不像别的一些反共文人只作诬蔑谩骂，而且在笔底也从来没有什么"共匪"出现，这在那些国民党的"忠贞之士"看来，就带有几分"非我族类"的气味了。因此，他也就难于避免来自右派的讥嘲。

就这样，他是左右不讨好，但于右较近。因为他毕竟在抗战期间做过中央社的战地记者，毕竟在蒋经国手下替他办过几年《正气日报》，毕竟从大陆的"竹幕"中出走南来。他和右派是有往来的，和左派就只是"鸡犬之声相闻"而已。

后来，他在《星岛日报》的客卿地位也失去了。却和一家亲国民党的晚报《真报》接近起来。

这其间，他和徐訏、朱省斋以及后来到了新加坡当起那个国家外交官的李微尘一起，办了创垦出版社。出丛书，还出了一个杂文、散文的小型刊物《热风》。

尽管他又成了新加坡《南洋商报》的特派记者，在香港写观察大陆的通讯，还有李微尘这样的关系，却始终去不了新加坡。在香港的二十多年中，除了五十年代中后期多次回大陆进行采访工作外，他哪里都没有去，包括台湾。

这里特别提到台湾，是曾经有一种流言，说他要去台湾做说客，说服他的旧日上司蒋经国走和平统一的路。流言后来又变了，说蒋经国移樽就教，坐了一艘军舰，开到香港海外，接他上去商谈。他所接近的《真报》，还刻了鸡蛋大的标题字，当做头条新闻刊出。

这件事也使热衷于和平统一的我，闹了一次笑话，犯了一次错误。我在《新晚报》上，转载了一些无中生有的"消息"，发表了一些一厢情愿的议论，推波助澜，煞有介事，直到后来受到来自北京的严厉制止，这才停了下来。这就是所谓"和谈宣传"。在这件事情上，原来怒目而视的两个人，这时却似乎有了一些共同的语言，因"和谈"而讲和了。事实上，我们的交往要在那以后好几年才开始。

近年从《懒寻旧梦录》中看到，原来周恩来当年曾对夏衍说过，曹聚仁"终究还是一个书生"，"把政治问题看得太简单"，"他想到台湾去说服蒋经国易帜，这不是自视过高了吗？"

他虽然既不能去台湾，也没有在香港见过蒋经国，却是早就在上海写下了一本《蒋经国论》的，尽管没有后来江南的《蒋经国传》影响大，却成了江南为蒋立传时的一份参考资料。不过，现在知道有这本书的人是很少的了。

三

我不知道他是怎么和左派开始接近的，只是猜想，五十年代中期，周作人的一些文章在"形中实左"的刊物上发表，又结集出版，可能有他的穿针引线的功劳。后来终于从《周作人年谱》中得到证实。

我也不知道是怎么样的穿针引线，使他终于在一九五六年开始了"北行"，以《南洋商报》记者的身份，到北京和其他地方进行采访。他会见过周恩来、毛泽东，他直到鸭绿江边去欢迎中国志愿军的凯旋归国……以后的几年中，他几乎每年都要北行一次或不止一次。这些旅行，使他写成了《北行小语》、

《北行二语》和《北行三语》这三本书。这些都是发表在《南洋商报》上的文章的结集。

"他爱国，宣传祖国的新气象"，这是周恩来对他的评语。

作为记者，他有过一次独家新闻。一九五八年炮轰金门，开始了好些年的海峡炮战，这是一件大事。他较早得到这一消息，把电讯发到《南洋商报》，报纸显著刊出这一独家消息之后几小时，预定的炮弹才从大陆上发出震天动地的声音，射向金门。在北京看来，这当然是并不愉快的泄密事件。

老牌的《循环日报》以新的姿态复刊（其实是全新的创刊），使他的新闻工作重新面对着香港的读者。他担任了主笔性质的工作，从评论、专栏到副刊文章都写，多的时候一天要写四五篇，够他忙的。这家报纸的主持人林霭民，曾经长时期在《星岛日报》工作过，广州解放时，以"广州天亮了"的特大字头条标题，不容于星系报纸的主人胡文虎。这虽然是编辑部的事，作为负责人，他不得不和编辑部中有进步倾向的朋友们离开了《星岛》。新出的《循环日报》是以中间面貌出现的，定下来的方针是"中间偏右"，办起来却是"右"则不足，而"左"则有之。

作为同行，曹聚仁既在"形右实左"的报纸工作，我们也就很自然地有了交往，翩然一笑，不谈往事。也许这以前就接触而渐渐接近了，因为他虽然还是标榜"中立"的自由主义者，时时要发些和我们不同的议论，但他的文章早已告诉我们，实在不能称他为"反动文人"了。

我们早已不再骂他。从嘲讽到骂他的是右派。嘲骂他最多的是：他说过如有机会，他愿意到北大荒劳动，改造自己。他说这话是诚恳的，真心的，尽管他当年到过北大荒作采访旅行，却没有看到戴上右派帽子下放到那里的那些知识分子们实际上是怎么样过日子,不以为那是折磨,只相信那是"修身"。

我们成了朋友。就年龄,特别是就学问来说,他实在是我的前辈。但我就是没有把他当老师对待,甚至对他送给我的那一本本他的新出的著作,也没有好好地阅读过。对其中的一些,如《鲁迅评传》还是用怀疑的眼光相看的,没有好好看它。以为那一定充满了歪曲,尽管不是恶意的;不以为那里面自有他可取的见地,和一些被别人舍弃了的关于鲁迅的真材实料。

他也替我们这些左派报纸写文章了,不过不多。就是后来《循环日报》由于亏蚀太多,办不下去,只留下了《循环》派生出的《正午报》,他写作的地盘大大减少了,也只是在左派报纸当中调子最低的《晶报》上写些《听涛室随笔》之类每天见报的专栏。他以前在上海办过《涛声》周刊,这时在香港,离海更近,听涛声就更易了。尽管参加过《循环日报》的工作,他还是愿意和左派报纸表面上保持一些距离,以显中间;而左派报纸对他的一些中间性的议论,也有些敬而远之,怕惹麻烦。

六十年代以后,他就似乎不再北行,"文革"狂潮一来,当然就更是行不得也,不可能再挥动他的"现代史笔",夹叙夹议,而只能谈谈生命,讲讲国学了。

四

不记得在一个什么场合,我们谈到了周作人的文章,彼此都认为,如果由他来写回忆录,那一定很有看头。就这样,曹聚仁就向北京的苦雨斋主人催生了那部《知堂回想录》。

一九六〇年前后,溥仪的《我的前半生》在《新晚报》上发表，吸引了广大读者的注意。当时《新晚报》把它当做争取读者的王牌，特别增加了一个每天见报的《人物志》副刊，连载这篇"宣统皇帝自传"。后来《知堂回想录》也就是在这个副刊连载的，同时刊出的还有另一较短的连载，写"绿林元帅"张作霖的一生。因此周作人在谈到这件事情时说："在宣统废帝以后，又得与大元帅同时揭载，何幸如之！"

不幸的是开始刊出还不到两个月，它就不得不停下来了。这倒不是作者预言过的，"或者因事关琐屑，中途会被废弃"，而是因事关大局，奉命腰斩。人在香港，虽然在做宣传工作，照理应该信息灵通，但我当时却实在懵懵懂懂，不知道作为"文化大革命"的前奏，对一些文艺作品和学术观点，对一些文艺界、学术界的代表人物，一九六四年的秋天就已经在酝酿严酷的批判了。像《新晚报》那样大登周作人自传式的文章，当然是非常不合时宜，非勒令停刊不可的。

在刊出以前，我还不是完全没有顾虑的，但想到这里面有关五四以来文艺活动的资料相当丰富，颇有价值，就舍不得放弃；而且这原名《药堂谈往》，后来改名《知堂回想录》的几十年回想中，抗战八年那一段是从略的，基本上不发生作者自我辩解的问题。考虑又考虑之后，终于不忍割爱，还是决定连载。这里说的爱，是认为资料可贵，而文章却已不如以往的可爱，缺少盛年所作的那一份文字上的隽永和光彩。

周作人是一九六〇年底在曹聚仁鼓动下开始写这一回忆录的，到一九六二年十一月底写完，前后差不多两年。原稿辗转到我手上，至少在一年以后。再加上我的踌躇，刊出时就是一九六四年秋天八九月的事了。写了两年，拖了又几乎两年，刊出不过两月就被"废弃"，作者的不高兴是可想而知的，从曹聚仁写给他的信中要他不要"错怪"我就可以知道。

我也打算过,转到在我有份参加编辑工作的《海光文艺》中连载它,但这一月刊只在一九六六出了一年就停了,那是间接死于"文革"之手的。因此连载的愿望也没有实现。

后来,在曹聚仁的努力下,《知堂回想录》又从头到尾在新加坡《南洋商报》上连载,由香港三育图书公司出书。他在《校读后记》中还提到我的"大力成全",而他"不敢贸然居功",尽管他是写作这部回想录的原始建议人。实际上,我才真是"不敢贸然居功"呢。他建议,我不过附议而已,这是一;出书之日,正是林彪、"四人帮"猖狂之时,就算真是对这书有功,谁还敢居?这是二。我曾经建议他删去这句话,同时建议删去卷首的周作人一封信,里面对鲁迅墓有意见,对许广平也有意见。后来再印时撤销了那封信,却没有删去关于我的这句话。今天回想起这些前因后果,还不免有些歉然。

五

作为一个在国门之外的自由主义者,曹聚仁并不怎么顾忌"四人帮"。

在"文革"初期,他所编著的一本大型的图文并茂的《现代中国剧曲影艺集成》出版了,正是集"帝王将相,才子佳人"的大成,仿佛在和江青她们力捧的样板戏大唱对台戏。书里面保存了不少"四人帮"所要消灭的戏剧、电影、曲艺的资料,是他花了不少心力才搜集整理得那么丰富的。

这使人想起,抗战胜利后他在上海编辑出版的《中国抗战画史》,也是一本以图片取胜的书。

在他一生的著作目录上,《中国抗战画史》差不多是一个转折点。这以前,是在上海出书;这以后,《蒋经国论》以后,就转到香港出书了。

上海出的,有抗战前的《笔端》、《文思》、《文笔散笔》和《中国史学》;有战时的《大江南线》(不在上海,是上饶前线出版社出的);有战后的《中国抗战画史》和《蒋经国论》等。

香港出的,有《酒店》、《到新文艺之路》、《国学概论》、《中国剪影》、《中国剪影二集》、《乱世哲学》、《中国近百年史话》、《蒋经国论》、《火网尘痕录》(这是马来亚出的)、《蒋畈六十年》、《采访外记》、《采访二记》、《采访三记》、《采访新记》、《北行小语》、《北行二语》、《北行三语》、《万里行记》、《鲁迅评传》、《鲁迅年谱》、《蒋百里评传》、《现代中国通鉴》、《现代中国报告文学选》(分甲编和乙编)、《秦淮感旧录》(分一集和二集)、《浮过了生命海》、《我与我的世界》、《现代中国剧曲影艺集成》和《国学十二讲》等。

这三十多部书(据说全部编著有七十多种,但我只知道这些书名),只有六种是在上海出的,把《大江南线》算上去也不过七种。而在香港出的,就不算马来亚出的《火网尘痕录》,也还有二十四种以上。

这样一排比,很容易就看出,人们熟知的上海作家曹聚仁,实际上可以说是香港作家。他一生的著作有五分之四是在香港完成的。而从一九五〇到一九七二,他在香港生活、工作有二十二年之久(最后的大约一年在澳门养病)。

曹聚仁二十多岁就在大学教国文,是学者。他对国学,也就是中国古代和近代的学术思想有研究,早年记录过章太炎的演讲成为《国学概论》,晚年自己又写出了《国学十二讲》。这是他最后的一部著作,是他去世一年后才出版的。此外,他又以史人自命,有志于做一个中国现代史的史学家。著作中有史学、史话、画史、评传、现代通鉴、中国剪影,就是这方面的反映。

在上海活跃的时期,他是和鲁迅很有过来往的作家。《酒店》和《秦淮感旧录》都是小说,都是后来在香港写作的。早年在上海写的多是散文,《笔端》、《文思》、《文笔散笔》都是那时的作品。晚年的《浮过了生命海》是他一九六七年大病后出的散文集。

抗战开始以后,他就成了一名战地记者,《大江南线》就是战时写下的记者文章。这以后,他一直对新闻工作有兴趣,《北行》三语,《采访》四记这些就都是他辛勤工作的记录。战后在上海的大学里,他还教过新闻学。

他留下的著作在四千万字以上。作为学者、史人、作家和新闻记者,他的一生真是辛勤的一生!

六

一个人的一生,有些言行引起人们的争议,那是很自然的事。

曹聚仁三十年代在上海,既接近鲁迅,也受到一些接近鲁迅的人的责难。如聂绀弩,就因为办《海燕》而对曹聚仁大为不满,在这件事情上和别的事情上,对他以尖锐的杂文相加。直到六十年代,还在一首题自己的杂文集的七律中,写下了"自比乌鸦曹氏子,骗人阶级傅斯年"的句子。不过,后来绀弩了解了曹聚仁在香港的情况,也认为应该笔下留情了。

和绀弩同是《野草》斗士的秦似，在七十年代末期，写文章称曹聚仁是"反动文人"。而在八十年代之初写的诗篇中还有"骨埋梅岭汪精卫，传入儒林曹聚仁"的嘲讽。把他和汪精卫对比，更超乎"反动文人"之上，就更要使人惊异了。今年夏天秦似到北京吊绀弩之丧，有机会和他两次闲谈，酒后听他谈诗词，病榻前听他谈写作，可惜并没有谈到我所知道的曹聚仁。那时候，我还不知道他有这样的诗句，要不然就不会放过这一话题而不展开争辩的。

此刻曹、聂、秦都已经先后成为逝者，除了伤逝，就不可能在他们任何一人面前有所评说了。

汪精卫，不能比。反动文人，上海时代恐怕不能这么说，香港时期就更加不能这么说了。尽管他的文章可能有这样那样的缺点，人们对它不免有这样那样的异议，事实俱在，到香港而又北行后，五十年代中期起，他是努力宣传新中国的新气象的。在今天看来，由于当时主客观的局限，他也还有过过左的议论呢。他笔下可能有无心之失，却没有恶意诬蔑。

在为和平统一事业的努力上，尽管他有过不切实际的书生之见，因此而产生什么具体的活动我不知道，但明白内情的当局却并没有对他作出严重的否定。六十年代以前，他的夫人邓珂云得到批准，从上海到香港探亲；七十年代之初，他卧病澳门，邓吉雷又带了女儿曹雷到澳门看护，直到他去世。这些当时一般人不大容易办到的事，也可以使人思过半矣。他死后，也是左派为他公开治丧的。

还需要提一提，他的大儿子在参加三线建设中牺牲。对这一不幸他表现得平静，没有什么怨言。这也是使人对他不能不起敬佩之情的。

曹聚仁在他"未完成的自传"《我与我的世界》中,开宗明义就说:"我是一个彻首彻尾的虚无主义者。"又在给别人的信中说,他是共产党的同路人。经过希望、失望之后,晚年却是对国家的前途感到乐观的。不讲什么虚无的话,说他是一个爱国主义者总是不会错的吧。

他被讥为"乌鸦"(我也这样讥讽过他),不以为有什么不好。"乌鸦"之来,是因为他早年办《涛声》周刊时,用乌鸦做它的"图腾",当时恐怕有就是要讲不怕人厌恶的话之意吧。许多年后,他说这是报喜也报忧,不取喜鹊不报忧只报喜。总之,原来是《涛声》标志的这个"不祥之物",后来却成了他的别号,而他也就承受了下来。记得他有一次北行到了东北,回来后写了一个斗方给我,上面写的是他的一首七绝:"松花江上我的家,北望关山泪似麻,今日安东桥上立,一鸦无语夕阳斜。"就是以乌鸦自况的(第三句可能记忆有误。第一句是说当年流行的抗战歌曲"我的家在东北松花江上")。

平日在一些约会上见面,闲谈中他这金华人总爱谈他们家乡的名产火腿,说是金华火腿之所以味美,是因为每做一批火腿时,中间一定有一只狗腿夹杂在内,这样才能使所有猪腿味道更加美好。他说得一本正经,听的人有信有不信。但他每一次有机会时,就总不放弃他这狗腿论。以至于他还未开口,在座的两位上海老作家的另一位叶灵凤就抢先说:"听啦,听啦,我们的曹公又要谈他的狗腿了。"尽管如此,他并不因此而把话缩回去,还是照谈不误。

他另外又爱谈自己做咸菜的技术,说那也是美味,一定要用脚踩踏才够好。他还做了送人。这表现了他在"未完成的自传"中所说的,"我永远是土老儿"的风格。真是土老儿!

他晚年的住所,是香港岛上胡文虎花园旁边一座四层楼天台上搭的临时居室——陋室,三间相连的小房,是客厅、睡房、厨房,也全都是书房,处处都堆了书,他人在书中,一个人度过了一个个春秋,"人不堪其忧,回也不改其乐"。真是书生!

七

面对着《中国学术思想史随笔》,我是应该说一声"惭愧"的。

当年以《听涛室随笔》的专栏在报上发表时,我没有看它;他身后由旁人整理,用《国学十二讲——中国学术思想新话》的书名出版,我也还是没有读过。直到北京三联再加整理,出了新书,这才读了。

从随笔到随笔,现在恢复了随笔之名,不过不是《听涛》,而是《中国学术思想史随笔》。说是新书,因为它已经大加增订,把香港出《十二讲》时删节的三十段文字和未被编入的十八篇文章都补进去了。使它更加丰富。

说来有趣,曹聚仁早年听章太炎作国学十二讲,详细记录,整理成为《国学概论》一书;而现在这本曹聚仁的《国学十二讲》,却由章太炎的孙子章念驰增订整理成为《中国学术思想史随笔》。这中间,相隔了一个甲子——六十年。章念驰说这是历史的巧合。实在是文坛佳话。

所谓"国学",曾经也被称"国故"之学,也就是中国传统的学术思想。现在"国学"这名字已经不大有人用了,越来越少人知道了,明明白白地称为中国学术思想是适当的。不过,我总觉得现在这个书名可以删去一个"史"字,就叫《中国学术思想随笔》也是可以的，而且更加简单明了。

　　曹聚仁以史家自命，也很以国学自负。他的第一部著作就是那本《国学概论》。当年他听章太炎演讲而作记录时，只有二十一岁。他是替邵力子编的《国民日报》的《觉悟》副刊做这一工作的。由于演讲者是国学大师，内容深奥，一般记者根本记不下来，他却占了原来就有国学根底的便宜，胜任愉快。后来他因此受到赏识，成了章太炎的私淑弟子，但在《觉悟》发表这些记录时，还加上了批注，他说那是对当时的复古运动消毒。他还因此被陈独秀称为国学家。而他晚年写这些随笔时，由于思想更成熟，也就更自负，说这"是有所见的书，不仅是有所知的书。窃愿藏之名山以待后世的知者"。

　　他说，他是以唯物辩证法的光辉，把前代的学术思想重新解说过；批判那些腐儒的固陋，灌输青年以新知。

　　他在讲国学，但他清楚表示，反对要青年人去读古书，尤其反对香港教育当局对中学生进行不合理的国学常识测验。他嘲笑那些在香港大中学里任教的腐儒，这使人如见五四新文化运动斗士的英姿。

　　他在讲国学，用的是新观点，他的文字也是清新的，雅俗共赏的。能把艰深的旧学讲得通俗易懂，不枯燥，吸引人。读着它时，颇有当年读《文心》的那种乐趣。《文心》是他的老师夏丏尊和叶圣陶合作谈文章作法的书；这本《随笔》谈的是学术思想，而讲得这样深入浅出，就更不容易。

　　读这《随笔》，一边感到乐趣，一边又感到惭愧。真是十年深悔读书迟！

　　通过读书（不仅仅这一本《随笔》），对这位可以为师，终止于友的前辈，有了更多的认识。忍不住写下这些我所知道的一鳞半爪,希望对他后半生不尽了解的人能增加一些了解。就算是对他去世十五周年预先作一点纪念吧。

  他和别人一样,当然不是完人,这里只谈他的大处和晚年,并不求全,就恕我不作乌鸦,不报忧,只报喜了。

一九八六年十月

回忆曹聚仁先生

一年容易,看了朋友在报纸上发表的怀念文章,才记起曹聚仁先生离开我们已经一年了。

他是去年七月二十三日在澳门去世的。我曾经和一些朋友到澳门去送他的丧。对于他,并没有忘却;但对于他的去世,却不是怎么记得那准确的日子,一切就好像昨天或前天似的,没想到一转眼三百六十多天就已经过去。真快!

人的一生,也是真快!他是生活了七十年以上的日子才结束生命的,比一个世纪三分之二的时间还长,但在朋友们眼中,却还是很短,还是希望再长一些,更长更长一些,然而,这却是永不可能的事了。

他晚年时,朋友们都叫他曹公,这自然是因为他有"吾家孟德"的缘故。奇怪的是,他生平以历史学家自负,却并没有好好地为他这个历史上声名赫赫的祖先写一本有分量的传记。他晚年很想完成那部《现代中国通鉴》,可惜已经来不及。

说来不敬,我认为他并不是很好的史学家,由于他的治史并不那么谨严。我甚至认为他不应该立志做一个史学家,因为他一贯认为不可能有真正真实的历史,史书所载,往往是假象。以一个"历史的不可知论"者,又怎么可以去写历史呢?

他好像也颇有兴趣做一个理学家。他虽然有些迂夫子的味道，听说却也颇有一些不一定很潇洒的风流。这只是听说，如果不可靠，如果他泉下有知，希望他一笑置之，或含笑更正，像生前一样。

在生前，他不止一次，一点也不生气地说过，我是根据错误的传说和他开玩笑。

何止开玩笑，我还骂过他呢。他生在五十年代之初由上海南来，我就针对着他，写过几篇东西，那时和他还没有认识。后来相识了，谈起这事，彼此一笑。

他南来之后，又三度北行，还写过三本北行纪事的书。这是一个老记者的观察，一个老作家的文章。

他原在上海做大学教授，抗日战争一起，就穿上戎装，做了战地记者，二十多年前在桂林，曾经见到一位穿草绿军装，腰缠皮带，个子不大的人，听别人说那就是"乌鸦"——这是他并不以为不敬的外号。外号之来，只是因为他从前办《涛声》月刊时，用来乌鸦做封面，曹乌鸦并未因为他可厌如鸦。记得有一年他在松花江畔赋诗，就有"一鸦无语夕阳斜"的句子，可见得他自己也以鸦自命了。

他的一生，兼学者（史学和理学）、（文艺）作家、（新闻）记者，留下的作品很多，但他晚年认为最满意的作品却是人不是书，是他所钟爱的女儿、电影演员曹雷。

曹雷在上海，她的母亲邓柯云也在上海，而曹公的骨灰也已运回上海。幽冥虽隔，却在一地。他在泉下如果知道曹雷生活、工作得很不错，应该更加满意的吧。

我常常觉得他有些糊涂。不过，小事糊涂，大事不糊涂，他殷殷以台湾和平统一于祖国为念，这就是十分清醒的想法。

一九七三年七月

我所知道的叶灵凤先生

一

寒风，冷雨，黄昏。

一间本来宽大的客厅，一半以上被书柜、书架、书台占领，构成了书的城堡。四壁都是书柜，四壁之间，纵横排列的也还有书柜和书架。窗前有一张小小的书台，另一角落有一长大书台，上面也堆了满满的、高高的书，那本来是屋子主人平日写作阅读的地方，现在已经用不着了，早就用不着了。

书柜上放着大大小小好几十件艺术品，泥塑、木雕、石膏像、石刻头像、石湾花瓶……书柜上方的墙上，还挂着《蒙娜丽莎》、《母亲》、毕加索、马蒂斯、齐白石、石鲁……的画，还有老作家施蛰存写的一个条幅。这一切都却是平日的旧观。

窗前的鹦鹉不时叫着，听来并不成话。大厅里的一只狗和另外的小厅里的一只狗此呼彼应地叫着，除非有人制止，就不肯清静。大厅里的狗是有来历的，老作家曹聚仁前几年迁去澳门养病，不久就去世了，这只狗似乎他行前的托孤。这里是有名的猫犬之家，狗至少还有两只，猫不下六只，极盛的时代还不止此数。曾经有一狗因病弱很得主人怜惜，死去时主人为它洒下了一把老泪。不过，拥有这许许多多猫犬却只是出于女主人的爱好，主人只是不反对这样的爱好而已，但他还是为一只狗的长逝而流下泪来。这时不见猫，为了有客人要来，猫已经被藏起来了。

不见主人，主人已经离开了这书屋。真是书屋，除了这大客厅是书的城堡，这屋子里大大小小的房间无一不是书的堆栈。

客人们坐在因书而显得小了的客厅里，"昏昏灯火话平生"，听女主人和家人们谈主人的近几年、近几月、近几个星期的一些琐事。心头有风雨的敲打，也有点寒冷，也有点阴暗，比这间屋子还显得阴暗。

主人不在，还在的只是他微含笑意的大照片。两旁有鲜花伴着。客人们临走时，站成一排向照片中的他肃敬行礼，黯然告别。

早在二十一天以前，主人就和这个世界，和他的家人、朋友，和他的这许多藏书突然永远告别了。

主人是有名的藏书家，更是有名的老作家。但他再也不能翻阅自己这些藏书，我们再也不能阅读到他的新作品了。

这一天是他去世后的"三七"，我们特别到他生前读书、写作、生活的地方凭吊。凭吊霜崖老人，凭吊叶灵凤先生！

二

叶灵凤，"小说作者。南京人。曾主编《幻洲》，《现代小说》，《现代文艺》，《万象》，《文艺画报》。小说集印行者有《菊子夫人》，《女娲氏之遗孽》，《鸠缘媚》，《红的天使》，《处女的梦》,《白叶杂记》,《天竹》,《灵凤小品集》等。"这是《中国新文学大系·作家小传》中他的小传。在《大系》的"小说三集"里,还选有他的一篇《女娲氏之遗孽》。

以《大系》来说,他当然是小说作者,由于只选了他的小说。但以"大系"的"小传"来说,也可以看出他不仅仅是小说作者,还是小品作者。《灵凤小品集》当然不是小说,《白叶杂记》也不是,《天竹》也有可能不是。他这些早年的作品我们没有机会看到,只能这样猜想了。

到了晚年,他就更不是小说作者而只是小品散文作者了。

他也翻译,《故事的花束》可能是他最后出版的一本翻译的集子。他晚年翻译了黎巴嫩作家纪伯伦的一些散文,好像还没有结集出书。

他早年还欢喜作画。在《创造月刊》和《洪水》半月刊这两本创造社的杂志里,既有他的画,更有他的插图。中年以后好象就一直搁下画笔,不再作画了。

他早年的笔名是灵凤,晚年是霜崖,中间也用过林丰。

灵凤这名字往往被人误会为女性,就在他工作多年的那间报社里,也有过这种误会。事实上这的确是一位女性的名字。作家叶灵凤的原名叶韫璞,为了纪念这位女性的的故人,就以她的名字为名了,不仅用来做笔名,干脆做了自己的名字。据说他也曾有过一个印章"双凤楼"。家人解释,灵凤之名出于李商隐的诗,"身无彩凤双飞翼,心有灵犀一点通"。

他晚年的一篇小品文章"桂花"中提到:"年轻的时候喜欢读宋词,更喜欢读那几首《忆江南》。有一年秋天游西湖,住在西泠桥边上的一个寺院里,寺前有几棵大桂树。夜晚秋月当空,在桂树底下踏着树影和自己的影子漫步低诵那几首《忆江南》

里的月下寻桂子的词句,简直觉得像《陶庵梦忆》里所写人间仙境了。

"前几年,又去游杭州,恰巧又住在那附近。可是,寺院早已没有了,桂树也已没有了,人也没有了,独自站在湖边,实在不胜感慨!

"今夜,嗅着窗口飘进来的邻家桂花香气,在灯下不觉又模模糊糊的想起了这一切。人老了,不仅视力差了,就是记忆力也差了。当年熟读的那几首《忆江南》词,已经不能再背诵,只是有些事情仍无法忘怀,这使我想起了放翁晚年所写的几首诗中的两句断句:'此身行作稽山土,犹吊遗踪一泫然。'"

读了这些,不免使人感到此中有人,此中有事。不过这已是"梦断香销五十年"的旧事,也就不必呼之使出了。

一般人都说他是三十年代的老作家,其实二十年代他就已经有作品发表。在一篇《读少作》的小品中他提到,一九二五年《洪水》创刊号上有他的小说《昙花庵的春风》,他说那时自己还是二十岁的少年。

不久他就参加了创造社,在门市部工作,同时写作甚勤,他算是开始踏上可文坛。《中国新文学大系》中所列出的那些作品,几乎都是一九二五到一九三五这十年中写的。

抗日战争爆发后,他从上海经过广州,来到香港,从此就在这个他眼中的海隅地住了下来,一住是四十年,直到离开人世。

在他的下半生中,小说是不写了,写的只是散文随笔,也翻译些文章,写得较多的是有关香港风物和掌故的文章。

他是南京人,小时在安徽的宿松、江西的九江、江苏的昆山住过,在镇江念中学,在上海念美专,踏上文坛,南来香港,虽然是这样简单的经历,当中却似乎是走过一些曲折的道路的。

三

> 走六小时寂寞的长途,
> 到你头边放一束红山茶。
> 我等待着,长夜漫漫,
> 你却卧听海涛闲话。

"我"是诗人戴望舒,"你"是女作家萧红。戴望舒走了六个小时的路,大约是从香港或九龙的市区走到浅水湾的吧,去探望躺在一株独柯树的红影下的萧红,而写下了这《萧红墓畔口占》的四行诗。

戴望舒第一次探望萧红墓却是由叶灵凤陪了去的。那时是一九四三年秋天,萧红死后大约半年,浅水湾还是禁区,香港还在日本军队的占领下。

十五年后一九五七年的秋天,戴望舒已经不在人世了,叶灵凤却和别的朋友,从快要湮没了的萧红墓中,掘出骨灰,送回广州,安葬在银河公墓里。叶灵凤有一篇《萧红墓发掘始末记》,似乎并没有收进他的散文集子中。

四

叶灵凤晚年的小品散文多半是用霜崖的笔名,用《霜红室随笔》的名义在报纸上发表的,而在将其中一部分结集出版时,又取名《晚晴杂记》。

霜，使人想到生命的秋深冬至，在时间上，是和晚晴的晚符合的。"停车坐爱枫林晚，霜叶红于二月花"，霜红都有了，晚也有了。"天意怜幽草，人间重晚晴"，晚晴也有了。晚晴还使人想到"雨后复斜阳"的，尽管晚了，却还是好的景色。

《晚晴杂记》中有一篇《新的乡思》，就记下了一些江南好风景。

"最近，客从故乡来，为我谈了许多故乡的新事物，其中，一位更送了我一罐故乡新出品的茶叶，称为'雨花茶'。

"从故乡来的朋友，如果送我一包鱼花石，固然会使我高兴，但是现在送的却是雨花茶，则除了高兴之外，更使我诧异，因为我的家乡是从来不以产茶著名的。

"仅是这一罐'雨花茶'，已经足够勾起我的乡思。家乡这几年的变化真是太大了。咸板鸭和花生米虽然依旧有名，但是同时却增加了不少新的出产。这里面小如茶叶，大如汽车，都包括在内。家乡居然有了汽车厂，正如家乡有了茶园一样，那是使游子要刮目相看的事实。"

还有"大如一座城市的工厂，另一座比武汉长江大桥更大的大桥。也在下关与浦口之间完成了。这些可喜的消息，在啜着'雨花茶'的时候，自然更增加我的新的乡思了。"

这些随笔杂记，也正像雨花茶一样，"味在碧螺春与龙井之间"，虽然清，却有味，而且能使人回味。写来看似不用什么力，读来却使人感到一种力量，形成了他自己的风格。

灯下翻他的一本一本的集子，翻到了这篇《新的乡思》，仿佛又看到他亲切的笑容，听到他娓娓的谈话。当年送雨花茶给他使他欢喜赞叹的神情如在眼前。想到他的故乡又有了许多可以引起他新的乡思的新事物，而他却再也看不到、听不到了，就不禁黯然。

他退休的这几年来，由于眼病和别的病，不大愿意出门走动，几位朋友的不定期餐叙到后来他也很少参加，再三请他欣然命驾他也不为所动。颇有些担心会像电影镜头一样，渐渐地"淡出"而淡欲无，这个世界再也没有他的存在。

现在果然是"淡出"了，尽管他的最后像是睡去，尽管他可以安心长眠，我们却不能不动哀思。尤其可哀的是他把许多可珍贵的记忆都带走了，除了一些散篇，竟没有留下一部完整的回忆录。这是作为读者的我经常劝他快执笔写的。

尽管似乎走过了曲折的道路，他晚年有机会访问鲁迅先生的故居，低头默默地诉说了自己的心事；尽管似乎走过曲折的道路，他的下半生却能放眼、放怀面前光明宽阔的地方，鲁迅先生所指出过的地方。这也就不必泫然，应该欣然了吧。

　　　　　　　　写于一九七五年十二月，近百年最冷之日

凤兮，凤兮

——纪念叶灵凤逝世十周年

叶灵凤，当一般认识他的人叫他"先生"时，有些不认识他的人却称他为"女士"。在他工作的地方，不时可以收到寄给"叶灵凤女士"的信件或请柬。这是他晚年常常带着微笑，向人说的。

这当然是可笑的误会。还有不可笑的、更大的误会。

二十年代他就写小说，三十年代他在上海办刊物，抗日战争爆发后，他先到广州，后到香港，一住就是三十多年，直到七十年代中期离开这个世界，都一直没有离开香港（短期的旅行不算）。就是日军占领香港的三年零八个月中，他也没有离开过。因此，就不免有了一些流言。

和他一样，那个时候并没有离开香港的还有诗人戴望舒，不同的只是戴望舒坐过日本军队的牢房，而他没有。就在那样的日子，是他和戴望舒做伴，一起到浅水湾畔，对病死在香港的《生死场》作者、女作家萧红的坟墓，默默凭吊。在这以前，这以后，直到五十年代戴望舒从海角的香港回归北京后，他们一直是好朋友。人们不知道战争年月更多的事实，但举一可以反三。有所为也就往往是有所不为。

说到萧红墓，人们记得，当一九五七年这一孤坟有被铲平而湮没的危险时，正是他带头和文化界的一些朋友一起，取出骨灰，送去广州，安葬在银河公墓。

在上海和他一起办过《幻洲》，后来长期担负对敌斗争秘密工作和统战工作重任的潘汉年，抗日战争胜利后一回到香港，就和他恢复了联系，而不是弃之如遗。

在潘汉年蒙冤的日子，他也曾不止一次地到北京作过客人，其间包括和阿英的欢晤。

正像早些时的流言站不住，后来加给他的"汉奸文人"的帽子也是戴不稳的。新版《鲁迅全集》和"文革"前《鲁迅全集》有关他的注文前后不同，也透露了此中消息，有如给这个"汉奸文人"平了反。

在他晚年写作的许多散文里，是不乏怀乡爱国的篇章的。

这更大的误会是可以澄清的了，只不过可能有些人没有注意到而已。

他的爱国行动还表现于他的爱书（这里的爱书意如爱将），其中之一是嘉庆本的《新安县志》。这个新安和风景秀美的新安江无关，它只是广东旧时的一个县，也就是今天的宝安，却比宝安幅员为大，今天国际性的大城市香港也属于它的范畴（今天名震国内外的深圳就更不用说了）。因此，《新安县志》也就包括了香港志的成分。他收藏有这部书，而且和广州、北京图书馆收藏的版本比较过，据他说，以他手头的这一部最全。内地就只有那两部，而香港却只有他这一部海外孤本。英国人虽然在香港抓了一百多年的统治权，却并没有抓到这样一部和香港有关的地方志。好几次有外国人，以当时的几万元港币（相当于如今的过百万元）的代价，伸手想抓走这部书，他都一一拒绝了，只肯让香港英国官方的图书馆复印一份，参考资料。他生前不止一次表示，书要送给国家。在他死后，他的家人完成了他的遗愿。这一部《新安县志》现在是藏在广州中山图书馆里。

但他心爱的藏书，朋友们所赞赏的他的藏书，却又不仅仅是这一部《新安县志》。

在香港，他是有名的藏书家之一。他有名的藏书主要在于三大部分：有关香港的书刊，西方的书册珍本，西方的文学书籍。从这本《读书随笔》的《香港书录》中，不难想象他这方面收藏的丰富，那些有关香港早年的史料是很珍贵的，他自己写的《香港方物志》也是很有参考价值的著作。他早年学画，也画过少，如果不是后来放下画笔只执文笔，最后是以画家还是以作家知名于世，就很难说了，尽管现在一般人知道他是作家，新版《鲁迅全集》还是称他为"作家、画家"的。他收藏的那许多西方的画册，是内地美术界朋友谈起来就不免流露关切之情的珍品。西方文学书籍的珍本那就更加使人为他难数家珍了。

不必问他的藏书有多少万卷，他的居所在香港那样的地方算得上宽敞的，却由于他的良好的嗜好，弄得狭窄甚至狭窄不堪。那里真可以称得上书屋，屋子里到处都是书。我们的作家并没有书房，却每一个房间里都有不少书，大厅就更是书的天下，他就整天人在书中，由于"书中自有"，也就可以说是人在玉颜中，人在金屋中了。

正是难数家珍，他的这许多藏书本来是要送回内地，献给国家的，由于迟迟没有清点整理，终于由香港中文大学以先行全收后才清点的方式取了去，辟了专室，整理收藏，这一失误曾使人感到可惜，为之叹息。不过，一想到"一九九七年以后"，随着整个香港的主权的回归，这些图书不也是自然回归祖国的怀抱了么？天下事就有这么巧妙！

人们都称叶灵凤为藏书家，他虽然在生时没有"请予更正"，但他肯定欢喜另外的一个头衔"爱书家"。不知道这是不是他自己创造出来的名衔，至少一般人很少这样说，只有在他笔的笔下才屡屡提到："爱书家"。从《读书随笔》的文章中就可以看到，同时还可以看到藏书家是书的敌人这样的译文。他有读书的兴趣，而且兴趣渊博，涉猎很广。他不是藏而不看的人，尽管书太多而他来不及尽看。

书和笔，读和写，这就是他多年来的全部生活。他不仅忙于读书，也勤于写书。他天天读，也天天写，他去世后遗下总有一两百万字的作品有待于整理出书。（在香港已出书的有六七种）这些文章都是已经在报刊上发表过的。有文艺随笔、读书随笔，有抒情小品、生活小品，有香港掌故、香港风物，有外国文学作品的翻译。那些谈香港史实的文章，是他翻阅了大量中英文的资料才写得出来的，多年来，它又成了别人在写香港掌故时依据的资料。它材料丰富，文字端庄流丽，爱国热情洋溢于笔墨之间，大义凛然，毫不含糊，对于异族统治者一点也没有什么媚骨。

岁月匆匆，他的去世一转眼就是十年。霜红最爱晚晴时（他晚年以霜崖的笔名，写了大量的《霜红室随笔》；所出的集子中有《晚晴杂记》），回首前尘，不由得更对这位老作家有深深的怀念了。

一九八五年九月

叶灵凤的后半生

叶灵凤的后半生是在香港度过的。

抗日战争是前后的分界线。抗战以前，他主要是在上海，幼年在九江、青年时代在镇江，然后就到了上海，踏进文坛。"八·一三"以后，日军攻占上海，《救亡日报》南迁广州，主持其事的是夏衍，他也到广州参加编辑工作，编的还是新闻版。人在广州，家在香港，他周末有时去香港看家人，一次去了香港就回不了广州，日军跑在他前面进了五羊城。从此他就在香港长住下来，度过了整个的下半生，除了回大陆旅行，几乎就一直没有离开过。前半生，江南、上海；后半生，岭南、香港。这就是他的一生。

他到广州、香港，是一九三八年的事。在香港留下来，不久就参加了《星岛日报》，一直到年过七十而退休，他始终是在胡文虎家族星系报业的这一报纸工作。当年的《星岛日报》由金仲华主持编辑部，许多进步的文化人都在那里，副刊《星座》是戴望舒主编的。叶灵凤什么时候把《星座》从戴望舒手中按下来，就记不清楚了。从此就和《星座》同命运，他一退休，这个活了一个世纪还多的副刊也就被停掉。谈起来时，惋惜中他显得有些凄怆。

日军占领香港的三年零八个月，《星岛日报》换了一个名字：《香江日报》。而叶灵凤还在日本军方办的"大冈公司"工作，不过，一九八五年七月底去世，有香港"金王"之称的金融界大亨胡汉辉，八四年初写过一篇忆旧的文章，提到一个叫陈在韶的人，当时由香港"走难"去重庆，被国民党中宣部派回广州湾（今天的湛江），负责搜集日军的情报。他说，"陈要求我配合文艺作家叶灵凤先生做点敌后工作。灵凤先生利用他在日本文化部所属大冈公司工作的方便，暗中挑选来自东京的各种书报杂志，交给我负责转运"。他又说：他日间"往星岛日报收购万金油，在市场售给水客，以为掩护；暗地里却与叶灵凤联系。如是者营运了差不多有一年之久"。这里说到他是被要求"配合"叶灵凤的，显然叶灵凤早就在干"敌后工作"了，是不是仅仅暗中挑选一点日本书报那么简单，也就很难说。他这以前这以后，只干了一年，叶灵凤又干了多久就不知道了。

这至少说明，叶灵凤名义上虽然是在日本文化部属下工作，实际上却是暗中在干胡汉辉所说的抗日的"情报工作"的。

叶灵凤这时候和戴望舒还是好朋友，抗战胜利以后两人依然是好朋友。戴望舒是被日军拉去坐了牢的人。以他的爱国立场，是不会和一个落水做汉奸的人一直保持友情不变的吧。戴望舒有踏十里长途去凭吊萧红墓的诗，和他一起去萧红坟头放上一束红山茶的，那就是叶灵凤。

叶灵凤在日军横行香港的日子里的情况，人们知道得不多，但就只这些，也可以看得出一点道理的了。

在一九五七年版的《鲁迅全集·三闲集》中，《文坛的掌故》的注文曾有这样的字句："叶灵凤，当时虽投机加入创造社，不久即转向国民党方面去，抗日时期成为汉奸文人。"但一九八一年新版（四卷）却把注文提前到《革命的咖啡店》一文的后面，删去了"投机"、"转向"、和"汉奸"等等，而改为："叶灵凤，江苏南京人，作家、画家。曾参加创造社。"他被摘去了"汉奸"的帽子。可惜他自己已经不可能看见，只有靠家人"家祭无忘告乃翁"了。尽管解放前后他一直受到礼遇，六十年代、七十年代一再被邀请到北京和广州参加一些官方的活动，但毕竟白纸黑字上还有过这么一顶"汉奸"帽子。

抗战胜利后，全国解放前，潘汉年有一段时期在香港工作，就和叶灵凤保持往来，有些事还托他做。他们原来就是老朋友，这时依然是朋友，潘汉年并没有把他当什么"汉奸"对待。他也乐于尽自己的力所能及，做一些可以做得到的工作。

当年在上海，也就是所谓"投机加入创造社那些年代，潘汉年办过《现代小说》，叶灵凤办过《戈壁》，两人又合办过《幻洲》。柳亚子有过《存殁口号五绝句，八月四日作》，每一绝句咏两人，一咏鲁迅、柔石，二咏田汉、黄素，三咏郭沫若、李初梨，四咏叶灵凤、潘汉年，五咏丁玲、胡也频。关于叶灵凤、潘汉年的是这么一首诗："别派分流有幻洲，于菟三日气吞牛。星期沦落力田死，羞向黄垆问旧游。"这却是叶灵凤前半生的旧话了。

潘汉年含冤多年，终于得到平反。叶灵凤前半生和他在上海都挨过鲁迅的骂，而叶灵凤更是首先"图文并谬"地骂过鲁迅。挨鲁迅骂过的，未必都是坏人，这样的事例有的是。而骂过鲁迅的，"悔其少作"的更不乏其人。当六、七十年代朋友们有时和叶灵凤谈起他这些往事时，他总是微笑，不多作解释，只是说，我已经去过鲁迅先生墓前，默默地表示过我的心意了。

抗战胜利后，不仅戴望舒、潘汉年，在香港暂住过的郭沫若、茅盾、夏衍……许多人,也都和叶灵凤有往来。这不免使人想起"鸟兽不可与同群,吾非肮人之徒而谁欤"的老话,也想到"汉奸文人"恐怕是一顶很不合适的帽子。

在抗战期间,叶灵凤由上海南下,经广州而香港,是为了抗战救亡。日军占领香港后,他没有追随许多文化人通过东江或广州湾,到桂林、重庆去,却也没有回上海(重回"孤岛"并不就是投敌)。他留在香港,在日军属下的机构和日军治下的报纸工作,那是看得见的,看不见的还有胡汉辉所指出的那些为了抗战的工作。其实不必等到一九七五年盖棺,他这一段历史早就在朋友们间已经论定的了。一九五七年版《鲁迅全集》的那一条注文,显然是"左"手挥写出来的。那些迷雾应该随新的注文而散去。

新中国如日初升。叶灵凤的老朋友戴望舒回到北京,参加工作,在北京度过了他生命中最后的岁月。叶灵凤却没有动而依然静,只是静静地留在香港,默默地辛勤工作。当然,两相比较,他是显得不够积极的。他自称一生从来不写诗,也许是缺少了一份诗人的激情吧。

他长期在《星岛日报》编《星座》副刊。由于报纸的立场,"座"上后来只是登些格调不低的谈文说艺写掌故的文章。他自己就写了不少读书随笔和香港掌故,也写了不少香港的风物。

读书,首先就要买书。三十多年在香港的安定生活(日占时期三年零八个月的动乱是例外),使他这个"爱书家"藏书满屋,而成了知名于港九的一位藏书家。他的住所不窄,厅里是书,一间两间房里也是书,到了晚年,坐在厅里,就像是人在书中,不仅四壁图书,连中央之地也受到书的侵略,被书籍发展了一些占领区了。他自己估计，藏书将近万册。

由于是作家，文艺书刊是其中主要的一部分；由于曾是画家，美术书刊又占了主要的一部分；由于居港多年，有关香港历史、地理、博物的书刊也占了主要的一部分。虽然没有什么稀世珍本，但有些还是较名贵的。有的朋友说，最可贵的是有关香港的这一部分；有的说，美术书刊也很可贵。所有这三部分，既有中文的，也有英文的，名贵的多是那些外文书籍。

也不是全无珍本，有一部清朝嘉庆版的《新安县志》，就是他自视为稀世珍本的。他对朋友们津津乐道，这是三稀之物，据他所知，只有广州和北京各藏有一部，他都翻阅过，都有残缺，以他这一部最全，既是海内外三稀之一，更是海外孤本。这部书在香港是颇有一点名气的，香港官方和一些外国人都转过它的念头，曾经出了好几万港元的高价，合今天的币值总在百万以上吧。这对于一介寒士如他来说，就不是一个小数目了，他却一概小视之，不放在眼里，不放弃那书。香港大学的冯平山图书馆只有一部抄本，后来得到他的同意，复印了一部。对这一部使他十分风流自赏的书，他生前就一再表示，要送给国家收藏。他死后，他的夫人赵克臻按照他的遗志，送给了广州中山图书馆。一般人可能不知道，这部志书所志的当年的新安，就是今天广东的宝安，还包括宝安以外"东方之珠"的香港和后起名城的深圳。它之所以成为珍本，受到香港官方和一些外国人的珍视，更受到被认为是深通香港掌故之学的我们这位爱书家的珍视，也就是完全可以理解的了。

完成送书心愿的举动他本人虽然看不到，人们却看到了叶灵凤的一片爱国之心。

如果不是由于受他家人委托的朋友的拖沓，他的全部藏书也会送回内地,而不会落到香港中文大学的藏书楼的。当时是怕《新安县志》可能树大招风名高受累,先送出为妙,其余的不妨缓缓而行,这就造成了不应有的迟延,当家人不堪满屋书刊的拥挤时,中文大学表示愿意造单全收(事后清点造了一份书单送家人留念),这些藏书就被如释重负地转移到山明水秀的沙田学府中去了。当时曾使一些内地的朋友闻讯惋惜。现在香港既然回归祖国大家庭有期,香港的公物将来也就是国家的公物,楚弓楚得,也就没有什么可憾了。

叶灵凤藏书虽多,藏画册虽多,藏画却很少。使他说起来就显得面有得色的,不过是汉武梁祠画像的拓片,和毕加索、马谛斯作品精美的印张而已。前面提到过他"曾"是画家,那是由于他从上海到香港之后,就一直与作画绝缘,自我放逐于画家的行列,尽管他还是喜欢他从事过的西洋画。

他放弃了作画,集中精力于写文章,天天写。正像他的藏书一样,他的写作大体也可以分为三类,一类是读书随笔(渊博),一类是香港掌故和风物(精通),一类是抒情的小品(隽永)。由于差不多都是为报刊而写的,一般文章都不长。六十年代以后,出了成十本不算厚的书:《文艺随笔》、《北窗读书录》;《香港方物志》、《张保仔的传说和真相》;《晚晴杂记》……特别是抒情小品,像着墨不多的山水写意画,最是淡而有味。所抒的不少是怀乡爱国之情。早年写过的小说不再写了;翻译却有一些,如茨威格的小说、纪伯伦的小品之类。此外,也写过一些为稻粱谋才写的东西。在他身后,留下了大量的遗稿有待于整理出版。

他用过的笔名有林丰、叶林丰、霜崖、柿堂、南村、任诃、任柯、风轩、燕楼……有时就用叶灵凤。晚年用得最多的是霜崖。

他也有过写一两个长篇的念头，想写的是以长江、黄河分别做主角的《长江传》、《黄河传》，却只是蓝图初画于胸中而已。

他主要是在自己编的《星座》上写文章，也长期在左派报刊上写文章，到他晚年，在他所工作的《星岛日报》里，他已经被人看成左派了。

他怎能不左呢？在相当长一段时期左右壁垒分明，不相往来的香港社会中，他不避和左派来往，又在左派报刊写文章，每年还参加"十一"国庆的庆祝活动，应邀到广州参加广东作协的活动，应邀到北京参加国庆观礼和李宗仁举行的记者招待会（以作家身份参加），不时参加接待过境的北京、上海的作家……这就够他左的了。这左，其实就是拥护社会主义的新中国。

三十六、七年，他一直在香港，有几次短暂的离开，就是这样去广州，去北京、南京、上海……台湾，没有去过；外国，更没有去过。

在最后的二十多年里（五十年代以后），他把自己关在家里，也就是关在书里，对外的活动不多。很可记忆的一次活动是，主持把萧红的骨灰迁移到广州。在香港完成了《呼兰河传》的萧红，也在香港完成了自己短暂的一生。那时正是日军占领香港的第二年，兵荒马乱，她被草草埋葬在浅水湾海滨。一九五七年，那里要修建旅游设施，萧红的坟有被毁于一旦的危险，文化界的朋友发起为她迁墓，广东作协表示欢迎迁葬于广州。萧红在港无亲人，这就由他和陈君葆出面办理，而由他在一群文化界朋友的陪同下，亲送骨灰到深圳，由广东的几位作家到罗湖桥头相迎。萧红的骨灰后来葬在广州的银河公墓（这件事也可以为他添上左的一笔吧）。

至少在香港，他是并没有"转向国民党方面"的，尽管和国民党的人有所往来。一般被认为右或中间的作家以至左派的作家，他也都各有接触。这样，就成了左、中、右都有朋友的局面。而在左派之中，也有人认为他右，甚至于在他去世之后，还有生前和他有来往的极个别的左派人士说他是"汉奸"的。真是难矣哉！在他晚年，他的名字有时和一些老作家如曹聚仁、徐訏……这些名字一起被提到。

他曾经想和朋友们办一个文艺刊物，连名字都想好了：《南斗》。但始终未能如愿，朋友们都不是有钱人，他除了工资就是为数不多的稿费（尽管天天写，他却不是日写万言以至两三万言的"爬格子动物"），除了分担八口家还要满足自己的爱好去买书、买书，哪有力量去支持一个哪怕小小的刊物？

十年容易，他离开人们去作永恒的冥土旅行已经十年了（时在一九七五年十一月）。替他擦掉当他辞别这个世界时还没有擦拭干净的一些尘垢，也许还不是多余的事。老套的话在这里似乎还是有意义的：安息吧！今天是可以真正无憾地安息了。朋友们为他感到一点遗憾的，是他不能及身看到那顶"汉奸文人"帽子的消失。

一九八五年九月十六日

吞旃、坐牢及其他

"凤兮，凤兮，故是一凤。"（《世说新语》）

真是一凤么？谈到叶灵凤时，我想到的却是两凤——叶灵凤和郭林凤。

人们知道，叶灵凤是三十年代活跃于上海文坛的作家。郭林凤又是什么人？两凤之间又有什么渊源？

这就要先提一提另一位作家，真真正正的香港作家侣伦。这位严肃地从事写作生涯六十年，今年三月底才在香港去世的李林风（他的本名），在叶灵凤一九七五年离开人间以后，在他的《故人之思》的散文中，写出了当年两凤双飞到香港的一段往事。时间是一九二九年，两人已经是夫妇，他们从上海南下，打算经香港到广西郭林凤的家乡。那时候郭林凤连带叶灵凤都成了新闻人物。上海郭家的一对男女佣工，因恋爱受到雇主家一些人的干预，愤怒中起了杀机，来了个香港人口中的"六国大封相"，广东话的"岔家铲"——灭门，用菜刀把雇主全家都杀了，然后双双远走高飞。郭林凤的母亲是女主人，不免惨死，尽管棒打鸳鸯的不是她而是别的人。郭林凤已经结婚不在娘家，得免于祸。伤心之余，就由叶灵凤陪了她还乡消愁散心，她广西的家中还有老父。到了香港，居然"流连忘返"，住了几个月，心情好了，连广西也不去，就回上海了。那时正是叶灵凤在编《戈壁》和《现代小说》时期，大约也抽不出太多的时间再去云游桂海。

不是侣伦这样怀旧，一般朋友还以为叶灵凤是一九三八年才初到香港，而后长住下来的。

侣伦在《故人之思续笔》中，又写了郭林凤一九三一年孤凤南飞回广西，叶灵凤不再同行，因为他们已经不再是夫妇。还说郭林凤有一篇散文《别柬》谈到这件事。这就告诉人们：郭林凤也是有写作的。

说了这些，主要是想说明一下，叶灵凤早年的小品集中，第一辑就是《双凤楼随笔》，这双凤就有着这么一个背景。有人说，原名叶韫璞的叶灵凤，其所以要改名，也是由于这个缘故。是不是这样，那就待考了。

不过，从此却有了除叶灵凤以外，灵凤、凤、林凤、临凤、凤、叶林丰、林丰、丰和亚灵、L. F. 这许多个不同的笔名，全都是脱胎于叶灵凤的。虽然有这样成十个笔名，但人们熟知的却还是叶灵凤。

到了晚年，他用了霜崖这个笔名，又把所写的文字命名为霜红室随笔。他在香港是有些名气的藏书家，但却没有听他谈起，他的书斋就叫霜红室；到他家中，也从没见过写着"霜红室"的横额。霜红室是只存在于笔底纸上的。

这里说他写的文字都叫随笔，是因为他抗日战争后到了香港长住下来，尽管每天都离不开笔墨，却从此不再写小说了。他早年在上海虽然也写小品随笔，却是以小说知名于文坛，和穆时英、刘呐鸥等同是"新感觉派"的小说家。有一点还没有弄清楚：日军占领香港时期，在《香岛月报》上，他有一个长篇连载《南荒泣天录》，看这名字，像是小说。这一杂志是一九四五年七月创刊的，只出了两期日本就投降，杂志也就停刊。他的《泣天录》虽然没有写完，也没再写下去。推想这很可能是以南宋在广东抗元的故事为背景的一个历史小说。由于只看到杂志的广告，没有看到杂志本身，因此就只能推想了。

如果是这样，这显然是在日军统治之下，寄故国之思，扬民族大义的作品。叶灵凤当年不是没有写过这样的文章的。

我看到过他一九四四年写南明的一篇：《煤山悲剧三百年纪念——民族盛衰历史教训之再接受》。它发表在香港《华侨日报》的副刊《侨乐村》上。这使人想起郭沫若那篇名文：《甲申三百年祭》。他当时当然不可能看到郭沫若那篇文章，却同样的选择了这个题材。他在文章中说："声势浩大的李自成，若是能获得吴三桂等明末诸将领的合作，以民族的立场，抵抗外来的游牧民族，则明末以后的中国历史或者会是另一番面目，也许说不定。"紧接下去又说："可是当时的武人没有这抱负，文臣更没有这头脑，甚至当清师大军南下之际，马阮弄权，左良玉传檄申讨，偏安江南的小朝廷，为了门户权利的成见，甚至主张宁可君臣死于清，不可死于左良玉，'北兵犹可议款，左逆若负万岁，吾君臣犹死耳'（见《南明野史》），以这样的门户见解，想要抵御外来的侵略，完成中兴局面，即使多出几个史可法，也不过历史上多几个死难忠臣，于大局是无补的。"在日军的刺刀下，能这样提倡团结抗战的主张，尽管是含蓄地借古喻今，也是不容易的事，需要一点勇气的吧。

还可以举出另一个勇气的例证。一九四二年香港的《新东亚》月刊上，刊有叶灵凤的《吞旃随笔》，一题而又有三题，是

《伽利略的精神》、《火线下的〈火线下〉》和《完整的藏书票》三篇文章。首先注意到这一文章的是对香港文学有切实研究的小思（这方面的新著作是《香港文纵》）。她指出："在总题之后，作者先引用了屈原《九歌·湘夫人》中四句话：'鸟何萃兮苹中，罾何为兮木上，沅有芷兮澧有兰，思公子兮未敢言。'这种安排，明眼人一看，就很明白叶灵凤的用心。"

小思进一步分析："首先说总题：'吞旃'，典出自《汉书》卷五十四《李广苏建传》，匈奴单于为了迫降苏武，把他幽禁起来，'绝不饮食，天雨雪，武卧啮雪与旃毛并咽之。'据颜师古注：'咽，吞也。'吞旃随笔，分明就表示了取题人的处境及以苏武不屈的自况。"

这使人想起当年流行的一首歌唱苏武的歌曲，"渴饮雪，饥吞毡，牧羊北海边"。旃和毡是相通的，苏武当时被匈奴扣留下来，住的是用毡搭成的穹庐，要吞毡毛，是不会缺乏这"食料"的。

这又使人想起周作人来。日军占领北平后，朋友们劝他南下，他表示有家累行不得也，要留在沦陷区做个持节的苏武，不做屈降的李棱，后来他不仅没有能做苏武，而且比李陵更甚地做起"华北教育总署"的"督办"来了。叶灵凤是熟悉这件事的。当他陷身日军占领下的香港的第二年，就默默地以这"吞旃"明志，不作宣传地做起苏武来了。当时当然不可能宣传，就是抗战胜利后，他也从未以这样的文章作事后的宣传。不是小思以慧心慧眼看出，很可能就没有人知道叶灵凤当年的这一用心。

叶灵凤的苦心还不止此。小思继续分析说："再说引用《九歌》中四句，首两句是鸟当集木颠，却在苹中；罾当在水中，却在木上，是'所愿不得失其所也'。（见王逸《楚辞章句》）后两句是心有所思而不敢言，含意就更明显了。在日治时代，公然白纸黑字印出这些句子来，毕竟是很冒险的，万一日本人懂得这些典故，或一两个中国人不怀好意漏了风声，那就后果堪虞。"

好在日本人到底被瞒过了。正像他"利用他在日本文化部所属大冈公司工作的方便，暗中挑选来自东京的各种书报杂志，交给我负责转运到抗战的大后方，也被瞒过了一样"。这里的"我"，是曾有香港"金王"之称的香港金融界巨子胡汉辉。他在一篇回忆文章中说，日军占领香港后，国民党负责搜集日军情报的某某人，"要求我配合文艺作家叶灵凤先生做点敌后工作"，"如是者营运了差不多将有一年之久"。这里说"配合"叶灵凤，可见叶灵凤是比他更早就接受了这样的"敌后工作"的。

不能把叶灵凤称为国民党的地下工作者。他其实也是"配合"，而不是什么专业人员。他不过是苟全性命于乱世，陷身"曹营"，不忘"汉室"，尽可能做点对得起国家民族的事，以求心安而已。和纸上"吞旃"一样，这一年之久的"情报"工作，他也是在抗战胜利后都没有向人作自我标榜以"表功"的，如果不是胡汉辉夫子自道，这件事也就湮没无闻了。

一样没有什么人知道的还有另一件事。人们都听说诗人戴望舒在日军占领香港时坐过牢，却不知道一直对戴望舒有所照料的叶灵凤也坐过牢。同样是时间不长，几个月后就出狱了。他夫人赵克臻对子女说，算命的真灵，说没有什么，不到中秋就会放出来的，果然，中秋的前一天就回了家。我是最近才听说这事，还来不及向她了解事情发生在哪一年，具体情况又怎么样。但从她们一家人从来没有把它当成一件重要的事向人们宣扬,相信这不会是子虚乌有。至于叶灵凤自己,无论口头笔底,都没有提到过这件事。

从"吞旃",到"情报",到坐牢,很可以看出叶灵凤性格上的一种特色:为正不在多言。还可以看出,他不是志士,只是有良心的人。

但在日军占领香港的三年零八个月期间,他也不是没有可以引人议论之处的。

日军占领香港后,他工作所在的大冈公司是日军文化部的,他文章发表之处的《新东亚》月刊也是日军文化部的大同印务局的。就在《吞旃随笔》刊出的同一年,他又是日军报道部选派到东京出席"大东亚文学家会议"的两名香港代表之一。

不过,没有看到他在这个会议中发表过什么荒唐的谬论,如果有,应该少不了报道的。而在可能是他自办的《大众周报》中,每期都有署名"丰"的《小评论》,就看到的几篇来说,也多是不痛不痒的文字。这一切看来属于负面的东西,似乎并不能掩盖"吞旃"、"情报"和坐牢的正色。

旧版《鲁迅全集》(一九五七)的注文,说叶灵凤"抗日时期成为汉奸文人",不能说它毫无"似是"的根据(连戴望舒在抗战胜利后也被检举过曾经"附敌"呢);而"文革"后新版的《鲁迅全集》(一九八一),注文中替他摘下了"汉奸文人"的帽子,就更不能说不是实事求是的平反了。

抗战胜利后,新中国建立前,当他的老朋友潘汉年在领导中共在香港的地下工作时,他是认真地做过一些"配合"工作的。他照样没有标榜过,这也很符合他的性格,何况潘汉年后来也成了多年的"问题人物",这就更是要标榜也无从标榜了。

新中国成立后，一边是被戴上了"汉奸文人"的帽子，一边又被邀请访问北京。有趣的这都是一九五七年发生的事。五九年他又应邀到北京参加建国十周年的庆典，六五年还被邀请参加李宗仁从美国回北京后举行的记者招待会。他不是以记者代表他工作所在的《星岛日报》，而是以作家的个人身份参加的。当时《星岛日报》还不会派记者到北京采访，他接受邀请也得有一点不怕别人给他戴"红帽子"的勇气。记得同他一起到北京的还有一位作家王季友，平日不问政治，左右两边都来往，都写稿，写的打油诗很有名，正经的诗词也有研究、有水平。他一到北京，感情激动，就写了一首七律，有"孤儿今日认门庭"之句，传诵一时，也因此挨了他的右派朋友的骂。

叶灵凤真可以说是一介书生。他的一生可以借用俄国出版家绥青的回忆录的名字《为书籍的一生》来作概括。他不是出版家（虽然一开始就在创造社干过出版工作），只是作家——著书家和藏书家。他从二十年代中期进入文坛，到七十年代中期离开人世，半个世纪的生涯，就是不断写书，不断买书，不断读书。如果在他的生命中把书删除，那剩下的东西就没有多少了。

他的家庭就是一个最好的物证。走进了大门，大厅中是书，他夫妇的睡房是书，他儿女的睡房也是书，一屋子都是书。他没有书房，而每一个房间都是书房。也可以说那最大的一间——大厅就是书房，厅虽大，却又小，不仅四壁图书，当中也还堆了书，剩下的地方就不多了，一张大书桌被书包围着，桌上又满是书，他坐在桌前，就真是人在书中。

那也是书在人中。他的一本本随笔、译文，就是从他这个被书籍包围着的人的脑中笔下流出来的，一字一字地流出，一篇一篇地流出，一本一本地流出。这是一个人书交融的境界。

他所著的书，前半生在上海偏于小说（译的也多是小说），后半生在香港偏于随笔（译的也多是小品、随笔）。总的来看，他的随笔的成就应该在小说之上。随笔又以读书随笔和文艺随笔为多。这些随笔既富知识性，又富趣味性，作者的渊博使读者也有了博闻之乐，文字的韵味又能使人得到美好的享受。他的一些怀乡忆旧和生活小品，也是淡而有味，隽永可喜的。

不必为我们的作家讳。像香港许多为稻粱谋而"爬格子"的作者，叶灵凤也写过一些和外国"性文学"有关的文字，介绍它们的内容，或译述其中的片段，以白门秋生的笔名在报刊上发表。白门，表示作者是南京人。《书淫艳异录》、《欢喜佛庵随笔》之类就是。有点"黄"，其实也不能算什么色情的东西，不过一般人容易另眼相看。他自己生前写了、发表了也就算了，现在听说有人搜集了准备出书。能写，也就没有什么不能出书的吧。

值得注意的当然是最新出版、上中下三册的《读书随笔》。北京三联书店不惜工本，不怕亏本，出了这近七十万字的叶灵凤的遗著，实在是一件可喜的事。两年多前，三联出了他的《香港方物志》，那是香港版的重印（香港也出过两次不同的版本）。这回的《读书随笔》却不是这么简单，不是三十年代上海版的那本《读书随笔》的重印出版，也不是六十年代香港版的那本《文艺随笔》的重印出版，它是一个全新的内容丰富的集子，把作者半个世纪中所写的这两种随笔的文章都收进去了，当然也包括了这两本已出的书，和从未出过书的《霜红室随笔》。还有在香港出版的《北窗读书录》、《晚晴杂记》中有关的文章也都选进这本书中。对于内地的读者，这些旧作都是新作,因为从未看过。这是一本集大成的书,说它是叶灵凤著作中最重要的一部,也不算夸张。

在叶灵凤的笔下,爱书家是一个很突出的词,地位显然在藏书家之上。他自己当然更愿意被人称为爱书家。这或者也可以换一个似乎不雅却未尝不雅的名字:"书淫"。《书淫艳异录》,他无异于给自己取了这个名字。

他是一个十足的"书淫",却不像他写的"书淫艳异"那样,有什么"艳异"不断出现在他的生活里。他虽然结过两次婚,第二次婚姻是一直维持到他生命的结束的。没有听说他有什么"艳遇"。他在上海时虽然有"惨绿少年"之称,这方面也缺乏可以成为人们谈助的纪录。当五十年代我见到他时,他已是以蔼然长者的姿态出现在我们面前了,稀疏的灰白的头发,一副金丝架眼镜,亲切的笑容,斯文的举止,有学问有修养的谈吐,实在和鲁迅笔下的"唇红齿白"以及"流氓气"联系不起来。

使人惊异的是他居然不吸烟,从来就不吸,而不是半路戒烟。一位著名的作家,天天都在写作,深夜也在写作,怎么可能是不吸烟的呢?而他就是。他也不喝酒,还不大喝咖啡,只爱喝茶,也爱他幼年吃过的充满乡土风味的土特产,这和"洋场才子"的洋很不相称。他虽然不写旧体诗(新体也不写),但对中国传统文化的东西并不缺乏研究,主要是美术方面,如古代版画和石刻之类。他有志而未能完成的心愿,为长江、黄河、珠江立传,不也正是他的一颗中国心在跃动么?

据说,中国的龙不同于西方的龙。如果凤凰也有中西之分,那就可以断言,叶灵凤是一只中国凤。

一九八八年四月

叶灵凤二三事

一部三集的叶灵凤《读书随笔》在"书道艰难"的日子能够出版，实在是使人高兴的事。高兴的应该包括他本人，如果九泉有知的话。他早在一九七五年就病逝于香港，快十三年了。

叶灵凤以爱书家、藏书家而又是作家的身份，当然要为这样一部写读书甘苦的书，在出书不易的年月中能够出而问世，感到大为快慰。

我们这些友人和他的家人，除了这一高兴，还有着书籍以外的欢喜，一种叶落归根的回归之喜。

叶灵凤是活跃于三十年代的上海作家，抗战初期先广州而后香港，从此就成了香港人，香港作家。他的文章他的书，基本上只流传于港台和海外，大陆上的读者很少能见到，直到近年《香港方物志》（三联）、《能不忆江南》（江苏古籍）、《时代姑娘·未完成的忏悔录》（人民文学）先后在内地出版，才使老年人记起了这位上海作家，才使青年人知道有这样一位上海——香港作家，是这样的回归之喜。《能不忆江南》是姜德明从香港刊报上的材料中，选择这位原籍南京的作家所写的怀乡小品编辑成书的。其他两本属于重印性质，但编辑上也花了工夫。

《读书随笔》（三册）的出版将大为加强这位作家的形象，它的分量比前面说的那些书的分量都要重。

在一九五七年版的《鲁迅全集》中，叶灵凤的形象是"汉奸文人"。到了一九八一年版时，这一顶帽子才算是摘了下来。但不是细心的读者，就可能不会注意到。有人也许还会保留着原来的印象。最近我把《读书随笔》送给一位艺术学院的退休教授时，她就说："叶灵凤，不就是那位汉奸文人吗？"

前两年，有"香港金王"之称的金融界名流胡汉辉（曾经是乔冠华在香港新闻学院教书时的学生），在写这间学院的回忆文章时，提到自己在日军占领下的香港，为国民党的地下工作者做过"情报工作"，其中的一部分工作就是协助叶灵凤，把一些书刊资料转送到当时的广州湾（今天的湛江）去。叶灵凤就是利用他在日本军方辖下的大冈公司工作的便利，去搜集这些资料的。

据他的家人说，后来由于日军在国民党地下机构中搜到一份名单，其中也有叶灵凤的名字，他因而在一九四二年被捕，从端午到中秋，过了三个多月的牢狱生活。这件事他生前几乎没有向什么朋友提过，就是他的家人，也是在胡汉辉的文章发表，胡汉辉本人也去世后，才和我谈起的，因为我根据胡汉辉这一事实和别的材料，写过不止一篇东西，为他"办奸"。我写这些，是由于看到《鲁迅全集》注文中的"汉奸文人"帽子虽除，别的方面却没有什么表示，而不少人又还不知道事情的曲折。

我虽然和他生前来往比较多，和他家人也比较熟悉，但也有不少陌生之处。除了前面这两件事根本不知道外，还弄错了一件事情。一九四二年，东京召开了一个"大东亚文学家会议"。当时的香港报纸上有消息，说香港将有两名代表出席，其中之一就是叶灵凤。另一人不见刊出姓名。但这以后，我所见到的资料中就不再有叶灵凤和另一人参加会议的报道了，推想大致是人出席了——，而沉默对待，没有发言，因而无事可记。这是想当然，事实却并不如此，叶灵凤夫人赵克臻说，他根本就没有参加过这个会议，也从来没有去过东京。这么说来，他一生就是足不出国，没有到过任何一个外国了，哪怕是短暂的旅游（观念上，我们从来没有把香港视为外国的地方，哪怕是一九八四年中英协议以前的英治时期，或一九九七年香港正式回归祖国以前的过渡时期）。

至于为什么已经被提名却又得以免役不去出席会议，这就不知道是什么原因了。

叶灵凤的被日军捉放，和戴望舒的被捉放看起来有些类似。戴望舒有诗为证，《狱中题壁》证明他是坚持民族大义的。叶灵凤也有文章作证，虽然不是直抒爱国情怀，但这样的感情在一九四三年所写的《谁说商女不知亡国恨》，四四年所写的《煤山悲剧三百年纪念》（煤山三百年也就是甲申三百年），这些文章中都流露着。它们都是被捕获释后在日军刺刀下发表的。戴望舒的获得释放既然没有受到什么怀疑，叶灵凤也就不应该有什么可疑之处吧。

还是回到《读书随笔》上。一九三六年在上海，叶灵凤就出版过一本《读书随笔》。现在这三厚本的《读书随笔》不是那一本的重印，是既包含了这些三十年代之作，更增加了五十年代到七十年代的作品，增加的是五六倍于早年的那本《随笔》，内容丰富多了。略有不足之处是三十年代末期所写的一些读书随笔没有收进去，由于编辑时没有找到当时的一本散文集子《忘忧草》。

新出的《读书随笔》装帧很有特色的，封面全用叶灵凤所欢喜的英国画家比亚兹莱的画。雅致大方。设计者叶雨是资深的出版家范用。据他说，叶雨者，业余是也。他只是一个对装帧设计深有兴趣的叶雨设计家。

谈到比亚兹莱，叶灵凤曾经有意编一本《比亚兹莱选集》，选印比亚兹莱的作品，配上他自己所写的传记。可惜他并没有完成这一心愿。

此外，从他遗留下的写作出版计划中，还可以看到他有这些没有实现的雄心。

编译《开卷有益的故事》，选译《天方夜谈》、《伊索寓言》和较长的大寓言、印度古经典的故事、波斯古经《玛斯拉非》的故事、非洲的故事和意大利鲍奇奥《谐话》以及另一意大利故事集，等等。加上短篇的介绍文字。

译《纪伯伦散文诗选》，并为他写传。

此外，还想出版《香港史地丛刊》。

这最后一种总算有朋友将他遗留下的五六十万言的有关文字，编成了几册《叶灵凤香港掌故集》，有可能在不太长的时间里，在香港出版。

一九八八年八月

# 关于《香港方物志》

香港是美的。

一般谈一个地方美丽,是说它的自然景色的,不是谈社会现象。香港社会有着它的丑恶和美丽,这里不去说它,要说的只是香港的自然美。

但也不是全部,只是其中有关草木虫鱼鸟兽这一部分,大自然里比较活跃,使人看到生机勃勃的形形色色。

香港有著名的大厦森林,也不乏郊野,山的青,草的绿,花的红紫,水的碧蓝……而人们日常可以看到、能够亲近的草木虫鱼鸟兽,也是美丽的,却有时被人忽略,视若无物。

叶灵凤可不是这样的人。作为一个久居香港的"上海人",他对于香港的历史和掌故,草木和虫鱼,知道得比绝大多数的香港本地人和广东人还多,能够如数家珍地娓娓道来,吸引着周围的人们。

他会告诉你你所绝对想不到的事实:"香港的蝴蝶在世界自然科学史上所占有的地位,也许比香港商业在世界商业史上所占有的地位更重要。"因为香港的蝴蝶已经著录的有一百四十二种之多,而英国比香港大三百倍,只不过六十八种。不过,这个数字是三十多年以前的统计,现在有什么变化不知道。但料想不大。变化大的是香港金融、贸易业的发展，已经使这个城市跃居世界前列，披上一个又一个"国际中心"级的荣衔，到底是香港的蝴蝶还是香港的商业在世界上占着更重要的位置，现在也就难说了。

但这并不改变蝴蝶是香港名产之一的美丽事实。而几十年沧桑却改变了九龙半岛上蝴蝶谷的美丽。"从前这个山谷的林木很茂密，尤多小松树，和一种土名为'鸭脚树'的矮树，是蝴蝶蛹最喜欢栖息的植物，因此一旦孵化出来，就构成整千整万蝴蝶绕林纷飞的奇景。这种蝴蝶以黄翅的粉蝶居多，所以看来一片金黄，使蝴蝶谷享了盛名。可惜近年拓展郊区，滥伐树木，使得蝴蝶谷名存实亡，难复旧观了。"但蝴蝶谷虽亡，香港的一百四十多种蝴蝶仍在，依然使香港保留着这一份美丽。

香港有着这许多蝴蝶，也有着那许多兰花，野生的兰花至少有七十五种之多，所以叶灵凤说这也是很可骄傲的。香港的野兰多攀附而生在树根或岩台上，常见的是开粉红花的竹兰。

常见的杜鹃、木棉，当然更是叶灵凤笔下之物。他写木棉开时，映着日光，满树的大红花高撑半天，正如明末屈大均的《广东新语》所说："望之如意万华灯，烧空尽赤。"而他写木棉落时，就更生动："它开在树上的时候花瓣向上，花托和花蕊比花瓣重，因此从树上落下的时候，在空中仍保持原状，这时六出的花瓣却成了螺旋桨，一路旋转而下，然后拍的一声堕到地上。春日偷闲，站在树旁欣赏大红的落花从半空旋转而下，实在也是浮生一件乐事。"

从蝴蝶、野兰到木棉的描述，完全可以看到这位在香港居住了多年的作家，是如何既从书本里，也从现实的观察中，了解到周围许许多多有趣的事物，然后才写出这本至今唯一的

《香港方物志》。

他运用了自然科学和历史的知识，运用了民俗学的观点，更用了文艺的笔法来写这些。打开《香港方物志》的目录，看到《一月的野花》、《三月的树》、《四月的花与鸟》、《蓝鹊——香港最美丽的野鸟》、《夜雨剪春韭》、《新蝉第一声》……是不能不被吸引着读下去的。

在《三月的树》中，作者很细致地写下香港式的落叶。三月，在江南被称为"养天花"，在香港，叶灵凤说大可叫"养叶天"。香港的树秋不落叶，冬不变黄，"但是春天一到，就在现在二月尾三月初的时候，常常一棵树在一夜之间就会褪光了全树的叶子"。而"一棵在前几天刚褪光了叶子的大树，你只要三四天不曾留意它，经过夜来一场细雨以及早上一场太阳之后，光秃的树枝已经又缀满新叶的嫩芽了"，"已经是一片新绿了"。映着阳光，这些嫩叶透明可爱。"它们可说不是落叶而是换叶。因为这种变化，乃是由于内在的要求，春天到了，新叶已经准备好了一切，急于要钻出来，于是已经尽了责任的隔年旧叶就毫不踌躇的将它的地位让给新的一代了"。

这不是一篇很有韵味的小品文么？同时也使人不禁想到今天中华大地上的人事代谢，也正是如此。《香港方物志》之能吸引人，不仅在于它告诉你许许多多香港自然界的丰富知识，也在于它提供了一篇又一篇可读性很高的美好的散文。它绝不是一本枯燥的自然课本。

这些文章使人想到周作人早年写的《故乡的野菜》那些散文，使人想到叶灵凤所爱读的淮德的《塞尔彭自然史》和吉辛的《四季随笔》。

从鹭鸶、鬼鸟……到狐狸、老虎……到猪鱼、魔鬼鱼……

到蜘蛛、蜈蚣和各种蛇……到禾虫、荔枝蝉……到老榕树、吊钟花……都一一出现在《香港方物志》中。

由于香港是中国的一部分，位于南方，因此香港方物往往也就是南方的草木虫鱼鸟兽，因此，读它也有如面对着南国的风光。

当谈论或描写香港社会的文章或小说一本又一本出书时，能看到《香港方物志》这样的书，不禁使人有一种清新的喜悦。

它不是新书，又是新书。早在一九五三年就写成了，一九五八年初版。一九七〇重版。这回北京三联书店虽然第三次出版它，但对于内地的广大读者来说，却又完全是一本新书，睽违了四十多年以后，再一次看到了他的著作。

叶灵凤是二十年代开始活跃于上海的作家。抗日战争后就一直居住香港，在一九七五年以七十一岁的高龄病逝。他参加过创造社，也参加过抗战初期的《救亡日报》工作。在一九五七年版《鲁迅全集》的注文中，被冠上"汉奸文人"的帽子；在"文革"后一九八一年新版的《鲁迅全集》中，这顶帽子终又摘了下来。帽子已去，书又新出，这也是读书之余使人感到快意的事吧。

一九八六年三月

关于《读书随笔》

叶灵凤是画家、作家、也是藏书家。

他是从美术学校出来的，似乎还没有登上画坛就转入了文坛，还来不及真正做一个画家就已经成为作家，老的说法，是画名为文名所掩了。三十年代后期他就不再画画。许多认识他的人都没有见过他的画，除了早年的一二封面设计，他手头也许还藏有当年的一二作品，却总是秘不示人，虽然他这样做并不是"悔其少作"。

作为作家，他很早就写小说，但后来，至少是进入四十年代以后，也就几乎不再写小说，却不是搁笔不写文章，不仅写，还写得很勤，写的多是散文、随笔，而其中绝大多数是读书随笔。

这因为他首先是一位"真正的爱书家和藏书家"，喜欢书也喜欢读书；又因为更是一位作家，这就注定要有大量的读书随笔生产出来了。

爱书家，这一般很少听到的称呼在他笔底下却常常可以看到，猜想他更愿意被人称为爱书家而不是藏书家。

他早年在上海虽藏书万卷，抗日战争中都散失了。定居香港后他又从无到有地买书、藏书，估计不应该少于上海这个

"上卷"之数，但他身后家人把藏书送给香港中文大学，整理后说是六千多册，这个"下卷"的数字倒是有些出人意外的。论时间，这"下卷"的时间是长多了。

遗书未上万，遗文却过百万。

在他一九七五年离开人世的时候，仅仅是遗留下读书随笔之类的文字，就不少于一百万言，包括已出书和未出书的。

在这部《读书随笔》中，《读书随笔》、《文艺随笔》、《北窗读书录》和《晚晴杂记》都是有过单行本的。《晚晴杂记》是七十年代之初问世的（其中大部分是一般的散文、小品文，本书只选入了和读书有关的文章），它们都是香港的出版物。未结集成册的《霜红室随笔》、《香港书录》、《书鱼闲话》和一些有关的译文，只是在香港的报刊上发表过，对于一般读者来说，无异于前所未见的"新作"。总的来看，最早的文章写于二三十年代，最晚的作品成于七十年代初期，前后差不多有半个世纪。它们发表时，除了叶灵凤这个名字外，还用过林丰、叶林丰、任诃和霜崖这些笔名。

这些随笔为他自己的话作了证明：读书很难，古今中外，线装洋装，正经的和"不正经"的书，他都爱读。杂之中，却也自有重点：文学的、美术的和香港的——前两类显出他作家和画家的本色，后一类就正是他下半生生活所在的地方特色。有所读而有所写，就是这里上中下三册几十万字的文章了。

这里有一篇《书痴》，记的是一幅版画：藏书室，四壁都是直接天花板的书，一位白发老者站在高高的梯顶，胁下夹了一本书，两腿之间又夹了一本书，左手拿了一本书在读，右手又伸手从架上抽出一本书，一缕阳光从头顶的天窗上斜斜地射在老人的书上，老人的身上。作者说，他深深的迷恋着这幅画上所表现的一切，当然也包括那位白发爱书家。而他写这篇文章时，却还是鲁迅先生笔下"唇红齿白"的年轻人呢。

他在这篇短文中说："读书是件乐事，藏书更是一件乐事。但这种乐趣不是人人可以获得，也不是随时随地可以招来即是的。学问家的读书，抱着'开卷有益'的野心，估量着书中每一个字的价值而定取舍，这是在购物，而不是在读书。版本家的藏书，斤斤较量善版本的格式，藏家印章的有无，他是在收古董，并不是在藏书。至于暴发户和大腹贾，为了装点门面，在旦夕之间便坐拥百城，那更是书的敌人了。"这说得很有意思，不过，他所说的"购物"式的"不是读书"的读书，也还是不可避免的，他自己就在《今年的读书愿望》中说过，时时要看一些本来不想看的书，而被占去了许多时间，不言而喻，其中肯定不少是为了临时"购物"而翻阅书本，他虽引以为苦，但翻阅而有所得，也还是一定要感到不亦快哉的，这恐怕是不少做学问，写文章的人都有过的感受吧。

《晚晴杂记》原书中有一半以上不是读书随笔，而是一般的散文小品，虽然隽永有味，碍于体例，都删去了。像这样的小品文章，发表在报刊上而没有编印成书的还有不少，如果有机会出书，对于爱书家来说，当是喜见乐闻的事吧。

在《文艺随笔》的后记中作者说，由于写作时间前后相隔十几年，不免有重复或歧异的地方。现在集中在一起的这些文章，前后更是相隔几十年了，这样的情况就更是难免，尽管已经在注意避免。

作家和爱书家，这本书就是一位作家爱书几十年而写下的随笔。充满的不仅是对书的爱，对文艺的爱，对生活的爱，更有对家国的爱。

爱书而爱读书，"读书之乐乐何如?"记得有这样一首诗，而且还谱成为歌。我们的作者一生是因此乐在其中了。读他的遗文，我们是可以享受到一次又一次直接和间接的读书之乐的，直接的是他这些引人入胜的随笔文章，间接的是他告诉我们的那些古今中外可读之书。

一九八五年十一月

繁华时节怀绀弩

——《聂绀弩传》代序

和绀弩虽说有着三十多年的交情,但对他所知其实是不多的。

桂林、重庆、香港,我们曾经先后一同在这三个城市里工作过,而且许多时候干的是相同的工作,然而,在桂林、重庆并不相识,直到了香港才有来往。抗日战争期间,在桂林、重庆,我们都在编报纸的副刊。绀弩是桂林《力报》,重庆《商务日报》和《新民报》的副刊编辑,我从桂林到重庆,都在编《大公晚报》的副刊。在桂林,那时他已是著名的作家,而我只不过是刚刚出道的后生小子,还不习惯到外边去结交文坛的前辈先生,只有一些经常替我写稿的,我才认识。绀弩虽说是"同行",但他自有园地,从不在我打理的《小公园》里涉足,我们没有什么机会相互认识。在重庆,有了写稿的关系,却没有什么直接的交往。抗战胜利后,一九四八年我到香港《大公报》编副刊《大公园》,绀弩比我先到香港,却在两年多以后才担任《文汇报》的总主笔,当没有报纸在手上时,他就以作者的身份替我写稿了,再加上别的原因,我们就由相识而逐渐变得很为熟识。

从认识他开始,直到他去世以前,这中间几乎有四十年之久,但除了最初的三年在香港,最近的三年在北京,我们又是地北天南,不在一起的。只是我有时有事情到北京,才和他见过十次八次而已。当他戴着"右派"帽子到北大荒劳动,后来又套上"反革命"帽子到山西坐牢时,自然是相见无由了。

尽管我们的年龄相差了几乎二十岁,尽管对他的文章一直都很钦佩,我却从来没有像一些朋友那样,口头上叫他"聂老"(只有近年笔下有时称之为"绀翁"),这和他从来不摆老作家的架子有关,也和他虽已七老八十而衰病却又并没有什么龙钟之态有关,更和他的精神状态一直保持着斗士的轩昂有关。他四十多时,我固然没有叫他一声"聂老",他八十多时,我还是没有想到要叫他一声"聂老"。

在抗战时期"文化城"的桂林,在他主编的副刊上,更主要在他有份的《野草》杂志上,读到了他一篇又一篇总是很精彩的杂文,我总是很钦佩,也总是很羡慕。羡慕,是因为自己那时正在学写杂文。像《韩康的药店》、《兔先生的发言》都是他传诵一时的名文。后来到了重庆,读到那篇不足七百字的《论申公豹》更是叫绝,他只用了这么几句话,就把反动派的尊容勾画出来了:"他的头是向后的,以背为胸,以后为前,眼睛和脚趾各朝着相反的方向,他永远不能前进,一开步就是后退。或者说,永远不能瞻望未来,看见的总是过去。"寥寥数笔,写意而又传神,深刻而又生动!

在香港和他相识后,知道他很爱下棋。当他在《文汇报》担任总主笔时,就常到《大公报》向梁羽生他们挑战。作为总主笔,他每天要写一篇时事评论的文章在新闻版刊出,有时棋下得难解难分，从下午一直下到晚上，有那么一两次，他干脆就不回去上班写文章，却怕我们说他偷懒，和梁羽生约好，要他不要告诉我们，事过境迁，他人已经到北京工作，梁羽生才说出来，引得大家哈哈大笑。梁羽生有一年蜜月旅行到北京，两人又下棋下得忘乎所以，这回是梁羽生传出了丢下新婚夫人在旅馆空房独守的佳话。而梁羽生又把另一佳话带回香港，说绀弩有一次雪夜进中南海下棋，居然把等候在外他的司机忘了，而司机终于在深夜自行驾车离去。

我们后来才知道，他原来是有名的"大自由主义者"。

一想起他当年在香港闹市街头，那种旁若无人，闲庭信步式的走路的姿态，就不免想起那句戏词："我本是卧龙岗散淡的人……"他这京山人，家住鄂北，离豫西南的南阳诸葛庐也就不远。

但他不要"散淡的人"，却取了"散宜生"做他的别号。先前只记得，这和申公豹一样，也是对《封神演义》的人物，后来看他的《散宜生诗》自序，才知道是借这个周文王的"乱臣"九人之一的名字，寄托"无用终天年"（适宜于生存）之意。《庄子》有散木以不材终天年的说法，旧知识分子有不材、无用而自称散人的习气。他有这样的深意，我却往往想得很浅，想到他的那一点散漫，想到他的那一份自由主义。当然，也想到他对名利的十分淡泊，全不在意。

说到《散宜生诗》，就不能不提到它的前身，香港出版的《三草》了。

绀弩回忆，我那年从香港到北京，看到他油印了送人"意在求人推许"的他的旧诗小册子，就说"这种东西在港复制只需几分钟"，他就请我拿去复制或印刷，没想到却费了两三年工夫,才印成《三草》。我说几分钟,并不假,当时北京复印机少,不象现在到处都有,印起来很方便,但在香港,却先进一些,复印机之多,当年就像现在的北京(但也还没有可以放大缩小,可以印彩色的),因此我自告奋勇拿走了他的诗册。

那当然不仅仅因为复印方便那么简单,主要更因为我十分欢喜那些诗,很愿意它们能广为传布。因此,就从原来设想复印几册,而改变为印它三千。几分钟当然不行,前后三年没有,两年却是花了的。本来不需要这许多时间,由于我的拖延,这就迟了。由于我的粗疏,印出来后才发现还有好些错字,这对自认为"编辑虽不行,校对还可以",因而也负起了校书之责的我来说,自信心是大受打击了,也觉得有些愧对故人。但看到"文章信口此黄易,思想锥心坦白难","吾民易有观音土,太后难无万寿山","昔时朋友今时帝,你占朝廷我占山",这些诗句终于成了书页,成了书本,也还是掩不住那一份十分欢喜的心情。

在接触到这些油印诗册以前,我们一些在南方的朋友就已经传诵着他的若干名篇,而谈论起他的"以杂文入诗",为旧体诗开新境界了。

这以前,我们只知道他是个杂文家、古典小说研究家,从没有想到他是诗人,更没有想到他会成为奇峰突起的旧体诗人,在他的晚年大放异彩,由于他过去只写新体诗,还表示过拥护白话,反对文言,不写旧体。尽管在香港时他也偶有旧体诗词的吟咏,严肃的,或严肃的打油的,也真是偶一为之,那首"欲识繁花为锦绣,已伤冻雨过清明"的《浣溪沙〈萧红墓〉》就是仅存的了,排在《散宜生诗》的最末部分,却是留存下来的他最早的旧体之作。后来忽然诗兴大发,那是北大荒奉命集体做诗,挑灯夜战的结果,"左"的结果,却有了好的诗篇,在"遵命文学"以外,于是又有了"遵命诗词",在"愤怒出诗人"以外,又有了"命令出诗人"。

十年浩劫后第一次进京,去东郊新源里探望躺卧在床上的我们的诗人(从此就只是见他躺着、躺着,而很少站起、走动),当时只想到他的病、他的穷(每月只有十八元生活费),只想到留下很少的一点钱给他以济燃眉。第二次相见是四次文代会期间在西苑宾馆里,虽说他是去开会,却几乎整天躺在床上,好像就是这一次接受他"托孤式"的委托,带走了《三草》回香港。这时他已不是那么穷,已经恢复了地位名誉,衣食既足,可以"兴礼乐",出诗书了。他在谈笑中说过,不知道为什么,见了我就一点诗意也没有,写不成诗(指没有给我以"酬答"之作)。但偏偏却把出诗的任务交了给我,虽然拖了两年,却总算是不辱使命。这就是我在他去世后悼诗中所说的:尊前长逐缪思神,三草偏从海角伸;论世最欣文字辣,读诗更爱性情真;百年咫尺成虚语,五日蹉跎失故人;浅水垂杨风景异,同伤冻雨过清明。他八十后我在一次祝寿诗中愿他活到百年;他去世前五天我本来要去探望却改了期,从此就再也见不到他了。每次到他劲松的家里,总要经过一个叫垂杨柳的地方,这地名和另一处芳草地的名字同样叫人有春天的想望。但却是一个并无垂杨只有尘土的市区,叫人失望而想笑。

最后一次见他是他的《散宜生诗》(增订注释本)出版以后不久,我拿了一册精装本请他签名,一支笔在他颤巍巍的手里已经不听使唤,只是勉强写了一个"作"字,就叫人不忍要他再写"者"字了,而那"作"字其实也不大成字。后来他的家人说,那可能是他最后写下的一个字。

虽说很想再见他一面，哪怕那只是一个已无知觉的人面。但由于朋友们都知道的原因，我没有去参加遗体告别，只是要了周伯（跟着一些晚辈这样叫周颖大姐）的那张别致的谢帖："绀弩是从容地走的。朋友，谢谢您来向他告别。"

我只是写了几首七律（包括前面那一首）向他告别，其中之一是：闻君此去甚从容，蝶梦徐徐逐午钟；剑拔弩张曾大勇，神闲气定自高风；枕边微语鱼堪欲，棋里深谈我愿空；春水冰心徒怅望，罗浮山色有无中。

就在那最后一笔签写"作"字的前后，他和往常一样闭目不语，只是在我临走时说了一声，"带点吃的东西来"，经过周颖的传译，知道他想吃南安板鸭和香港的曹白咸鱼，但咸鱼由我的家人带来后，由于那五日之误，他已经再也看不到、尝不到了。我很有兴趣学围棋，有意和他下棋以消永日，但一直没有好好学，直到这位对手消失于人间世，我还是"坐观垂钓者，徒有羡鱼情"。吹皱春水，玉壶冰心是他写了送我的诗句，却又一直没有送，甚至把这事忘了，还是本书作者保留下来，在他去世后才转到了我手中。这是一首七绝："倘是高阳旧酒徒，春风池水底干渠？江山人物随评骘，一片冰心在玉壶。"他说见了我就没有诗意，从来没有送诗给我。其实他曾经送过"半世新闻编日晚，忽焉文字爱之乎，每三句话贬天下，不七尺躯雄万夫"这样几句，只是在我提醒他以后，他才凑足八句，成为七律，请书法家黄苗子写成条幅相赠。他自己的书法也很不错，小楷甚至显得有些妩媚。他就是这样健忘的，就是一"散"如此的！而在他《散宜生诗》增订本的自序中，我的名字又多了三点水，"浮"起来了。

写下这些小事，本来是没有多大意思的，只不过表明，我们之间有着虽长期却并不能算十分深厚的交情，我不可能在他死后谬托知己。

写那些悼诗和这些文字时，我也没有太多的感伤之情。伤逝、惋惜、黯然，那是当然的，但想到他走得那么从容，而最后的日子却已接近于油干灯尽，那就还是"不如归去"，让"尘土的归于尘土"吧。

在我的惋惜中，有一点是没有来得及在他生前，向他请教一些读不懂的他的诗篇，一些不大清楚的他的往事。他的诗虽不晦涩，但有些本事不知，就会读之难明。

而他的一生，我知道得其实很少，有许多还是靠了这本《聂绀弩传》这才明白。这当然要怪我就是对朋友也往往"不求甚解"。因此也就很高兴有这样的一本传记了。它是可以使和绀弩识与不识的人，都能对他有更多更密切的了解的。

这书原来是绀弩口述（在他生命最后的几年里取得的第一手资料），而由作者整理成《庸人自传》。绀弩自称"散人"，又谦称"庸人"。从一些遭遇来是说，他是奇人（注）；从一些行事来看，他是妙人。但后来他改了主意，不想要这样的自传，于是就又由作者改成了现在这个样子。

你看下去就知道是怎么一个样子和有着怎么一种可读性了。

一九八六年九月

注：我还有一首悼诗，用了四个"奇"字：奇人奇遇有奇闻，更以奇诗字闪闻；一帽凭谁分左右，十年累汝困河汾；北荒失火鱼犹在，南国从军梦早湮；历史老人应苦笑，繁花时节又怜君。

他戴着"右派"帽去北大荒劳动时,因失火烧去棚屋,被判刑下狱。"文革"后又被加上"反革命"罪名,判无期徒刑,到山西坐牢。他早岁参加革命,是黄埔军校第一期学生;晚年由太原释还北京时,虽早已是共产党员,却夹杂在释放原国民党县团级人员的名单中而获赦,真是奇不可言!"一角红楼千片瓦,压低历史老人头",是他咏《宝玉和黛玉》的诗句。

绀弩和香港

绀弩是一个和香港颇有渊源的作家。

他曾经在这个城市工作、生活过四年多（一九四七——一九五一）。来的时候是作家，临去之前是作家兼新闻工作者，他是卸下《文汇报》总主笔的担子去北京工作的。青年时代，他还曾远到仰光去做过报纸的编辑。

他到香港来，也是和报纸有关。那以前，他在重庆《新民报》编副刊，文章惹祸，受到当局政治性的追缉，报馆因此曾经受到过武装的包围。

他因此不得不辗转来到香港，以卖文为生。他和夏衍、秦似、宋云彬在抗战期间的桂林出版过有名的杂文刊物《野草》，这个杂志在他没有到来之前就已经在香港复刊了，他来了，理所当然地也就成了《野草》的主力。许多文章也发表在《华商报》、《大公报》和《文汇报》上。

他的杂文集《血书》、《二鸦杂文》、《天亮了》、《海外奇谈》、《寸磔纸老虎》都是在香港出版的。后边两个集子差不多都是他替《文汇报》每天写的短论。

他还有一个新诗的集子：《元旦》。其中包括长诗《山呼》。那时候，没有人想到他后来会以写旧体诗而赢得很高、很高的声誉。

在五十年代以前,他不写旧体诗,只写新诗。他自己说过,"拥护白话文,反对文言文,根本不做旧诗"。五十年代以后,他却逐渐做起旧诗来了,而发源地看来就是香港。

现在《散宜生诗》中,年代最早的一首,应该是那《浣溪沙·扫萧红墓》:浅水湾头浪未平,独柯树上鸟嘤鸣,海崖时有缕云生。欲织繁花为锦绣,已伤冻雨过清明,琴台曲老不堪听。

这《浣溪沙》是五〇年左右的作品,也许更早一些,是四八、四九年所作,因为同时去萧红墓的还有秦似,而秦似在四九年里离开香港北回了。但很可能是五〇年作的。绀弩有这样的习惯,喜欢在事后"补诗"。但这《浣溪沙》也不可能补得很后,因为在他还在香港期间,朋友们已经传诵他这一名作了。

说来也巧,当年日军占领香港后,戴望舒和叶灵凤也去过萧红墓前凭吊,而留下了被人传诵的《萧红墓畔口占》,那是短得只有四句的小诗。而绀弩这诗(词也是诗)只是略为长些,六句而已。这在绀弩的旧体诗词中,是很少有的无限低徊的抒情之作。

这也是绀弩为自己写旧体诗自开风气之作,虽然正式写起旧体诗来是九年以后在北大荒的事。从极南边开始,到极北边而大成,这也很有意思。

有人说,绀弩的旧体诗不少有打油气,这也可以说是不为格律所拘的一种突破吧。读他的诗的人看得出来,他不是不懂格律,有时很讲究,有时不在乎。或者说,油气和格律无关,那是韵味上的事。我想,绀弩的诗至少也和油腔无关,而豪气为近。

但他在香港也留下过一首打油诗:不上山林道,聊登海景楼；无家朋友累，有酒圣贤愁；春夏秋冬换，东西南北游；打油成八句，磅水问三流。

　　山林道当年据说有过"花丛"，他不涉足。海景楼是干诺道中近三角码头的一家北方馆子，是香港最早的一家，五十年代后期就已经不复存在了。当时不少文化人是常去那里的，由于比较价廉。绀弩的广东话显然只能得到不及格的分数，但他也会用"磅水"，而对象是三流，三流是胡希明的笔名，后来回广州担任广东省文史馆馆长，当时是香港《周末报》负责人。

　　绀弩姓聂。他有一个笔名"耳耶"，就是拆开"聂"字成两个字。他的《二鸦杂文》，"二鸦"这个笔名就是"耳耶"的谐音。

　　"二鸦先生"留在香港的时间不算长，只不过他八十多岁生命的二十分之一，却留下了六个集子在香港，那就很不算少了。

　　有人说他是两度甚至是三度到香港，其实不是。四九年他曾到北京参加第一次全国文代会和新中国的开国大典，但不久他就重回香港，继续工作了一年多。这一次北上南下，只是短暂的离开，属于工作旅行性质，不能算是一次离开和又一次新的到来的开始。

　　他在香港的期间只是四十多不到五十岁的盛年。是他杂文创作又一个旺盛的时期（前一个时期主要在桂林，而重庆次之），很有一些精彩之作，可惜手头无书，不能举出篇名。离开香港去北京后，就结束了他的杂文时代，从事古典文学特别是传统小说的研究去了，不久在这方面又成为名家。

　　然后，是在磨难中写旧诗成为著名诗人。他的最后作品是诗，是《雪峰十周年祭》的两首七绝。七绝而绝笔，这以后他就再也不能写什么东西，连执笔也不能了，终于在四个月左右以后的三月底"斯人老去"。他是由于老病,体力完全衰竭而离开人世的。正像家人说的,去得"从容"。

正像他平日走路的样子(当他还能正常走路的时候),从容。

他哀胡风,"无端狂笑无端哭,三十万言三十年"。他自己也受过二十多年的折磨,但他没有狂笑或当哭的狂歌,还是从容。

他赞胡风,"奇诗何止三千首,定不随军到九泉"。他的诗没有三千首,却的确是有奇气的诗篇,必传而必不到九泉的诗篇。

朋友们只为他饱受折磨,感到哀痛;而对他的长逝,在哀感之余,却想到他的诗句,"我倘成尘定微笑",相信他是含笑在心,从容而去的。

一九八六年四月

绀弩和杂文

一

绀弩是以杂文出现于文坛，著名于文坛的。他是鲁迅以后，我们当代最杰出的杂文家之一。他虽然也写过一些小说，而且很有志于写出一些至少和他的杂文齐名的小说，却此志未酬。他虽然"晚年竟以旧诗闻"（钟敬文挽联语），而且诗名甚大，不亚于杂文，但他的性格，首先是杂文的，然后才是诗的，而他的一些诗也有着杂文的味道，以至于有人说他"以杂文入诗"。他也写过一些很受推重的关于中国古典小说的论文，但许多其实也是杂文，很有味道的杂文。

绀弩是个很有性格的杂文家，当人们不能不承认他是杰出的古典小说的研究者，更不能不承认他是大有诗意、别开境界的旧体诗词的作者时，也总要首先记得他是我们当代的一位杂文大家。

二

颇有人心目中把杂文定于一尊，以为只有鲁迅体的杂文才是杂文，但学习鲁迅杂文的绀弩却是持否定意见的。

他认为杂文在中国古已有之，"我国有悠久深厚的杂文传统，有各种各样的杂文"："摊开历史文集，其中的名文，往往就是杂文"。在他看来，不仅庄周的《齐物论》、《秋水》，韩非的《说难》、《孤愤》，王充的《论衡》，陶渊明的《桃花源记》，韩愈的《原道》，柳宗元的《黔之驴》是杂文，连杜甫的《茅屋为秋风所破歌》这样的名诗，连从宋玉的《登徒子好色赋》到杜牧的《阿房宫赋》以至于欧阳修的《秋声赋》，苏东坡的《赤壁赋》这些名赋，也都是杂文。岂仅传统深厚，而且形式广博，杂文几乎是无所不在了。

他说，鲁迅的杂感文章是新的杂文，有着极其彻底的反封建思想，是"博大精深，如山似海"而"战斗不疲"的。"他发展了中国的杂文，把杂文推向了极致，也正因为如此，也结束了他所扬弃的中国杂文"。

不仅结束前人，也结束了他自己，"鲁迅的杂文，其实已及身而绝了"。"时代变化，他的杂文至少是很难再有了"。

绝的是鲁迅体，而不是杂文。

三

绀弩以他自己的写作做了证明。

他首先承认，爱好，学习甚至模仿过鲁迅的杂文，但无论内容和形式都并不相像，"我的杂文只是我的杂文，与鲁迅的杂文攀附不上"。

这里面当然有谦虚的成分，也有不想"攀附"的成分。他有些杂文，如《确系处女小学亦可》之类，读来就如读鲁迅文章,这些他不想承认都是不可能的。

但他大量的杂文却的确在内容和形式上都不同于鲁迅。

杂文主要在针砭时弊,时代在发展,内容自然也随之而发展。

至于形式,在绀弩的笔下,杂文就更杂了,远不限于杂感和随笔之类。

鲁迅式的杂感依然是形式之一。写作的数量也不太少。

政论也成了他的杂文的另一形式。如《自由主义的斤两》这篇针对当年《大公报》社论《少残杀少破坏》而写的文章,其实是一篇政论,也完全可以当成社论,如果有什么报纸肯这样发表的话。文章是一九四八年在香港写的,那时解放战争正在进行,《大公报》的主笔借一条中央社的长春电为国民党涂脂抹粉,以悲天悯人和"理性与公平"的姿态呼吁双方"少残杀","少破坏",绀弩以四五千字的笔墨,揭开了所谓"自由主义"的真相。

这样的长文在他不是绝无仅有的,那《血书——读土改文件》,就在一万两三千字以上。在这篇他后来用来做一本杂文集书名的大文中,他以极大的热情说:"多少年来,我们从文人的笔下看见'黎明','破晓','东方作鱼肚白'等等的词句,至于那含义,恐怕连作者自己也未能弄得十分明确;现在应该明白了,那就是土改!"文章中的"现在"是一九四八年,作者在香港情不自禁地高呼:"歌颂这光明!拥抱这光明,在这光明中为它而生,为它而死!"虽然是这样长的文章,却能吸引人一口气读下去,因为他虽是政论,却又是杂文,有着杂文的动人文采。

寓言也是绀弩的杂文武器。《兔先生的发言》就是一九四二年他在桂林时代的名篇之一。狮先生在森林中大排筵席,佳宾中有虎、豹、狼、熊……佳肴中有兔腿,却要兔子即席发言,歌功颂德。绀弩很推崇画室(冯雪峰)的寓言,他们两人各写各的,冯雪峰的简短,他这篇《兔先生》却是七千多字的长文;冯雪峰写的篇数多,他写的较少,却也不止一两篇。

故事新编也是绀弩运用过的杂文武器。这是鲁迅的创造。绀弩有自己的风格,他的传诵于抗日战争时期,写作于桂林的《韩康的药店》,是比《兔先生的发言》更有名的名篇。韩康卖真药,西门庆卖假药,见韩康的药店生意兴隆,而自己门庭冷落,就强买了韩康的药店,由于还是卖假药,就还是不免门庭冷落,而韩康在新址开的店依然其门如市,于是又强买,又冷落,而另一家又其门如市。这故事的现实背景是:国民党在桂林关闭了进步的生活书店,在那里开起正中书局,原来的旺铺一下子就成了冷店。

短剧也是绀弩的杂文。在《聂绀弩杂文集》中,就有着《废话》(滑稽戏)、《天亮了》、《梦》、《独夫之最后》这四个短剧。如果不是作者自选这些作品入杂文集,大约就不会有人说它们是杂文,但既然作者说这是他的杂文,旁人就用不着替他否认了。

政论之外,学术论文也可以是绀弩的杂文。打开他的《中国古典小说论集》,又打开他的杂文集《蛇与塔》吧,就可以看到:《〈聊斋志异〉的思想性举隅》、《〈聊斋志异〉在妇女问题上的矛盾》、《略谈〈红楼梦〉的几个人物》这三篇是两本书都收了进去的。它们既是学术论文,又是杂文,作者的看法显然可见。可能是他一生中最后一篇论文的《小红论》(一九八四),其实是《略谈〈红楼梦〉几个人物》的续篇,这在作者眼中，也应该同样是个可以"两栖"之作吧。

绀弩这样做，正是继承了中国古代"有各种各样杂文"的杂文传统，而又加以发展了。在他举出的中国古代杂文名篇里并没有短剧，但在他自己的杂文创作中却有了。

四

还要特别注视"以杂文入诗"。

诗也可以是杂文，绀弩把杜甫的《茅屋为秋风所破歌》也列入中国古代各种各样的杂文里，就显示了他这一看法。

更多、更大的显示是他自己的诗篇。有时整篇是杂文，有时有些句子是杂文。

如《颐和园》："倘以舳舻资赤壁，何如郊薮起雕阑，吾民易有观音土，太后难无万寿山。开得一尺春水润，呈教八国联军看。此园撤尽千关锁，今义和团血尚斑。"初初读到这时，不禁为"吾民易有观音土，太后难无万寿山"叫绝。

又如《钓台》："五月羊裘一钓竿，扁舟容与下江滩。昔时朋友今时帝，你占朝廷我占山。有客才眠天象动，无人不羡御床宽。台前学钓先生柳，却以织腰傲世间。"每读到"昔时朋友今时帝，你占朝廷我占山"的句子，就使人想象到旧世界中造反者如梁山好汉的英雄气概，主要表现在："你占朝廷我占山"这一句。据说，绀弩当年在莫斯科中山大学时和康泽是同学，有交情，两人回国后康泽曾对绀弩说，如果他做了蒋介石，就要绀弩做他的吴稚晖，"昔时朋友今时帝"的故事就是这样。不过，康泽始终没有成"帝"，而且这样来解释诗句，反而把"你占朝廷我占山"的意义削弱了，只不过你我之间两人的事而已，和千千万万揭竿而起的义士就不大相干了。绀弩可以有这样的触发,我们却不必一定作你我即康聂的拘泥。

"文章信口雌黄易,思想锥心坦白难。"本来是他当年从北大荒回北京《归途》二首中的一首,后来却从《北荒草》中把这一首删去了,改写为《挽雪峰》的三首之一。这样的句子不是最精炼也最精彩的杂文么?寥寥十四个字,抵得上千言万语的文章。写出了一两代人无限的感慨。

五

绀弩的杂文很有他自己的特色。

他善于用生动的形象简明深刻地说明事物。他一《论公申豹》,又《再论公申豹》。这个《封神榜》上的反面人物,头虽然和大家一样生在脖子上,面孔却是朝后而不是朝前的,南极仙翁把他扭成了这个怪样子。绀弩就把这样一个人物拿来做反动派的象征,说他:"以背为胸,以后为前,眼睛和脚趾各朝着相反的方向,他永远不能前进,一开步就是后退。或者说,永远不能瞻望未来,看见的总是过去。"这说得多么生动,生动而又深刻!

他的文字有时很冷隽。他在《蛇与塔》一九八六年新版的《自序》中说:"解放初期,在什么地方开会,我说到《红楼梦》,说了些有关妇女的话,有位显者说,说《红楼梦》时只注意妇女问题,未免小看了《红楼梦》。傅立叶说,一国文野,看其妇女所处地位。几句话就成为历史上的大思想家,而在中国则是小看了《红楼梦》。信乎中国文化水准之高。"文章到此为止,不再多说,真是"不著一字,尽得风流"!《红楼梦》在妇女问题之外也并非没有文章可做可说，绀弩的意见多少有些偏，但还是使人在这里欣赏他的冷隽。

　　当然，更有热辣辣的鞭挞，那是对于敌人。五十年代之初，绀弩根据美国一位参议员的粗话，写了一篇《论狗娘养的》。那位参议员说某某人，"虽然是一个'狗娘养的'，但他是我们的狗娘养的。如果等到有十全十美的对象才来结盟，结果你一定是最孤单的"。这某某人是美国的异国盟友。绀弩于是推论说，"必先有'狗娘'，没有'狗娘'，就不会有'狗娘养的'；而帝国主义就是那些'狗娘养的'的'狗娘'，是'狗娘'养出那些'狗娘养的'的"。一千字的文章中，有着三十个左右的"狗娘养的"，不能说这是绀弩的骂词，只是他引述某参议员所用的代名词，引用得十分有力，读起来使人喷饭！

　　绀弩起用重叠的句子来加强文章的力量。一九五〇年他有一篇题为《茫然》的杂文。那时是北京市解放之初，封闭妓院，解放妓女，枪毙罪大恶极的领家和鸨母，他想用这些材料写剧本或小说，但又发觉这些材料不能写到剧本或小说中去，因据说不适合，不符文艺作品的表现要求。提到这些足以使人吓昏的领家、鸨母残酷折磨妓女的事实，在四大段文字中，接连用了三个"凌迟"，七个"为"（从为人类到为民主），五六个"者"（从挖人子宫者到埋人者），还有几个"消灭"，几个"旧世界"和一连串"何贵乎"，构成的简直是越来越沉重的压迫得人喘不过气的力量！这是绀弩文章的一个极大的特色，相同的重叠的句子，不同的重叠的句子，都在不断增加文字的感人力量。在绀弩的文章在中，这样的手法是常见的。尽管有时也可能使人感到啰嗦而冗长，但多数时候感到的是力量。

　　长文章、长句子之外，绀弩也有短句子，同样有力量的短文章。看看《论娼妓》吧:"娼妓是淫荡者?不!娼妓是不被允许有节操的圣洁者。没有谁像娼妓一样从心底憎恨性行为,以它为羞辱,为苦痛,为灾难,而无法摆脱。"

"一切人的性行为都有淫荡成分,唯娼妓则否。"

"娼妓是病毒的传播者?不?娼妓是法定的病毒的吸收者。在一切人之中,再没有如此宿命地以身殉病的了。"

"娼妓是文明的怀疑者。""娼妓是人性的怀疑者","娼妓是父母的怀疑者",娼妓"也是庄严的男性的怀疑者"。

"再没有像娼妓的品德这样无可非难的了。""卖弄风骚?搽脂抹粉,奇装异服?花言巧语,虚情假意?……一切都是!规定的。"

这不是每一句都能紧扣人心的句子吗?

精密的思想,深刻的剖析,谨严的逻辑,剥茧抽丝般地把事情的本质一层一层,一寸一寸地剥开抽出在读者面前,这就是绀弩的杂文。它源于鲁迅,而又不同于鲁迅,有着明显的绀弩风格。

六

从自选的《杂文集》(一九八一年版)看,绀弩的杂文之笔在五十年代之初就停下来了。最后的一些作品是一九五〇年在香港所作。

五十年代到八十年代,如非停笔,写的就是关于中国古典小说的论文和旧体诗,针砭时弊的杂文是再也没有了。这恐怕正像钟敬文挽联中多说的,"自问恐非初意"吧。因为事实证明,任何时代看来都不免有时弊的,尽管性质不同,但时弊总还是时弊。

人们有理由认为,杂文不能因鲁迅之亡,或绀弩之亡,或任何杂文大家、名家之亡偕亡。

人们没有理由愿意看到时弊兴,而这就正需要杂文之兴,绝不是杂文之亡。

人们会怀着极大的兴趣,看杂文作者辈出,杂文名篇涌现的吧?

一九八六年五月

怀念秦似

和秦似既是老朋友，又是生朋友。我们相识在四十五年前，还不够老？但四十五年中相见恐怕只不过十几次，几乎平均三年或不止三年才见一次，而且三十多年中天各一方，基本上不通音问，"相忘于江湖"，我对他的了解其实并不很多（他对我当然也一样）。

最初见到秦似是四十年代之初，抗战时期的文化城桂林，他的词句所说的"文场试马少年兵"的时候。那时候，他才是二十多岁的青年人，就在夏衍、宋云彬、聂绀弩、孟超的扶助和协同之下，主编名重一时的杂文刊物《野草》。他不仅在自己编辑的刊物上写文章，也把杂文投向报纸的副刊。先是《救亡日报》、《广西日报》、《力报》的副刊。《救亡日报》是夏衍在主持，《力报》的副刊《新垦地》的编者是聂绀弩，《广西日报》副刊《漓水》是洪遒编的。

四二年《大公晚报》创刊，副刊《小公园》先由邵飘萍的女婿郭根编，后来这副担子就落在我这个刚刚二十出毛头小子的身上。当我在《小公园》里照料花花草草时，已是皖南事变以后，《救亡日报》也被迫停刊了。杂文的用武之地又少了一大片，《小公园》也就成了手持匕首投枪的斗士们垂青的所在，老作家、名作家到青年作家、无名作家都主动为我这个还不大懂得组织稿件的年轻人写稿，而不用我花什么力气，其中写得最多的是秦牧，其次就是秦似了。他们两人的文章像是两根台柱，支撑住我把这个副刊编了下去，赢得赞赏，也奠定了我几十年干新闻工作和文艺工作的基础。回想起来，就禁不住在心底感谢这些师辈友辈。

秦似虽然替我编的副刊写了不少杂文，但我当时和他见面并不多，恐怕顶多是三两次。那时候我还不习惯于走出编辑部东奔西跑，许多作者都不认识，见过两三次的已经算得是熟人了。可以想见，如果不是得到师友们的热情主动的支持，我的编辑工作是不可能继续下去的，直到四四年日军逼境，晚报停刊，我去重庆。

秦似却去了广西南部，他的家乡博白一带打游击去了。信息误传，说他夫妇不幸死于日军手中。在重庆《大公晚报》的《小公园》副刊上，据说还刊登过追悼他的文章，朋友们多年后谈起这事，我却记不清楚了。眼前只有翻出柳亚子的《磨剑室诗词集》，在《巴山集》中默默读这相隔半月写成的两首五言律诗：天涯惊噩耗，怀旧涕潸然。烽火怜非命，干戈损盛年。文章忧患始，伉俪死生缘。留取高名在，还凭野草传。

横死怜秦似，乡亲忆绿珠。文章憎命运，怀旧共嗟吁。健硕犹堪想，尸骸奈早枯。李家村畔路，影事未模糊。

使我有些不解的是，后来证实那死讯只是误传，却未见柳亚子再有新作；更后来他们又都在胜利后的香港重逢，也没有再见柳亚子有什么新的篇章。也许是那时候又是各有所忙，不及于此了。

我是四八年从重庆到香港的。秦似比我早去了一年多。他还是老样子,一边编《野草》(它已经在香港复刊),一边替报纸副刊写文章。先是替《华商报》写,后是替我编的《大公报·大公园》副刊写,更后又替迟了些才在港出版的《文汇报》写,最后在四九年他离开香港回去广州以前,更参加了《文汇报》,编了几个月《彩色》副刊。

这两年,我们是见得比较多的,这是因为我已经比从前略为活跃一些,在编辑部外面跑得多了一些的缘故。但加起来,相见顶多恐怕也不过十次八次。

他回广州,后来更回了广西,我们几多年不见,也基本上不通音问了。只记得他出了一本《现代诗韵》,我在书店中买到以后,又收到他送来的一本。这使我开始知道,他已在子承父业地研究文字音韵之学。

这以后,不记得什么时候又收到他写的一个斗方,写的是他那首"千古马嵬遗恨长"的《过杨妃村》七律,因此又知道他也在写旧体诗了。

终于见到他的面已是八十年代之初的事。那是在一个不幸的时刻里——大家都到广州参加周钢鸣的追悼仪式,就这样相逢在五羊城。

不久,他就寄了些诗话给我,在《新晚报》的副刊上刊出。这就是后来在四川出版的《两间居诗词丛话》的一部分。

八二年春天我在广州收到他一封信,告诉我三联书店出版了他的杂文集,前言中还提到了我,希望我能写一点向香港、海外读者介绍的文字。这在我是义不容辞的,但当我看到这一本《秦似杂文集》时,却已是两三年以后的事,早已不能完成他这一委托了。

我的记忆力真实衰退地惊人。他在前言中提到:"解放的第一个年头，我得有机会到北京、东北去参观，当时觉得一切都充满新鲜的气息，我写了几篇通讯报导，急着要把我的所见所闻，一个崭新的中国巨大的变化，告诉我曾寄居的海外的人们。"他说我"总是收到稿后尽快刊出，好象桴鼓相应一般"。而我却完全记不得这件事了。翻翻杂文集，知道就是《法源寺内》、《一个女人翻身的前后》、《北京之今昔》、《从城墙扯到琉璃厂》和《津京道上》这几篇。

读到前言和这些文章，心里不免感到歉然，想不到他当年是这么重视这些文章的刊出。他当然也不知道，在我来说，那时候却是在感谢他没有忘记我们，而远赐鸿文。

但当我们今年夏天在北京重逢时，彼此却忘记提起这件事了。

他到北京，一是为悼老友绀弩之丧，二是为探老父王力的病。我没有去参加绀弩的丧礼，没想到丧礼后却在一位朋友家中意外地相见。在座的还有一位诗人朋友，因此秦似兴致勃勃地在谈诗，谈旧体诗的格律，谈词，谈有读者写信给他，推崇他的词是"当代不作第二人想"……饭前酒后，他都是滔滔不绝地谈，旁若无人，我们只是偶然搭上有一两句。但看得出，他虽然谈兴甚豪，身体却甚差，谈到后来，就显出了龙钟，也显出了病态。第二天他就进了医院。

那天晚上，他念出了哀悼绀弩的一首七律："一代风流未占春，癖王百事任天真。九年坎壈囚中日，十载支离劫后身。病榻晨昏挥彩笔，幽居寒影对浮云。从今便是音容绝，三月花时哭故人。"说是过几天就会在《光明日报》刊出，后来读到报纸，不是一首而是两首，另一首是："早岁从军黄埔港，壮年留学莫斯科。未凭履历要高爵，谩把文章降障魔。野草操矛风雨晦，北荒吟咏慨慷多。艳阳普照神州日，痛为先生谱挽歌。"

那天晚上当然也是免不了谈到绀弩，谈到绀弩的诗。在座的诗人也是远道而来参加绀弩丧礼的，他是彭燕郊。秦似说，绀弩曾有一首送他的七绝，并未收入《散宜生诗》中，我要他写了下来："文艺君家久擅场，十年不见话连床，我诗臆造原无法，笑煞邕漓父子王。"由于是赞他父子能诗，他还怕我不信，说将来可以把绀弩那一手迹复印一份给我。我说，那有不信之理呢。

第二次见到他却是十天半月以后在医院中了。我们都知道他患的是癌症，已到晚期，医生打开他腹部见已扩散，只得束手，手术未动就缝合了。但他却说自己绝不是癌症，谈兴还是很好，精神也显得不坏，他话越说越大声，比平日他的大声差不了多少。谈到诗，我问他，你是不是认为比你父亲的好？他笑了起来，说父亲有一次对他说："你的诗比我好，更有诗味。"他又说，我当然不好有什么表示——他这样其实已经是有所表示了。

但在我来说，他首先是杂文家。他不过大我几岁，当他在写《野草月刊发刊语》和别的一些有分量的杂文时，我还在开始学写短短三几百字的杂文，心里对一两天就寄来一两篇千字以上杂文的秦牧来，真是羡慕得很，秦似也是我羡慕的对象。

至于一般读者，要就不知道秦似，知道的就一定说他是杂文家、语文学家。很少人知道他能诗词，他的《两间居诗词》至今还没有正式出版，只在八〇年自行印了一些送人。

他和绀弩有些相似。早年写杂文，晚岁写诗。他说他其实写旧体诗早于写杂文，而且在开始写杂文以前就已经有几十首诗在报刊上发表过了。但他却是以杂文出现于文坛的。当五十年代以后，和许多人一样，他搁下了写杂文之笔，才又业余吟诗自娱，正业是研究和教授语文之学。论杂文和诗，和绀弩比虽然不免要有所逊色，却不失为第一流的杂文作者和有水平的旧体诗人。作家、诗人、学者，他是兼之而无愧的。

和许多知识分子一样，他受了多年的折磨，而且比许多人更早些。在《武训传》被批以后不久，他的桂剧《牛郎织女传》也受到了批判，后来反右，他虽未被划为"右派"，待遇却比许多"右派"还惨。接下去的十年浩劫当然也是在劫难逃。"四人帮"粉碎后，他尽管恢复了工作，但一些问题直到去世后才得到彻底的平反。这一切，我都是后来许久甚至是这些日子才知道的。

因此在近年的几次相见中，完全没有接触到他的这些"伤痕"。也没有时间去谈这些。甚至我有意和他谈谈曹聚仁晚年在香港的情况，也没有来得及。他曾在七八年发表的文章中，还说曹聚仁是"反动文人"，引起曹家人的意见，希望我这个多少知情的人说几句话。我既没有当面对秦似说，也迟迟没有能写答应了写的东西。直到前不久，还看到秦似八〇年的诗中，有"骨埋梅岭汪精卫，传入儒林曹聚仁"的句子，觉得是太过了。可惜已经不可能和他面谈，引起争论或并不争论。但我想，夏衍在《懒寻旧梦录》中替曹聚仁说的公道话，他应该是看到了，而能接受的吧。

也是最近，才看到五九、六〇年《广西日报》上批他的几篇东西。批的是他的短篇小说《偶遇》，旧体诗《吊屈原》和《咏古莲》。一派穿凿附会之词，那是当年流行的批判文风，不提出罢。只是在《两间居诗词》中，找来找去都不见《吊屈原》，不知道他为什么把它见弃了？找到的是《咏古莲》的两首七绝。

　　地下深埋不记年，一朝偶露玉山前。伴煤无损苍葱色，始信人间有古莲。

这是五八年为东北出土的两千年前的古代莲子发芽开花而作。作诗时他正被"深埋"，因此而更被批，但十八年后终于重见天日，不仅"偶露"而已，是又现苍葱之色，红艳之色，开放花叶。也可能有什么尘土沾染在这花叶上，但却是不能大损叶貌花容的。也就因此故人虽逝，却可以为他有所欣喜了。

一九八六年

秦似和香港

七月间在广西南宁病逝的秦似,是在香港工作过好几年的作家。

秦似原名王缉和,广西博白人,是著名语言学家王力的长子。父亲比儿子早生十七年,比儿子早走两个月。王力是五月间在北京病逝的,终年八十六岁。秦似终年六十九岁。他五月间到北京探父病,吊友丧——作家聂绀弩之丧,在客中病倒,父亲去世时做儿子的已经不能去守灵了,六月底抱着不治之症回到南宁,不到二十天就离开了人世。

和王力一样,他也是语言学家、作家。他多年在广西大学中文系任教,专职担任系主任,主编《语文园地》月刊,著有《现代诗韵》等书。在成为学者之前,他早就以杂文驰誉文苑,和秦牧齐名,有"杂文二秦"之称。四十年代、抗战期间,他踏进文坛不久,就翻译过美国作家史丹倍克的《人鼠之间》,由三联前身之一的新知书店出版,成为当时的畅销书。

"五十年前意气盈,文坛试马少年兵",他在三十年代之末,抗战展开不久,就以杂文进入文坛了。先是替桂林的《救亡日报》写文章,受到夏衍的赏识,一九四一年夏衍发起创办杂文刊物《野草》时,更进一步把主编的担子交给这个只有二十多岁的"少年兵"挑了起来。《野草》的创办人是：夏衍、聂绀弩、宋云彬、孟超和秦似。这刊物虽然在桂林只出了两年多就被勒令停刊，但名气在抗日战争的西南大后方却是很大的。它的纸型还寄到香港，出过港版。

抗战胜利后，《野草》又在香港复刊。秦似是在一九四六年夏天到香港的，一直到一九四九年夏天，才离开香港进入华南。然后就回到他的故乡广西，直到去世。他一生基本上工作于广西，这以外，就以在香港的三年时间为最长了。

一九四六年，《野草》五君子先后到香港，决心再办这个杂文刊物，仍旧由秦似主编。采取的是一辑一辑的丛书形式，这是避免刊物登记的手续而走"法律罅"。先后出了十二辑，大体也有两年。每一辑都用其中的一篇文章做书名，如有一辑书名《论怕老婆》，就因为有绀弩写的这样一篇杂文。

《野草》之外，秦似还先后替《华商报》、《大公报》和《文汇报》的副刊写文章，一九四九年春天更直接编《文汇报》的副刊《彩虹》，几个月之后，就离开香港到华南了。

直到一九八五年，他才在香港的语文学会邀请下，重访香港，参加了一个学术会议，小住了一些时日。

在四十年代末那三年，他在香港写的杂文，就是《秦似杂文集》（三联版）中，从《拆除"忠灵塔"》到《丰年小集》那八九十篇文章。

有一篇《香港所感》，作于一九四七年。写的是四十年前香港的形形色色，今天读来，有些真是恍如隔世。如"逛逛马路，你将看见世界上最大的悠闲与自由：街道旁，骑楼底下，贴地放一张桌面，便可以搓麻将。""走在街上，人们似乎多带着微醉的沉湎和轻松……香港人活得这样闲暇"。他一再强调的"轻松和沉湎",那轻松和闲暇这些年早已被"谋生吃饭,行凶打劫,赛马中标,失恋吃拉苏水,十二岁女童跳楼,镪水淋摩登少妇",还有"卖人的肉,也卖活人",还有三步、五步就回碰到"一间女子学府或者什么专修速成班",还有"黑白社会又总在……制造出新鲜的新闻,文士们也经常在谈啃中……一些异样的盐味",等等,等等,就更是"点止汽水咁简单",岂是当年可比的了。

回忆当年,秦似有一诗一词。

　　当年瓯脱弃如尘,此日万家同作宾。
　　赌博场中驰骏马,骑楼底下睡穷人。
　　尊经文字浮铜臭,论世篇章映眼新。
　　不寐终宵闻海啸,冰夷时欲起沉沦。

诗题是《亭子间书感》。他说,他当年是住在"西环海边二百码之遥的一个亭子间里"。那是西环的桃李台。但桃李台甚至整个香港,确是没有什么"亭子间"的,"亭子间"在上海才有。他所住的好像是二楼上的一个尾房或中间房吧,虽然窄小,却也不见得比今天一些新楼的小房间更狭窄。

　　三十年前忆旧游,故人青鬓各千秋。携尊共扫萧红墓,带啸同登海景楼。惊岁月,新喜猷。全凭生气起神州。四凶消灭云天净,更逐鹏程上斗牛。

这首《鹧鸪天》是为他曾在那里编过副刊半年左右的《文汇报》三十周年纪念而写的。海景楼是海旁干诺道中的一家北方馆子，离当年的《华商报》不远（《华商报》停刊搬去广州办《南方日报》，旧址由《大公报》继续用了多年），因此左派文人常去光顾，它也和浅水湾的萧红墓一样，早已成为陈迹了。

秦似自己说，三十年代他是以写诗而开始写作的。写过几十首诗，投到报上刊出。那是他在广州读书的日子。他读的是自然科学，不是文学。四十年代在香港，为三联书店写过《巴士特传》和《居里夫人传》两本小册子，还被邀参加港九科学界在筹备组织的一个团体呢。

一九八六年七月

萧红的骨灰

> 走六小时寂寞的长途,
> 到你头边放一束红山茶,
> 我等待着,长夜漫漫,
> 你却卧听着海涛闲话。
>
> ——戴望舒《萧红墓畔口占》

萧红是死在香港的第一位著名女作家。她是一九四二年,日军发动太平洋战争占领香港后第一个春天去世的,死于肺病,葬在风景优美的浅水湾。

她的最后一个长篇《马伯乐》是完成于香港的。

生在白山黑水,死于香海南天,她的一生竟走了这么一段长途,虽然死时才不过三十多岁。

人们最早从戴望舒的诗篇中知道她是长眠在香港的海滨,听海涛寂寞的诉说。那是一首只有四行的小诗,却至少和他《雨巷》里的"丁香姑娘"一样被人记得。

诗是写在日军的刺刀下的。战争结果,"和平后"(香港人爱说"和平后",不大说战争结束),大约是萧红去世十周年以前,人们又读到了这样一首《浣溪纱》小令:

浅水湾头浪未平，秃柯树上鸟嘤鸣，海崖时有缕云生。
　　欲织繁花为锦绣，已伤冻雨过清明，琴台曲老不堪听。

　　这是当年在西安和她有过亲切交往的聂绀弩五十年代初期在香港的凭吊之作。后来他的《萧红墓上》四首七律，却是六十年代在广州谒墓忆旧的诗篇了。其中的一首写到了她的病和死：

　　奇才末世例奇穷，小病因循秋复冬。
　　光钱无钱窥紫外，文章憎命到红中。
　　太平洋战轩窗震，香港人逃碗甑空。
　　天地古今此遥夜，一星黯落海隅东。

　　诗中说是"小病"，今天看起来完全是这样，但在四十年代，特效药还未问世，肺病还是当富贵病、致命症，对于"无钱窥紫外"线等等的人，就是不容易摆脱的大困境。不过，这里面的"因循"，据说还牵涉到人事未尽，"无钱"之外，也可能"无情"，那却是另一是非了。

　　在病中，萧红是有过写"半部红楼"长篇的设想的。这可以从柳亚子的诗注中看到："萧红临命以尚有半部红楼未写为憾，盖欲传长征后延京史记。曰'红楼'者，赤都之隐语，非欲续曹雪芹书也。"

　　一九四七年，柳亚子又一次由上海到了香港（这一次是避蒋，上一次抗战期间是避倭）。他前后两次寻访萧红墓，似乎都没有找到。两次写了六首七律《柳亚子诗词选》中都没有收入，不久前，《磨剑室诗词集》出版，一般人才有机会读到。

第一次是《十一月四日蘊山以车来迓,偕翦伯赞、刘遐晖同游浅水湾,觅萧红女弟埋骨灰处不获,怅然有作》:

> 浅水湾头吊落红,余生无分更相从。
> 最怜句好诗成谶,难忘愁多病转慵。
> 玉骨成灰龙汉劫,虬髯卷土大王风。
> 怒涛砰訇殷雷震,后种前胥倘尔雄。
> 天涯孤女有人怜,病榻残诗泪泫然。
> 周老嘘寒成隔世,骆生断脰又今年。
> 辛苦红楼成绝笔,咸阳烽燧正烧天。

第一首第一句"吊落红"下,注有"六年前岛上旧句"。第三句"最怜句好"应该有注,但没有,读到第二首就明白了。

第二首第一句"天涯孤女"下,注有"萧红病中赠我句";第七、八句:"辛苦红楼"和"咸阳烽燧"下就是注上前面引述过的"萧红临命"以没有写成延安的故事为憾的那一段文字。

从这里,人们才知道萧红也是偶作旧体诗的。为什么说"天涯孤女有人怜"是"病榻残诗"呢?由于这只是萧红的断句,并没有写成一首完整的诗。

《磨剑室诗词集》中有一首《赠萧红女士病榻》的七律,也是《柳亚子诗词选》中所没有的:

> 轻扬炉烟静不哗,胆瓶为我斥群花。
> 誓求良药三年艾,依旧清谈一饼茶。
> 风雪龙城愁失地,江湖鸥梦倘宜家。
> 天涯孤女休垂涕,珍重春韶鬓未华。

第二句："斥群花"下注有"余以丛菊赠君，君尽斥瓶中凡卉以供"。第七、八句"天涯"、"珍重"句后注的是"君赋诗赠余得'天涯孤女有人怜'之句，怆然挥泪，遂不复作。"这样就成了只有断句流传了。

在这以前，柳亚子是和萧红在病榻前相识的。他说过："月中余再顾萧红女士于病榻，感其挚爱之情，不能忘也。"他是以对待自己妹妹的感情对待萧红的，称之为"女弟"。一九四二年在桂林得知萧红已经在香港病逝，他写了一首《悼萧红女士》的七绝：

杜陵兄妹缘何浅，香岛河山梦已空。
私爱公情两愁绝，剩挥热泪哭萧红。

这里是"杜陵兄妹"，一九四七年第二次《重游浅水湾寻萧红墓》的两首七律中，又有"一妹虬髯终古恨，冬花春卉并时开"的句子。

这里一再抄柳诗，是因为他前后有十首诗是和萧红有关的，包括他在桂林作的《端木蕻良谱萧红事为梨花大鼓鼓词以授歌女董莲枝，索题赋比，八月二十日作》，那是他少有的一首七言长诗，有五十二句之多，《诗词选》中却只选了《再赠蕻良一首，并呈萧红女士》，其余就只有在新出版的《磨剑室诗词集》中才可以见到，料想见到的人还不多，就不惜做一次抄手了。

柳诗中说萧红墓有"参天大木异松槐"，而聂词中却说那是"秃柯"。柳是听别人说的，不符事实；聂是亲眼看到，那是一株处于旧叶尽脱、新叶未生时期的红影树（又叫凤凰木）。

萧红在那树下大约埋骨十五年，一九五七年由于那里要迁坟兴土木修旅游设施，关心这事的香港文化界人士，由叶灵凤、陈君葆出面，把骨灰取出，送去广州，葬在银河公墓，聂诗："浅水湾头千顷浪，五羊城外四山风"，就是写逝者的这一乔迁。

　　当时为什么要埋骨灰于广州呢？解放之初，百废待举，也许是为了"就近"的缘故。但现在，在她的故乡呼兰，纪念馆已经"举"起来了，故居受到保护，为什么不把这"落叶"使它"归根"到她的出生之地去呢？生于白山黑水，葬于黑水白山，不是比让它长期流落在岭南为更好么？呼兰虽小，总不会放不下一盒骨灰，划不出一片墓地。

　　向着呼兰，我们呼吁：迎接你们的"天涯孤女"魂兮归来吧！明年就是她诞生七十五周年，后年就是她逝世四十五周年了。

一九八五年十月

蔡元培的坟

至今长眠在香港地下的，有一代伟人、万世师表的蔡元培先生。

他是抗日战争期间，在香港养病，于一九四〇年春天去世的。当时兵荒马乱，就埋葬在一个坟场里，一眨眼四十五年过去了。

一个外江人，和这个城市又没有什么特殊的渊源，为什么就让他在这里一眠不走呢？

那是一个拥挤不堪的坟场，也许当年不像今天这样，差不多半个世纪下来，这个城市的人口从几十万跳跃到接近六百万，生者既摩肩接踵地相挤于市朝，死者自然也就相应地挤得透不过气于地下了。

坟场是在香港岛西南角的一个山坡上，本来就不见得很大，现在由于几十年墓葬事业的"兴旺发达"，就显得更小也更挤了。整个山坡上，从下到上，又从上到下，堆满了一座座坟墓，又不是一排一排有规律地陈列着；那格局是杂乱的。人行其间，举步投足都不容易，要寻找自己亲友的"佳城"就更不容易了。万坟如海，蔡元培的坟墓就淹没在这样的一坡坟海之中。

谁寻白璧万碑里，愿补苍天一石亡，宿草渐蒿人愈远，我来斜日吊孤芳。

当年令誉庇多士，此日荒陬葬国魂，惭愧神州真八亿，几人回首及茔门。

这是美籍华人周策纵教授一九七七年访蔡墓的诗。在万碑中寻访，在宿草中寻访，在荒陬中寻访。当想到地下的死者睡得未必安眠，面对着墓茔的生者就不免惭愧了。

在万碑之中，"蔡孑民先生之墓"这块碑还算是比较高大的、比较突出的。但在周策纵和台湾诗人余光中他们去寻访时，坟墓已经年久失修，显得荒凉寂寞。第二年，有人来修了墓，在原来的墓碑之外，又竖立一个刻有千字文的墓表。看得出来，旧日墓碑的七个大字是出于叶恭绰之手；而新的墓表是现居台湾的著名文学家、书法家台静农写的。重修这墓茔的，是香港和台湾的北京大学同学会。

墓表上引述了蒋梦麟当年的诔词："当中西文化交接之际，先生应运而生，集两大文化于一身，其量足以容之，其德足以化之，其学足以当之，其才足以择之。呜呼，此先生之所以成一代大师欤！"尽管这不像墓表所说的"斯诔也，最足以状先生生平"，却是很中肯地说出了一个主要的方面。

蔡元培是有名的北大校长，蒋梦麟是他的学生，后来也做过北大校长。北大是和蔡元培的一生事业分不开的；没有蔡元培，就没有当年的北大旭日初升、彩霞耀天的光辉。在今天的北大校园里，有学生们发起竖立的蔡元培的塑像，老校长永远在注视着北大，新学生一代又一代也在注视着他们的老校长。"先生之风，山高水长！"

但是从南国海岛香港来的人，在瞻仰着这雕像时，却不免深深地感到一阵憾意，抱歉地想起千万里外被包围在一片芜杂中的那一座坟墓。觉得既对不起过去了的先生，也对不起今天和未来的学生——为什么要把他们的老校长长霸占住不放呢？

为什么不让他的骨灰，回到北大的校园？让未名湖畔更添光彩，也免得他的坟墓继续在香港的荒陬中长此失色——已经失色了快半个世纪了。

南天的来客也想问问北大的师生：你们的老校长室以"兼容并包"著名的，你们的校园既容得下外国老师的坟墓，为什么不想也包容下自己老校长的骨灰呢？

一九八五年十月

鲁迅的讲演地

鲁迅生生一共到过香港三回，一回是一九二七年二月，一回是同一年九月。二月这一回是从广州区讲演，九月这一回是从广州回上海经过香港。

讲演两次，前后只在香港逗留了三天。路过那一次更只是在船上停了两天而已。两次讲演都是集子中的名篇，一篇是《老调子已经唱完》，一篇是《无声的中国》。后一篇编入了《三闲集》，前一篇初时底稿找不到，在他去世后，才被发现而编入了《集外集拾遗》中。

据他自己说："我去讲演的时候，主持其事的人大约很受了许多困难……单知道先是颇遭干涉，中途又有反对者派人索取入场券，收藏起来，使别人不能去听，后来又不许将讲稿登报，经交涉的结果，是削去和改窜了许多。"据听过的人说："香港政府听闻他到来演说，便连忙请某团体的人去问话，问为什么请鲁迅来演讲，有什么用意。"看来初时颇有要使讲演变成"无声"之势，后来总算是《无声的中国》有声于香港，也传之于全国，香港报纸刊载于前，汉口报纸也转载于后了。

这一回虽然是前后三天的停留，但由于他不久前"跌伤的脚还未全好，不能到街上去闲走，演说一了，忽忽便归，印象淡薄得很"。不仅印象淡薄，后来谈起这事时连时间也记错了，他说这是一月间的事，但当他把《无声的中国》编入集子中时，又加上了"二月十六日在香港青年会讲"的副题。二月是对了，十六日却又错了，他其实是二月十八日、十九日各讲了一次，二十日回广州的。

说是"印象淡薄"，两天讲演的那些遭遇却不能不使他留下深刻的印象："是这样的香港！"讲之余，他还听到过这样的事：一位高级知识分子因受委屈和英国官员申辩，对方最后无话可说时说了这样一句话："总之你是错的，因为我说你错！"

如果二月这一回可以说"印象淡薄"，九月那一回就实在是印象深刻了。在过境的船上，十几件行李受到翻箱倒柜地检查；先查统舱的，后查房舱的，统舱中的十只书箱才查了一箱就开始勒索十块钱，由于"讲数"没有达成协议，直到房舱里的六只书箱和衣箱已被开始也弄得"七国咁乱"时，如数送上十块钱才得最后幸免于"全军尽乱"，但十六只箱子已经乱得七七八八了。不仅乱，而且有的东西还受到了毁坏。这经过，在《再谈香港》中写得十分生动具体，说是谈香港，其实就是谈那一次有如一场灾难的"过关"。

三到香港，两次讲演，两篇文章：《而已集》中的《略谈香港》和《再谈香港》。

此外，还有《匪笔三篇》、《某笔两篇》和《述香港恭祝圣诞》这些和香港有关的文章，都是读了香港报纸后的杂感。这里"圣诞"的"圣"不是耶稣，而是孔子。当年的孔诞不比耶诞要差多少。由于历法折算的缘故，一年有三个孔诞，可以庆祝三回，一次可以唱大戏三天，通宵达旦，而演出的是整本的《风流皇后》之类的戏，真是漪欤盛哉！

鲁迅凭着他三过香港，特别是第三次在船上的体验，对这个英国统治下的殖民地下了这样的结论："香港虽只一岛，却活画着中国许多地方现在和将来的小照：中央几位洋主子，手下是若干颂德的'高等华人'，和一伙作伥的奴气同胞。此外即全是默默吃苦的'土人'……"

那是半个世纪以前的事了。此刻，香港正进入它"返祖"（重回祖国）的过渡期。在鲁迅于离开香港不远的海上、北归的船中，九月二十九之夜，写下那《再谈香港》整整五十七年后的又一个九月里，英国同意交回香港主权的中英声明草签了。这使人想起《略谈香港》中鲁迅为掉中国书袋的英国总督金文泰指正的四句古话："摅怀旧之蓄念，发思古之幽情，光祖宗之玄灵，振大汉之天声。"现在不正是光祖宗、振大汉的日子么？"无声"不是有"无声"起而代之传响于世么？

鲁迅虽然和香港就只有这样三过其地、两次讲演、七写文章（加上两篇讲稿）的关系，却是香港人很可以纪念的。

他讲演的地方香港青年会，位于港岛，接近半山的比列啫士街，是只有几层高的旧建筑，恐怕总有七十以上的高龄了，在这个到处都是几十层高的大厦林立的城市里，已经成为七十为稀得稀物，它还没有被拆掉而另起大厦，有些近于异数。有心人应该把它保留下来，作为对鲁迅先生的一点纪念，也是值得的吧，当一些别的建筑都被当作文物，受到保护的时候。

在香港，有人曾经发现鲁迅写给徐懋庸的最后一封信的手迹（见《鲁迅书信集》下卷），送回了北京。据说，居港的木刻家唐英伟手头藏有鲁迅给他的信一二十封之多，不知此刻何在？藏之于私人总是不如藏之于公家，更能安全地流传于后世；艺术品如此，文物也一样。唐英伟多年来在香港是"隐于宦"，做公务员，早已不弄木刻，而消失于艺坛，和文化界也没有什么来往。愿他无恙，愿那些鲁迅的书简也无恙！

一九八五年十月

章士钊二三事

一

　　章士钊老先生五月底从北京专机飞来香港的时候,我刚好不在这里,回来之后,听说他健康不好,也就不便打扰,一心以为来日方长,慢慢总有机会见面。前两回他来,一住就是一两年的。没想到这回才不过三十多天,就病发不起。

　　在他去世的前一天,听说他忽动归兴,很想北京,却不料已经来不及作万里长空的飞行了。

　　前年初冬在北京曾去访问他,那时《柳文指要》刚出版不久,他亲笔签名送了一部,又托我以"重任"——替他带二十多部回来送与这里的亲人和友人,一部《指要》,已经够重,二十多部,当然是"重任"了。

　　在《指要》的《总序》中,他就有这么一段话:"昔朱竹垞辑明诗综,去取不当,采证寡识,何义门讥其谬妄处,几于笑破人口,吾治柳文,功力宜不优于竹垞之综明诗,当世硕学,如认为有笑破口而竹垞我,何时获知,当即力事补正。夫学问者,不足之渊泉也,每当得以新解,不足之念,即习习然而至,数年之假，得以读易补过，企望之情，倍百恒品。"他又在《跋》中说："本编分上下二部，上部缮就，以示一二友人，猥蒙检阅一过，除指点要义，并改正其错误外，犹承说明序言引何义门讥竹坨辑明诗综例之未得其正，负责述作，无须自砭到怕人笑破口云云。吾谨受教……"但因一时没有恰当的字句，后来又觉得"安能保其必无"谬误，"几经反省，因而终于原封未动"。

当时有幸看过一部分原稿，也看到了《跋》中所说的"一二友人"所提的意见，有些是注在原稿旁边的，有些是另纸写的。他们都是工作十分繁重，每天都有许多天下大事要考虑的人，能抽出这么多时间看完这一部百多万字的书，而且认真提出意见，真不是简单的事！其中一位写的还是工笔细楷呢。

他一生做学问，精力所寄，就在柳文，《柳文指要》能在他去世前一年多出书，大方精美，尽管来不及补正再版，也已经很可以使他感到安慰了吧。

一般人只知道《柳文指要》是他生平力作，是他最后的大著作，却不知道他还有另一部《指要》，已经写成，还未出版。这是《论衡指要》，是研究王充《论衡》的。初稿已经写成，正准备细心修改，却已经来不及了。据说在这部书中，他从古代谈到今天，许多地方赞叹了今天国家的成就伟大，"是划时代之大革命，一切弃旧图新"，新得好！

他这次来港，也还准备整理各方面对《柳文指要》的意见，修改补充自己这部著作。据说已经收到的意见有好几万字，可惜他也来不及整理吸收了。

这回"在港期间，他十分关心祖国统一的实现，对在台湾的故旧甚表关切"。台湾统一于祖国大家庭虽仍有待，但却是一个必然的，不可改变的发展。老人有诗："留得余年见太平，放翁虚卜我真情。"他早已认为自己比"但悲不见九州同"的陆放翁有幸得多了。

注：所谓"一二友人"是指毛泽东和康生。工笔细楷提意见的就是康。

二

章士钊老先生的逝世消息中，说他终年九十二岁，但他今年生日的自寿诗中，却有"难得余年九十三"的句子。他是一八八一年诞生的，实足年龄是九十二，如果照中国传统虚岁的算法，就要加一，而成为九十三。

五月初，曾写过《章士钊生日有新诗》的短文，后来有人写信相问，他的生日在哪一天。我当时实在答不出，这两天才知道，是农历二月二十一日。他过生日就是以这个农历的日子为根据的，因此每年不同，今年的生日是公历三月二十五日。

前年初冬在北京，他以书法一件相赠，边款题的已是"时年九十有二"，就以虚岁的算法来说，也只是九十一。这大约是老人一时的笔误。

《柳文指要》最后的《再跋》后面就写明"一九七一年三月十一日时年九十有一"。

《再跋》之前的《跋》后面也写明"公历一九六六年三月八日时年八十有六"。

从这些"三月八日"、"三月十一日"和今年生日在三月二十五日看来，他的每年生日的确实因年而异的，但大体总离不了三月这个范围。

他的九十一自寿诗有序:"放翁生年八十五,而游山诗自称:九十衰翁心尚孩,益知翻出翁至安国院访景滋和尚诗文云:九十一翁不识公。然吾阅剑南诗稿最后三卷,除前引游山诗外,仍有昔日登小台西望云:九十衰翁心尚健;齿发叹云:吾年垂九十,此事以晚矣;病起杂言云:我年九十理不长;题望海亭云:坐中有客垂九十;病后戏题云:行年九十未龙钟等句,层出不以,都是向前张眼、望而未见之假象,不意此老平生拘墟于人生命运乃尔。吾今年适九十一,坐对前贤耄荒遗墨,不禁三叹!"按照陆放翁八十五而称九十或九十一翁的说法,他今年也可以自称百龄了吧。

这是一首七言长句:"人生修短本难必,伊谁八五谁九一?两人相遇应同坐,少长僧儒堪指摘。九十一翁不识公,语胡自至吾岂怿?幅巾随处一悠哉,声闻自迩宁不忆?古寺荼毗一个僧,孤忠血化千年碧,忽然讲经忽坐化,存原可取去勿惜。诗虽不如寿过之,人意胜天齐损益,胜负也于马力见,辕下一鸣人已识。吁嗟乎!长途焉用咫尺为?久暂昨今持一息,二十年间试回想,新生万木森森立,老夫虱此事何事?徒抱雄心沸衷臆,诗成笑比坠驴人,遮莫夔龙纷满壁。"

九十高龄的人还"雄心沸衷臆",有人说他真是"十分热中",热中于争胜负,但我想,不少人恐怕要为老人这样的"壮心未已"的襟怀而赞叹。没有这种雄心壮志,《柳文摘要》这样的大著就不会出来了。

同样的,他也不会在暮年"为了国家的统一不辞劳苦","为谋求祖国的统一不惮辛劳"吧。要说热中,这真是十分可敬的热中!

三

孙中山先生这个名字是怎么来的呢？人有中山，地有中山。中国以往的习惯，对于有名气的人，欢喜用他的出生地来称呼他，如袁世凯是河南项城人，就叫他袁项城。但孙中山却不是因中山而得名的，相反的，中山县原名香山，由于孙中山的缘故，后来才改名中山，这在广东人当然都知道，外省人就不一定清楚了。

孙中山这个名字又是怎么来的呢？孙文，字逸仙，原来并没有中山之名。最近从一篇写章士钊的文章中，才明白是原来如此的。

一九○三年前后，还是清朝光绪年代，章士钊到了上海，和邹容、章太炎（炳麟）、张继结拜为兄弟，参加反清的革命活动。"邹容撰'革命军'，士钊为润饰其文字后并题书签，炳麟则为作序刊行，对于鼓励国人的革命思想发生很大作用……

"由于邹容、章炳麟、张继都有鼓吹革命的书籍，好胜心强的士钊不能独无。乃应用他于日本语文的能力，将宫崎寅藏撰'三十三年之梦'编译成'大革命家孙逸仙'一书；一九○三年九月用黄中黄笔名刊行。它的影响力亦不下于邹容的'革命军'，因为在此之前，国人很少知有孙逸仙，即令知之，也认为他是'叛国之徒'，如今章士钊在此书自序中再三强调'有孙逸仙而中国始可为'，'谈兴中国者不可脱离孙逸仙三字'。同时他又将孙在日本亡命偶署的别名中山与姓连属在一起成为孙中山。从此，青年学生尤其留日学生都认识孙先生。孙先生在留日学生心目中前后判若两人，尤其一九○五年能迅速组成同盟会，章这册书的宣传之力是不可没的。"

　　这是台湾出版的吴相湘的《民国百人传》中的文字。原来孙中山的名字就是这样来的,而且也是经过这一宣传才更为人所知的。章士钊的秘书王益知挽章联中,有"椽笔记兴中,迹演郑洪垂巨范"也是指这件事。说他撰"孙逸仙传",记兴中会事,章太炎题了"迹掩郑洪"诸语,郑是郑成功,洪是洪秀全。

　　当时章士钊还有具体的革命活动。如"一九〇三年十月……曾潜回南京约集各校学生于北极阁,痛言革命之迫切,这是内地公开演说革命之嚆矢。声势殊盛……"后来南京要抓人,他又回上海,以爱国协会副会长的身份,"经常身先作则以伺杀清吏为目的……这是后来华兴会于与光复会联合在长江流域各地同时举义计划的先声"。但由于华兴会起义计划被破获,因万福华刺杀广西巡抚王之春案,他和黄兴等人都被捕入狱,坐了四十天的牢。出狱后就到东京留学去了。

　　在东京他认识了吴弱男,后来结婚,两人又同到英国留学。吴弱男是淮军名将吴长庆的孙女。吴长庆是袁世凯的上司,是最初提拔袁世凯的人。但章士钊却是反对袁世凯称帝的,一九一四(民国三年)他在东京创办《甲寅杂志》,据说就是"自学理上阐发讨袁破坏民国之大义"。

一九七三年七、八月

辑二

香港有亦舒

"台湾有琼瑶,香港有亦舒。"有人这么说。

从作品之多,读者之众,而主要又是写爱情故事来说,是可以这么说的。有人换了一个说法,说亦舒是香港的琼瑶。不过,琼瑶在台湾已经不怎么热了(至少不像早一阵大陆上一度流行的"琼瑶热"那么热),而亦舒在香港,却似乎还是其热未减。她的小说已经流行了二十年。

亦舒看来是不愿意自己的小说被列入流行小说当中的。当别人问她小说是不是可以分为严肃和流行的两类时,她宁愿说只有两个潮流,一是谈人生哲理的,一是说故事的,每一潮流又可以分为许多等级,有好有坏,有高有下。如果用别人的话来说,那就是既有坏的严肃小说,也有好的流行小说。

用亦舒自己的分类法,她的小说是属于说故事的,而且又只是说爱情故事的,也就是一般说的言情小说。

她十七岁左右就这样用笔来"谈恋爱"了。那时候,她还是个"书院女"。香港的中学分为英文和中文两类(以教学所用的课本和语言来分),英文中学一般人称之为英文书院,英文中学的女学生就被称为"书院女"。

亦舒这个"书院女"的处女作据说是《王子》,少女们幻想中的"白马王子"那种王子。姊妹篇是《满院落花帘不卷》。这些短篇是她六十年代中期出而问世之作。

　　五岁就到香港而逐渐成长的亦舒当然是个"香港女",但她实在是香港人口中广义的"上海人"。她笔下流露过,"有时我称父亲为那个莫名其妙的宁波佬"。这个宁波佬是在四十年代末期把她从上海带到香港的。她们一家是宁波镇海人。

　　她有四兄一弟。四个哥哥当初没有一个随父母到香港。最大的一个多年来一直在东北,"文革"后也不悔没有南行,现在是先进工作者,鞍山有名的厂长倪亦方,是个共产党员。第二的一个到过内蒙古,五十年代后期千里逃亡,到了香港,逐渐成了名作家,先是武侠小说作家,后是科学幻想小说作家,又是不少武侠电影的编剧家。写武侠的笔名是倪匡、写科幻是卫斯理,写杂文早年是衣其,近年是沙翁;武侠的名次在金庸、梁羽生之后,科幻却是他独树一帜。由于成名于武侠,因此倪匡就成了他流行的名字了,真名倪亦明反而很少被人提起;科幻虽然是独家,卫斯理却也没有把倪匡压下去。

　　当亦舒一露头角就迅速成名时,两兄妹就成了香港文坛上的两朵奇花。有人称之为奇迹,说亦舒、倪匡、金庸是"香港文坛三大奇迹"。"金庸创作流行武侠小说,倪匡创作流行科幻小说,亦舒创作'流行'言情小说。结果都从象牙塔外,进占到象牙塔内,以至部分最学院派的学者,也不能不正视他们,研究他们"。(陆离:《每次重读,都有泪意》)倪家兄妹成了"三大奇迹"有其二了。事实上,武侠小说金庸之前有梁羽生;言情小说亦舒之前有伊达。

　　要说奇,这倪家三兄妹倒是另有一奇的。大哥倪亦方虽然身遭反右和"文革"的磨难。依然不改变对共产主义的信仰,保持先进；二哥倪亦明（倪匡）在内蒙古部队中据说遭受"反革命分子"的隔离审查，风雪走单骑逃亡后，在香港文坛至今依然保持坚决反共的姿态，尽管他也爱从电视上欣赏自己兄长的先进事迹；倪亦舒这个"阿妹"却是不问政治，站在中间的，很早就和左派也能交朋友，这也许可以说是"三个奇迹"吧。

提出"奇迹"论的人也提出了这样一个问题："谁能够说《满院落花帘不卷》不是文学作品？"可见就是应该最少争议的亦舒（且不说金庸、倪匡），也还是有人怀疑她的作品的文学性的。

但一般读者接受她，而且不少人"迷"她。

这使她可以一一放弃种种职业，而从不放弃写作。她在做学生的时候，做记者的时候，做酒店工作的时候，以至于做官的时候，都没有把笔搁下。

她不止一次做学生。中学毕业后，她当过记者，短期的报纸记者，较长一段时间的娱乐新闻记者（自由写稿者）。七十年代去英国读了三年大学，学的是酒店食物管理！先去台湾（这时她父母已迁居台湾），后回香港，学以致用，当上了一流酒店的工作人员（一段时间可能是公共关系负责人）。不久居然到香港政府当起新闻官来了。无论在曼彻斯特做学生还是在香港做官，她依然写她的小说，写她的杂文。香港政府是不许它的工作人员卖文的，她就用新的笔名发表，当新的笔名保不住密，她就又换一个笔名写，冒着被打破饭碗的风险，也要写。

这当然是为了兴趣。她也毫不讳言，也为稿费。不管是专业或业余写作，她对稿费一律是显得很认真的，一点也不肯故作潇洒。

二十多年下来，不过四十左右的人，却已出了四十本左右的书。大体一年两本。《家明与玫瑰》、《玫瑰的故事》、《珍珠》、《曼陀罗》、《蔷薇泡沫》、《独身女人》、《我的前半生》、《宝贝》、《星之碎片》、《香雪海》、《两个女人》、《蓝鸟记》、《风信子》、《喜宝》、《野孩子》、《回南天》、《五月与十二月》、《今夜星光灿烂》、《偶遇》、《壁人》、《旧欢如梦》、《恼人天气》、《朝花夕拾》、《玉梨魂》、《流金岁月》……长长短短，都是小说。

这里面有《我的前半生》、《今夜星光灿烂》、《朝花夕拾》和《玉梨魂》。亦舒一点也不避开别人早已用过的书名。不仅如此，在《我的前半生》中，男女主角还是涓生和子君呢——鲁迅《伤逝》中男女主角的名字。

《豆芽集》、《豆芽集二集》、《豆芽集三集》、《自白书》、《留英学生日志》、《舒云集》、《舒服集》、《歇脚处》、《贩骆驼志》、《黑白讲》……这些都是散文或杂文集。

和琼瑶不同，她是杂文、小说都写，都在报纸上连载的。琼瑶主要只是写小说。

同是写爱情故事，亦舒写的是中产阶级，经济独立的职业女性，反映了现代化的香港社会。没有多少奇情，更没有畸恋。虽然没有用很多笔墨去刻画，人物却是写得比较活的；虽然故事平淡，还是能吸引人的（主要是年轻人吧）。它的语言最能显出她的风格，简短、明快，有时很尖刻，像她那些杂文语言。句子短，段落短，但长篇和中篇却不分章节，从头到尾因此又显得很长了，却还是能引得怕看长文章（千字已嫌长）的读者看下去，迫下去，欣赏这些现代化都市的爱情故事。

中产阶级，职业女性，已经过着这种生活和争取要过这种生活的人，都很容易成为亦舒的小说和杂文的读者。青年的读者甚至可能认为有亦舒的作品一书在手,是时髦的,它不会使人看来显得"老土"。爱情故事,轻型文字,随时随地都可以开卷掩卷,读起来有一种简易之乐,不费力而舒服。

人物虽然活,社会现象也有反映,却总是浅浅的。亦舒的自白说得清楚,她只是要说故事,只要有故事,在她也就够了。她并不想给读者更多的东西。

深刻,是谈不上的,然而它轻快,像轻音乐一样,是轻文艺。

像新派武侠小说一样,也许可以称亦舒的小说为新派爱情小说或新派流行小说。不仅比几十年前的言情小说新,也比琼瑶的小说新。语言文字新,写作手法新,时代背景新。

在香港、台湾和海外,新派武侠小说并不被排除于文学领域,新派爱情小说就更不被排除了,尽管有争议。

在亦舒的笔下,包括小说和杂文,常常出现"家明"这个名字。这是她小说中的理想的男主角。女主角是"玫瑰"。看她作品不多的人,很容易被她杂文中的"家明"弄糊涂了,以为在她的现实生活中真有其人。至于小说中的"家明",也未必就是同一个人的不同故事,只是由于作者的偏爱,这个名字就像冤家一样被纠缠着不放,不时在她的不同篇章中出现。

"玫瑰"呢?亦舒说:"小说中女主角如一朵玫瑰花。作者像阿母。"

爱情呢?她说:"算少也写了十余年小说(现在是二十余年了。——引者),幸而未遭淘汰,题材非常窄狭,不外是说些男女私情。"可是我本人是非常怀疑爱情这回事的,写小说是写小说,生活是生活;日日挤着渡轮去上班,打着呵欠,球鞋,牛仔裤。生活在爱情小说中……那简直是悲惨的,幸亏能够把两者分开。"她就是这样把对爱情的怀疑和所写的爱情故事一起都推给了年轻的读者。

亦舒说:"我的皮特别厚,心特别狠,语言特别泼辣。"读她的杂文就可以领教了。

亦舒把她写的那些从两三百字到一千字的短文称为杂文,出版社却爱称之为散文。这些香港式的杂文或散文,写身边琐事成风。不是写自己就是写周围的人和事——往往是日常生活中的吃喝玩乐,这就构成了暴露式的"出卖",不是"出卖"自己,就是"出卖"旁人。亦舒干脆把她的一本杂文集取名《自白书》。天天在报纸上的专栏这样"出卖"的结果,不但自己没有了隐私,有时自己写了又忘了,而读者却记得,这就成了读者比作者更了解她自己了。

在这样的"出卖"中,赞人或自赞时,有时就不免"皮厚";骂人或自骂时,有时就不免"心狠",而用词许多都是"泼辣"的。

"我似乎是个寂寞专家,从十五岁开始便觉得寂寞,读书寂寞,考试寂寞,与父母住一起寂寞,搬出去一个人住更寂寞,工作的寂寞,没有工作的寂寞,有男朋友的寂寞,找不到伴的寂寞,人群中的寂寞,黄昏的寂寞,哗,他妈的,都是寂寞。在外国寂寞,回了家又寂寞,太阳底下是炎热的寂寞,月亮底下是黯然的寂寞……"没想到吧,在一片寂寞中,突然响起了"哗,他妈的"这一声。这也算得上是一种泼辣吧。这"他妈的"在亦舒的文章中并非绝无仅有,虽然也不是太多。

"人身攻击是最无聊的事。衣莎贝吃啥穿啥,与啥人轧姘头关众人鸟事。"连"鸟事"也出来了。衣莎贝是亦舒的"英名"——英文名,也是她的一个笔名。

正是诸如此类的泼辣，形成了亦舒杂文的一种风格。它的特色当然不止这一点。

亦舒是崇拜鲁迅的，这可能使人有些意外，专写缠绵的爱情故事的人，也崇拜鲁迅？这是真的，尽管从她的小说看不出来，就是从她的杂文也看不出来。她的杂文没有什么"鲁迅风"。

"我崇拜鲁迅，崇拜曹雪芹，崇拜张爱玲……"

"大学生问鲁迅：'作为一个现代中国青年，应该争取什么？'鲁迅答大学生：'先争取言论自由，然后我告诉你，我们应该争取什么。'第一次看到鲁迅答大学生，是十二三岁吧，马上爱上了他……"

"……在××的杂志社蹲着阅毕了鲁迅杂文。"这时是十六七岁。

"然而随时随地翻开鲁迅全集，一切疑难杂症都得到了解答，真不在乎旁人在想什么写什么。夜半看鲁迅，会得手舞足蹈。"

亦舒也崇拜张爱玲，但她说："张爱玲的小说，真是篇篇能够背，那日与××说，他认为张的小说犹如一把檀香扇，那真是再正确也没有了。然而最钟爱的小说，却是鲁迅的《伤逝》……这故事的悲剧在不停的重复。"你知道她为什么要把自己小说中的男女主角也取名为涓生和子君了。爱屋及乌，爱鲁迅小说而爱上了鲁迅小说中人物的名字！

对张爱玲，她虽然有崇拜，却也有不敢恭维。她曾经写过文章，说张爱玲不该再写什么了。后来看到张爱玲的新作《相见欢》，就更有感慨，说她不应复出，因为她"真的过时了"，那些新作实在不是味道。明知"批评张爱玲真需要伟大的勇气，无畏的精神","斗胆碰张爱玲的恐怕要受乱石打死",但还是忍不住要说出来。这也是亦舒的泼辣吧。

亦舒自有她的道理。"爱玲女士曾说,抄她文字文笔的人不少,以致她猛然一瞧,仿佛是做梦时写的(大意)。抄她的人是极多,可是大都能青出于蓝,把三十年前的张爱玲时代化鲜明简化"。大都青出于蓝?恐怕未必吧。

亦舒虽然崇拜张爱玲,却没有抄张爱玲,正像她崇拜鲁迅,也没有抄鲁迅。

她的三崇拜之一是曹雪芹。爱读的是《红楼梦》。

"近五年来,还只是看红楼梦一本,或者是与红楼有关的那几本考证,奇怪的是,这本书竟是百看不厌的,而且越看味道越出来了。假如看到五十岁,还是没看腻,也决不会再去研究第二本。老实说:一生只看红楼梦,也太够太够;……至于《史记》、《诗经》、《论语》以至其他等等,只好暂时对不起了。"

"我有一套庚辰本《脂砚斋重评石头记》……我认为终身抱住一套庚辰本,已经足够,胜却人间无数。"

"……于是顺手拿起新的线装庚辰脂批石头记,看到半夜两点。"

"……冰箱大堆啤酒,有洛史超域(Rod Stewart)录音带,一套庚辰本石头记,一份稳定的职业,一个有人看的专栏,哗,夫复何求。"

她是这样的崇拜《红楼梦》:当年在英国读书时,"剑桥的洋教授发牢骚说:'近年来中国人这么多,真分不出真假,只好这样了——但凡会说国语的,且算他是中国人吧,'鄙人当时很有助洋鬼子气焰之罪,补了一句:'这样吧,但凡会说国语,又看过红楼梦的,就放他一马,给他做中国人吧。'"

这么沉迷于红楼的亦舒,小说并没有抄红楼,正像杂文并没有抄鲁迅。一切照抄,就不成其为亦舒了。亦舒的家明和玫瑰,是现代社会的人物,不是宝玉和黛玉,而且是二十世纪下半世纪的香港人,是不同于二十世纪下半世纪的台湾人的。

虽然香港有亦舒是相对于台湾有琼瑶而言(在时间上,琼瑶早于亦舒一个年代吧),亦舒又是怎么看琼瑶的呢?她说:"台湾的琼瑶提了都多余。"然而,她还是提过的,从人到文,是这么说的:一次是见到琼瑶本人,一次是见到琼瑶的照片。先前的琼瑶本人没有后来见到的照片中的琼瑶好看。照片中"她是很老式的淑女型的,穿洋装也穿得旧式,非常闺秀格,拍照老是抿着嘴,手叠手,尾指作兰花状,年纪比张爱玲轻得多,姿态却比张老,眼睛上黑白分明的几道眼线,看着看着,就觉得名不虚传,文如其人"——很老式,是尽在不言中了。

亦舒其人又如何呢?看看她的自画像吧:"穿着破牛仔裤,烂T恤,头发剪得如男童,化装品是一罐凡士林,闲时拖凉鞋,夹香烟去骑单车,奔公园,看法国小电影,趸地下打波子"。这自画像是漫画像,而且是少女时代的漫画像,一般是并不易见如此这般的"飞女相"的亦舒的。她有随便的时候,也有整齐的时候,也有讲究的时候,不过,她总是和琼瑶不同的打扮,是时代和地域的不同,更是气质和品味的不同。

老式的台湾琼瑶!现代的香港亦舒!

一九八七年十一月

金色的金庸

一分为二是金庸。

合二为一就是"镛"——查良镛了。

金庸是由查良镛而来的；先有查良镛，后有金庸。查良镛是本名，金庸是笔名。后来居上，金庸的名气比查良镛为大，虽然查良镛的名气也不小，外国记者写文章捧他——查良镛为"香港名人"。但知道金庸的人显然比知道查良镛的为多，特别在海峡两岸和海外的华人社会里。在港、台文人的笔下，在军界、政界、教育界、文化界……之外，有所谓"名气界"，金庸是"名气界"中的名人。这主要是得武侠小说之助。

金庸这名字首先是和武侠小说联在一起的，是武侠小说的创作使金庸成为武侠小说界的明星、巨星，光芒四射。在创作武侠小说以前，查良镛用其他笔名写过其他文字，如用姚馥兰（英文你的朋友的读音）这笔名写影话，如用林欢这笔名写影话也写电影剧本，在读者中间也曾留下印象。但比起用金庸这笔名写武侠小说来，就远不如它的家喻户晓，妇孺皆知。

说到林欢，以前香港长城影业公司拍过一部由夏梦主演的《绝代佳人》，就是林欢编剧，银幕上清晰可见。但据说七年前他在多年隔绝以后，接受邀请，带了妻子、女儿回内地参观游览时，路过上海，被招待看了一场《绝代佳人》，使他很受感动，因为银幕上的"编剧林欢"已经不复存在，出现的却是"编剧查良镛"。这样的一点小小的改动，既有人情世故，也有人事沧桑，不过，就不必去吟味那"三十年来尘粉面，而今始得碧纱笼"的诗句了，古今的事情总会是有些不同的。这里也可以看出，查良镛虽不及金庸，却还是比林欢大大有名。

查良镛，浙江海宁人。他的第一部武侠小说的男主角陈家洛，就被安排出生于海宁的名门望族，也许不是偶然的吧。在海宁，查家也是望族，清朝的著名学者、诗人查慎行，就是海宁查家的。现代的名人中，在台湾做过"司法行政部长"的查良鉴，在大陆以诗驰誉文坛的查良铮（穆旦），更是一看名字就使人知道他们和查良镛应该是兄弟辈，都是从"良"，从"金"。事实正是这样，但查良镛和查良鉴并不熟，和查良铮更没有见过面，不过是一族之中的远房兄弟罢了。远到天南地北，金庸是海宁查家，穆旦却是天津查家的。

查良镛的大学生活是在抗战中的重庆度过的，记得他读的是中央政治学校，读的是国际法。近年却听说他战后又读法学于东吴法学院。进过杭州《东南日报》工作。然后是上海《大公报》，一九四八年香港《大公报》复刊，他就从上海到了香港。从此就做了香港人，到今天已经是具有四十年港居的历史了。

他先后又后先在香港《大公报》和《新晚报》工作。先在《大公报》编国际新闻版，后在《新晚报》编副刊，然后又回《大公报》编副刊。这就是"先后又后先"的事实根据。这当中，他还在一九五〇年辞职北上，希望能以他的国际法的学历，进入外交部工作。他不是共产党员，又没有外交工作的经历，也不具备什么特殊的推荐，而只是千里上京，毛遂自荐，满怀希望变成完全失望，那是必然的。他终于南回香港，重入《大公报》，还几乎不得其门而入。

这位年纪轻轻的"塞翁"当年如果不是失而复得，还会有后来的金庸，今天的查良镛么？

他在《新晚报》工作的那一段日子应该是得意的。他编的副刊，写的影话，都受到读者的欣赏。而尤其受到激赏的，是他的武侠小说处女作《书剑恩仇录》。

他不懂武术，也没有写过小说（包括武侠小说），但他读过不少武侠小说，有这方面的阅读嗜好，当看到和他类似的梁羽生以处女作《龙虎斗京华》一举成名，也就禁不住一身技痒，而跃跃欲试。当梁羽生要为别的报纸写武侠小说而不能兼顾时，金庸就成了被荐举的接棒人，出现在《新晚报》上，同样的一举成名。从此两人就一部又一部地写了下去，成为海外新派武侠小说的名家、大家。更同被誉为新派小说的鼻祖。有人偏爱梁羽生，有人偏爱金庸。由于政治上的原因，在台湾，在美国和南洋的华人社会，金庸的作品更易进入，也更为风行，尤其是台湾。

比起梁羽生来，金庸的兴趣显得更为广泛。梁羽生只是对文史之学有兴趣（对武侠小说的写作兴趣就不必说了），而金庸除了这一份共同的写作兴趣外，还对电影有兴趣，甚至对芭蕾有兴趣，记得他一段时间去学过芭蕾，在一次报馆的文艺演出中，他还穿上工人服，独跳芭蕾舞，尽管在艺术上那是不及格的，却是使人能够留下印象的。还有，那做外交官的兴趣也不是梁羽生所有。哦，记起了，他们两人还有着另一共同的兴趣，围棋。由于政治上的原因，两人一度断了往来，复交后就又有了私下偶尔以棋相会的雅集。

金庸一边写武侠小说，一边写电影剧本，他有几个剧本是由长城拍成了影片的。初时是业余后来就干脆辞去《大公报》副刊的编辑职务，到长城去做专业的电影工作者了。又编剧，又干副导演，成绩平平。这一段时间不长。

由于他的武侠小说越来越受欢迎，使他激发起办报的兴趣，他相信，可以靠自己的武侠小说吸引人们读他的报纸。就这样，用武侠小说换来的稿费和拍电影赚来的收入做开办费，《明报》以小型报纸的姿态在一九五九年出而问世。这时，他是脱离了长城而一心一意去为他的报纸拼搏。一份八开的小报，编辑部总共不过十来人（有些还是兼差），夫妇两人都投入工作，销路不是一下子就能打开的，经济上也不是容易支持的，那真是艰苦创业。二十九年后的今天，《明报》已是日出十多张的对开报纸，大报是不用说的了，它还酝酿发行股票上市，经济上能赚大钱也是不用说的了。

目前的《明报》招牌是报业有限公司，它出版一份日报、一份晚报、一份周刊、一份月刊。还有出书的出版社。一度又出版过一份财经日报、一份武侠月刊和一份电视周刊，又和新加坡的朋友合办过星、马的《新明日报》，时间有长有短。《明报》的主要股东只有两人，而最大的股东是查良镛。

查良镛这一份办报的兴趣也是梁羽生所没有的。当《明报》办得已是可以站得稳时，有人也劝过梁羽生，既是一时瑜亮，何妨也办一报？梁羽生笑说没有这个兴趣。

查良镛初时恐怕也是没有这个兴趣的。在左派报纸工作，他的自由主义思想使他和一个"右"字结了不解之缘。思想上的分歧使他先脱离了左派的报纸，再脱离了左派的电影公司，而逐渐发展了自己去打天下的想法。兴趣就是这样来的。

因此，他初时想办的无非是一张独立于左派的报纸，或中立的报纸。但发展下去，越走越远，独立变成了对立，《明报》终于在六七十年代成了一张和左派相对立的报纸。

三年困难时期，广东曾经有过"五月逃亡潮"，一连几天，每天有成千上万的人漫山遍野从深圳外逃到九龙新界。香港警察出动捉人，一车又一车地把这些逃港者押送回深圳，当然，也有大量的漏网之鱼。左派报纸对这些情景是视若无睹，版面上"无闻"。《明报》和一些或右派或中立的报纸一样，大登特登。这是它和左派公开显示歧异的开始。

后来，更和左派报纸大开笔战，反对所谓北京"宁要核子不要裤子"的说法。笔战以左派报纸中途不宣而停而告终。这更显示了《明报》和左派明显的决裂。笔战使它收到了为自己以广宣传之效。

然后，"文化大革命"开始了。《明报》以大量刊登形形色色的小字报而争取了大量读者。左派报纸所能刊登的只是林彪、江青之流制造出来的"文革"谎言。

更加尖锐对立的，是一九六七年的"反英抗暴"（有人称它为"香港式的文化大革命"）。左派在当时是"义无反顾"的"抗暴"派，而《明报》公开宣布它是支持港英"镇暴"的——镇压左派暴动。查良镛因此被有些人称为"豺狼镛"，大有必欲去之而后快之势。

俱往矣！这已经是二十年前的往事。当年的对立者早已彼此翩然一笑了。

七十年代之初，查良镛应邀访问了台湾，写了他的《所见、所闻、所思》。以后又去过几次。

八十年代之初,他开始应邀访问大陆。这以后,更成为香港特别行政区基本法起草委员会的草委,兼政制小组的召集人之一;又担任了基本法咨询委员会的咨委。成了和北京保持良好关系的闻人。

时代潮流,浩浩荡荡。观潮不语,也总有人会叹一声"十年风水轮流转"的。

转出来的是一个新姿态的查良镛。说新姿态,主要是说他有别于旧日的武侠小说名家金庸,作家犹是也,但现在新出现的更是政治活动家了。

海外不同于大陆。武侠小说是可以登大雅之堂,入文学之林的。许多学者,专家,都毫不讳言他们是武侠小说的读者;是金庸、梁羽生……的读者,其中包括儒学、文学、史学、自然科学的名家。在这上面,金庸的作家地位是稳固的,他和梁羽生的作品把原来陈腐的武侠小说推到了一个新境界,有很大的创新,有更多的文学艺术性,使它赢得了新派武侠小说的声誉。在台湾,甚至有"金学"之名,有"金学会"的组织,把金庸的作品作为研究的对象,虽然这有着很大的书商宣传的成分,但也确有一些专家、学者,作古正经地写过分析金庸作品的文章。年轻人当中,把金庸小说中的人物称呼自己的朋友,就更是普遍了,如叫某人为郭靖,某人为杨过,说某人是黄蓉,某人是小龙女,受之者是沾沾自喜的。据说,他现任的夫人也被他报馆的同事背后称为小龙女。

作家之外,作家之后,查良镛在办《明报》的过程中,逐渐又赢得了政论家的声誉。二十多年来,《明报》的社论几乎长期都是他写的,别人执笔的不多。近年来他才把主笔的任务交给了专职的人,而自己偶然才动动笔。一般的社论题目是楷体字,如果那一天出现的是宋体,那就是查良镛亲自写的了,"查记出品,宋体为号"。查良镛的社论一般是千字文,文章简练,文笔清新,写法也新鲜,不时把他这"笔者"自己也摆了进去,容易使人感到亲切。左派报纸的社论或评论文字,长时期有难言之隐,不可说或不能畅所欲言,或由于种种原因而有所蔽障,说不透或说不准,相形之下,查良镛的文章就显得无忌而深刻了,尽管他也有偏颇、错谬的地方,总的来说,赢得声誉是有它一定的道理的。

进入八十年代后,香港的形势发展了,"九七"问题提出来了,查良镛可能不满足于仅仅坐而言,要起而行了。一方面,不放弃政论家的作为,还是要写,另一方面,却把《明报》社论日常的担子交给别人去挑,自己只是必要时才写一写,主要的精力是把自己推进了政治活动的领域(也许是左边有人也这样拉他),同时又在把自己的报业积极推进于股票市场,希望吸纳更多的资金。这上市的策划呼之欲出,却还没有具体实现。

查良镛在一些事情上显出了他拿得起,放得下的气魄。

写了十五年,写出十五部武侠小说后,一九七〇年他就闭门封刀,不写武侠了。然后用了十年时间,修改他的作品,出版了一整套的《金庸作品集》。放下武侠,至今已有十七年。当武侠小说不断为他带来很大的声誉时,这样的毅然放下,是并不容易的。

写了二十多年,写了那许多《明报》社论,赢得声誉后,能断然改变"天天写"为"有时写",这也是不容易的,和停写武侠一样,同样有一个怎么舍得的问题。但他终于还是割舍了。

这是因为他总是有新的目标要奔赴。停武侠而主要写社论,减社论而致力于活动——一个说法是他想有时间去研究佛学。要成为学者？

前两年，他是得到了一个博士头衔的。送这个名誉学位给他的是香港大学。有这么一个传说，在得到这个学位前，他送给港大一百万元，支票由他亲自交给当时的港大校长黄丽松，黄丽松一边收下，一边笑着说，你写漏了一个"〇"了。一个"〇"似乎无足轻重，但这一个"〇"不是一钱不值的符号，而是九百万！他后来又补送了这九百万。这传说真实程度如何，不敢说。无论如何，以查的才识，即使是仅仅写武侠小说的才学识，得个博士也不为过。（查良镛后来函告作者，他向黄丽松的继任人王赓武校长捐过港币八百万元是获得博士学位以后的事。因此这一传说纯粹属于"精致的创作"无疑。注此一笔，借以正误，各路英雄，包涵则个！——作者）

一千万又值得多少钱？在有些人来说，一生一世也挣不到这些，但在数以亿计财产的人来说，就又算不得怎么大的数字了。在香港，有些富商巨贾是在成千万上亿元地捐款给内地的。查良镛还算不得这样的富人，他只是文化人出身，以文化起家的巨富。他现在像当年的外国大班一样，住在太平山山顶的花园式的华屋，当还没有买下来时，每月租金好几万元；一千万不过十多年的房租而已。回想五十年代，他租人家的房子，住在太平山脚，现在是自置物业，住在太平山顶而处于巅峰。一山的上下，一个世代的升腾！这升腾正自未已。

有一个时期，他的住宅是不轻易接待一般客人的。但年前围棋国手陈祖德却被招待在他那里住了几个月之久。在陈祖德来说，是休养；在他，是便于请益。他是个围棋爱好者。香港的围棋组织他是负责人。北京的聂卫平，台湾的沈君山，在他家里进行过一"通"——交流了棋艺。

　　他自己的棋艺水平当然没有他的武侠小说和社论的水平那样高。对于不少读者来说，他的武侠小说是不作第二人想的。对他自己说来，他比较喜欢《神雕侠侣》、《倚天屠龙记》、《飞狐外传》和《笑傲江湖》，说是由于其中感情较强烈而使他喜欢。

　　从《书剑恩仇录》开始，到《鹿鼎记》结束，他一共写了十五部长短篇，花了十五年光阴（这说法是有些矛盾的。在《鹿鼎记》后记中，他既说《鹿鼎记》是最后的一部，又说《越女剑》是最后的；既说一九七〇年封刀搁笔，又说《鹿鼎记》随写随刊，每天写一续，第二天登出，而《鹿鼎记》在一九七二年九月才登完）。

　　他把十五部小说中的十四部书名的第一个字，做了一副对联："飞雪连天射白鹿，笑书神侠倚碧鸳。"

　　　　飞——《飞狐外传》
　　　　雪——《雪山飞狐》
　　　　连——《连城诀》
　　　　天——《天龙八部》
　　　　射——《射雕英雄传》
　　　　白——《白马啸西风》
　　　　鹿——《鹿鼎记》
　　　　笑——《笑傲江湖》
　　　　书——《书剑恩仇录》
　　　　神——《神雕侠侣》
　　　　侠——《侠客行》

倚——《倚天屠龙记》

碧——《碧血剑》

鸳——《鸳鸯剑》；

还有一部《越女剑》，他说是一个并不重要的短篇，额满见遗了。

记得这十四个字有一个好处，不至于被那些假冒伪造的作品所欺骗。金庸作品就是这十五部，其他的肯定是赝品。

属于真货的《鹿鼎记》，由于作者换了新的写法，风格和形式和他以前写的武侠小说很不相同，更像历史小说。因此引起了读者的怀疑，在报上连载时就不断有人提问："是不是别人代写的？"说更像历史小说，而不少人指出，那更像现代中国史，十年"文革"史，他是在借清朝之古，讽"文革"之今。

他虽然肯定《鹿鼎记》是他最后的一部武侠小说，却还是附加了这么一句话："如果没有特殊意外。"而在这附加之上，却又附加了另外一个附加，说"生命中永远有特殊的意外"的。

"未济终焉心缥缈，百事翻从缺陷好，吟到夕阳山外山，古今谁免余情绕？"你是赞成龚定庵呢？还是希望金庸来一个"特殊的意外"？

一九八七年十二月

侠影下的梁羽生

在香港、台湾、南洋、北美、西欧的华人社会中,有着两位"大侠",一位是"金大侠"金庸,一位是"梁大侠"梁羽生,尽管他们都是西装革履之士,一点也不像人们想象中短衣长剑的英雄人物。

他们之有"侠"名,不在于剑,只在于书,在于那一部又一部的"新派武侠小说"。他们都是各有等身著作的作者。金庸大约有十五部四十册,而梁羽生却有接近四十部之多。一个是《金庸作品集》,一个是《梁羽生系列》——取名"系列",真够新派!

谈新派武侠小说,如果不提梁羽生,那就真是数典忘祖了。金、梁并称,一时瑜亮,也有人认为金庸是后来居上。这就说明了,梁羽生是先行一步的人,这一步,大约是两年。

梁羽生的第一部武侠小说是《龙虎斗京华》,金庸的第一部武侠小说是《书剑恩仇录》,都是连载于香港《新晚报》的。一九五四年,香港有一场著名的拳师比武,擂台却设在澳门,由于香港禁止打擂而澳门不禁。这一场比武虽然在澳门进行,却轰动了香港,尽管只不过打了几分钟,就以太极拳掌门人一拳打得白鹤派掌门人鼻子流血而告终,街谈巷议却延续了许多日子。这一打，也就打出了从五十年代开风气，直到八十年代依然流风余韵不绝的海外新派武侠小说的天下。《新晚报》在比武的第二天，就预告要刊登武侠小说以满足"好斗"的读者，第三天，《龙虎斗京华》就开始连载了。梁羽生真行！平时口沫横飞坐而谈武侠小说，这时就应报纸负责人灵机一动的要求起而行了——只酝酿一天就奋笔在纸上行走。套用旧派武侠小说上的话，真是"说时迟，那时快"！

梁羽生其所以能如此之快，一个原因是平日爱读武侠小说，而且爱和人交流读武侠小说的心得。这些人当中，彼此谈得最起劲的，就是金庸。两人是同事，在同一报纸工作天天都要见面的同事；两人有同好，爱读武侠，爱读白羽的《十二金钱镖》、还珠楼主的《蜀山剑侠传》……很有共同语言。两人的共同兴趣不仅在读，也在写，当梁羽生写完了《龙虎斗京华》时，金庸也就见猎心喜地写起《书剑恩仇录》来了。时在一九五五，晚了梁羽生一两年。

颇有人问：他们会武功么？梁羽生的答复是：他只是翻翻拳经，看看穴道经络图，就写出自己的武功了。这样的问题其实多余。有谁听说过施耐庵精于武功？又有谁听说过罗贯中是大军事学家的？

正像有了《书剑恩仇录》才有金庸，梁羽生也是随着《龙虎斗京华》而诞生的，他的本名是陈文统。金庸的本名是查良镛，金庸是"镛"的一分为二。梁羽生呢？一个"羽"字，也许因为《十二金钱镖》的作者是宫白羽吧。至于"梁"，这以前，他就用过梁慧如的笔名写文史随笔，还有一个笔名是冯瑜宁，冯文而梁史。

梁羽生在岭南大学念的却是经济。金庸在大学读国际法，梁羽生读的是国际经济。但他的真正兴趣是文史,是武侠。他们两人恐怕都没有料到,后来会成为武侠名家,而且是开一代风气的新派武侠小说的鼻祖。

新派,是他们自命,也是读者承认的。平江不肖生《江湖奇侠传》之类的老一派武侠小说,末流所及,到四十年代已经难于登大雅之报了,或者不说雅就说大吧,自命为大报的报纸,是不屑刊登的,它们就像流落江湖卖武的人,不太被人瞧得起。直到梁羽生、金庸的新派问世,才改变了这个局面,港、台、星、马的报纸,包括大报,特别是大报,都以重金做稿费,争取刊登,因为读者要看。南洋的报纸先是转载香港报纸的,由于你也转载,我也转载,不够号召力,有钱的大报就和香港的作者协议,一稿两登,港报哪一天登,它们也同一天登出,这样就使那些不付稿费只凭剪刀转载的报纸措手不及,而它却可以独家垄断,出的稿费往往比香港报纸的稿费还高。

新派,新在用新文艺手法,塑造人物,刻画心理,描绘环境,渲染气氛……而不仅仅依靠情节的陈述。文字讲究,去掉陈腐的语言。有时西学为用,从西洋小说中汲取表现的技巧以至情节。使原来已经走到山穷水尽的武侠小说进入了一个被提高了的新境界,而呈现出新气象,变得雅俗共赏。连"大雅君子"的学者也会对它手不释卷。

港、台、美国的那些华人学者就不去多说了。这里只举著名数学家华罗庚为例,他就是武侠小说的爱好者,一九七九年到英国伯明翰大学讲学时,在天天去吃饭的中国餐馆碰见了正在英国旅游的梁羽生,演出了"他乡遇故知"的一幕,使两位素昧平生的人一见如故的,就是武侠小说,华罗庚刚刚看完了梁羽生的《云海玉弓缘》。而华罗庚的武侠小说无非是"成人童话"的论点，也是这时候当面告诉梁羽生的。

"成人的童话"，用这来破反武侠小说论者，真是不失为一记新招，尽管它有其片面性，因为不仅成人，年长一点的儿童也未尝不爱武侠如童话。

华罗庚当然是大雅君子了。还可以再提供例子，廖承志对这"成人的童话"很有同嗜，这已不是什么秘密。秘密也许在于，比他更忙或更"要"的要人，也有"不失其赤子之心"的——对"成人的童话"感兴趣的"童心"。这就无可避免地也就成了金、梁的读者。

比起既写武侠，又搞电影，又办报，又写政论，进一步还搞政治的金庸来，梁羽生显得对武侠小说更为专心致志。他动笔早，封笔迟（两人都已对武侠小说的写作宣告"闭门封刀"），完成的作品也较多。武侠以外，只写了少量的文史随笔和棋话。

梁羽生爱下棋，象棋、围棋都下。金庸是他的棋友，已故的作家聂绀弩更是他的棋友。说"更"，是他们因下棋而有更多佳话。聂绀弩在香港时，虽有过和他下得难分难解而不想回报馆上晚班写时论的事；梁羽生到北京，也有过和聂绀弩下棋把同度蜜月的新婚夫人丢在旅馆里弃之如遗的事。香港象棋之风很盛，一场棋赛梁羽生爱口沫横飞地谈棋，也爱信笔纵横地论棋，他用陈鲁的笔名发表在《新晚报》上的棋话，被认为是一绝，没有人写得那样富有吸引力的，使不看棋的人也看他的棋话，如临现场，比现场更有味。

当然，棋话只是梁羽生的"侠之余"，正像文史随笔也是他的"侠之余"。他主要的精力和成就不可避免地只能是在武侠小说上。从《龙虎斗京华》、《白发魔女传》、《七剑下天山》、《江湖三女侠》、《还剑奇情录》、《联剑风云录》、《萍踪侠影录》、《冰川天女传》、《云海玉弓缘》、《狂侠·天骄·魔女》、《武林三绝》、《武当一剑》……以部头论，他的作品是金庸的两倍多以至三倍。

说"侠之余"，是因为梁羽生有这样的议论：武侠小说，有武有侠。武是一种手段，侠是一个目的。通过武术的手段去达到侠义的目的。所以，侠是最重要的，武是次要的。一个人可以完全没有武功，但是不可以没有侠义。侠就是正义的行为。对大多数人有利的就是正义的行为。

不可无侠，这是梁羽生所强调的。就一般为人来说，他的话是对的，可以没有武，不可没有侠——正义。但在武侠小说上，没有武是不成的，不但读者读不下去，作者先就写不下去了，或写成了也不成其武侠小说了。他之所以如此说，有些矫枉过正。因为有些武侠小说，不但武功写得怪异，人物也写得怪异，不像正常的人，尤其不像一般钦佩的好人，怪而坏，武艺非凡，行为也非凡，暴戾乖张，无恶不作，却又似乎是受到肯定，至少未被完全否定。这样一来，人物是突出了，性格是复杂了，却邪正难分了。这也是新派武侠小说中的一派。当然，从梁羽生的议论看得出来，他是属于正统派的。而金庸的作品却突出了许多邪派高手。

梁羽生还写过一篇《金庸梁羽生合论》，分析两人的异同。其中说："梁羽生是名士气味甚浓（中国式）的，而金庸则是现代的'洋才子'。梁羽生受中国传统文化（包括诗词、小说、历史等等）的影响较深，而金庸接受西方文艺（包括电影）的影响则较重。"这篇文章用佟硕之的笔名，发表在一九六六年的香港《海光文艺》上。当时罗孚和黄蒙田合作办这个月刊，梁羽生因为是当事人，不愿意人家知道文章是他写的，就要约稿的罗孚出面认账，承认是作者。罗孚其后也约金庸写一篇，金庸婉却了。去年十二月，香港中文大学举行了一个"国际中国武侠小说研讨会"（主持其会的是著名学者刘殿爵），任教美国威斯康辛大学的刘绍铭在参加会议后发表专文，还把这篇《合论》一再说是罗孚所作，又说极有参考价值。二十多年过去，这个不成秘密的秘密也应该揭开了。

梁羽生这《合论》可以说是实事求是的，褒贬都不是没有根据。他说自己受中国传统文化如诗词等等影响较深，这在他的作品中也是充分显示了的。他的回目，对仗工整而有韵味；开篇和终篇的诗词，差不多总是作而不述。信手拈来，这些是从《七剑下天山》抄下的几个回目："剑气珠光，不觉坐行皆梦梦；琴声笛韵，无端啼笑尽非非。""剑胆琴心，似喜似嗔同命鸟；雪泥鸿爪，亦真亦幻异乡人。""生死茫茫，侠骨柔情埋瀚海；恩仇了了，英雄儿女隐天山。"还有："牧野飞霜，碧血金戈千古恨；冰河洗剑，青骧铁马一生愁。"可能是他自己很欢喜这一回目的境界，后来写的两部小说，一部取名《牧野流星》，一部就取名《冰河洗剑录》。

"笑江湖浪迹十年游，空负少年头。对铜驼巷陌，吟情渺渺，心事悠悠！酒冷诗残梦断，南国正清秋。把剑凄然望，无人招归舟。明日天涯路远，问谁留楚佩，弄影中洲？数英雄儿女，俯仰古今愁。难消受灯昏罗帐，怅昙花一现恨难休！飘零惯，金戈铁马，拼葬荒丘！"这一首《八声甘州》是《七剑下天山》的开场词。收场词是一首《浣溪纱》："已惯江湖作浪游，且将恩怨说从头，如潮爱恨总难休。湖海云烟迷望眼，天山剑气荡寒秋，蛾眉绝塞有人愁。"他的诗词都有工夫，词比诗更好。

他在少年时就得过名师指点。抗日战争期间，有些学者从广东走避到广西。梁羽生是广西蒙山人，家里有些产业，算得上富户，家在乡下，地近瑶山，是游历的好地方。太平天国史专家简又文（三十年代在《论语》写文章，办《逸经》杂志的大华烈士）、敦煌学及诗书画名家饶宗颐，都到梁羽生家寄居过，梁羽生也就因此得到高人的教诲。简又文那时已是名家，饶宗颐还未成名，和梁羽生的关系多少有点在师友之间的味道。

简又文和梁羽生之间，后来有一段事是不可不记的。抗日战争胜利后，梁羽生到广州岭南大学读书，简又文在岭南教书，师生关系更密切了。一九四九年，简又文定居香港，梁羽生也到香港参加了《大公报》的工作，一右一左，多少年中断了往来。"文革"后期这往来终于恢复，梁羽生还动员身为台湾方面立法委员的简又文，献出了一件在广东很受珍视的古文物给广东当局。一向有"天南金石贫"的说法，隋代的碑石在广东是珍品，多年来流传下来的只有四块，其中的猛进碑由简又文收藏，他因此把寓所称为"猛进书屋"。广州解放前夕他离穗到港时，说是把那块很有份量也很有重量的碑石带到香港了。台湾在注视这碑石。大约是七十年代初期，他终于向梁羽生说了真话：碑石埋在广州地下。梁羽生劝他献给国家。他同意了，一边要广州的家人献碑，一边送了一个拓本向台湾应付。"中央社"居然发出报道，说他向台湾献出了原碑。当时梁羽生还不知情，以为他言而无信，后来弄清楚真相，才知道是"中央社"故弄玄虚，也许他们想使广州方面相信简家献出的只是一面假碑石。但有碑为证，有人鉴定，假不了。这件事当时认为不必急于拆穿，对简又文会更好些。现在他已去世多年，这个真算得上秘密的秘密，就不妨把它揭开了吧。

老师是太平天国史的专家，家又离太平天国首先举起义旗的地方很近——蒙山西南是桂平，金田起义的金田村就在桂平。蒙山有金秀瑶，容易使人想到金田村，朋友们或真以为或误以为梁羽生就是金田村的人。因此有人送他这样一首诗，

> 金田有奇士，侠影说梁生；
> 南国棋中意，东坡竹外情；
> 横刀百岳峙，还剑一身轻；
> 别有千秋业，文星料更明。

这里需要加一点注解。"侠影"和"还剑"是因为梁羽生著有《萍踪侠影录》和《还剑奇情录》。"棋中意"说他的棋话是一绝。"竹外情"就有趣了。苏东坡"宁可居无竹，不可食无肉"，其实是既爱竹又爱肉的，竹肉并重，但梁羽生爱的就只是肉。他已长得过度的丰满，却还是欢喜肉食如故，在家里受到干涉，每天到报馆上班时，在路上往往要买一包烧乳猪或肥叉烧带去，一边工作或写作，一边就把乳猪、叉烧塞进口里，以助文思。这似乎不像一边为文一边喝酒的雅，但他这个肉食者也就顾不得这许多了。这还不算，有时他饥不能等，在路上一边走就一边吃起来，也许这就是他自己所说的"名士气味甚浓"吧。

"横刀百岳峙"，说他写出了几十部武侠小说；"还剑一身轻"，说他终于"闭门封刀"，封笔不写了。这就可以有工夫去从事能够流传得更加久远的写作事业，写朋友们期待他写的以太平天国为题材的历史小说了。这是千秋业，而他是可以优为

之的。他应该写，谁叫他既是"金田人"，又是搞历史的呢？他应该写得好，经过几十部小说磨炼的笔，还愁写不好么？

梁羽生是中国作家协会的会员。他出席过作协第四次代表大会。在会上，他为武侠小说应在文学创作中占有一席地位，慷慨陈辞。这在港、台、南洋一带，早已不成问题。不少学者看武侠小说，有的学者更是作古正经地在研究、讨论武侠小说。一九七七年，新加坡的写作人协会还邀请梁羽生去演讲《从文艺观点看武侠小说》呢。写了几十年武侠小说的他（当然也还有金庸），是不会对武侠小说妄自菲薄的。不知道他们同意不同意，武侠小说在许多人看来，只能是通俗文学，尽管有了他们以新派开新境，似乎还没有为它争取到严肃文学的地位。历史小说就比较不同了，它像是"跨国"的，跨越于通俗文学和严肃文学之间，可以是通俗，也可以是严肃，严肃到能够成为千秋业。劝梁羽生写太平天国的朋友，大约是出于不薄通俗爱严肃的心情吧。

增订本的《散宜生诗》有《赠梁羽生》一律："武侠传奇本禁区，梁兄酒后又茶余。昆仑泰岱山高矮，红线黄衫事有无？酒不醉人人怎醉，书诚愚我我原愚。尊书只许真人赏，机器人前莫出书。"对最后两句作者自注："少年中有因读此等小说而赴武当少林学道者，作此语防之。"要防，其实"此语"也防不了。而事实上，世间虽有"机器人"，到底是少而又少的，多的总是"真人"，不会自愚，不会自醉。聂绀弩虽然在打油赠友，却未免有些严肃有余了。

一九八八年一月

三 苏

——小生姓高

有人在《文艺报》上写文章,谈香港作家,说是"有个笔名叫'小生姓高'的青年作家(已故),写作基础本来是不差的,后来转变成为一个专写黄色小说的作家。人家形容他写小说像踏缝纫机一样,迅速如飞。他的收入确实很高,但开支也比别人大,人品堕落,生活糜烂,结果导致自己短命夭亡"。这使我想到,应该写写他了。

他,小生姓高,高雄。

"高雄,一九一八年生。原籍浙江绍兴,广州出生。虽读小中大学皆未毕业,历任小中大报编辑,现以卖文为生。"这是附在他的《香港二十年目睹怪现状》封底上的几行自我介绍。

在内地,他知名度很低,低到恐怕几乎接近于零,但在香港,他却是大大有名的,属于所谓"名气界"中的名作家。

小生姓高,是他早年用得多的笔名,从早年到晚年都用得多的笔名是三苏。此外还有吴起、许德、史得、经纪拉、但丁、石狗公……经纪拉、但丁、石狗公都是他以第一人称写的小说的主角,他就用这些主角的名字做笔名。

一部香港影片是许多人看过的:《新寡》。主角是夏梦,原著的作者史得就是高雄。

中国青年出版社的《小说》（双月刊）去年曾经刊出过《香港二十年目睹怪现状》，这正是高雄的作品。

但他在香港目睹怪现状并不止二十年，至少有三十六七年。他一九四四年就从广州到了香港，一九八一年才从人间到阴世。他活了六十三个春秋，说他"短命夭亡"，因此只能是笑话了，人世间哪里找得到年逾花甲的短命鬼？

他到香港的第二年，就进了一家报纸工作，这家报纸先是出日报，后改出晚报，他先编副刊，后做总编辑。后来有一段时期还和梁厚甫（梁宽）轮流做总编辑。

在这家《新生晚报》中，他们两人可以说是一时瑜亮。做总编辑时两人都写过新闻评论（梁宽是从香港移居美国后，才以梁厚甫的笔名替香港、新加坡的报纸写时事分析的文章而声名大起的），替副刊写稿时两人又都写怪论和"艳情小说"。高雄的新闻评论写不过梁宽，当然更写不过后来的梁厚甫；梁宽的怪论和"艳情小说"就不如高雄的名气高了。

他们写的"艳情小说"是每天一篇的千字文，用浅近的文言来写，写各种各样的"偷情"，尽管也是黄色小说，但只是点到为止，并不怎么绘声绘影作淋漓尽致的描写。由于是每天一篇，在日报就叫《日日香》，在晚报就叫《晚晚新》（专栏的名字）。而高雄就在写这样的文字时，署上了小生姓高的笔名。这样的名字容易使人记得，也容易使人对作者产生不怎么好的印象。他是应"买方市场"的需要，一开始就写这一类东西的，并不是"后来转变成为一个专写黄色小说的作家"。

正相反，倒是后来他转变成专写反映香港现实社会的小说，而放弃了那些"艳情"的笔墨；从这个意义来说，这应该是

"堕落"的反面吧。

和"小生姓高"同时出现的三苏，是他写《怪论连篇》的笔名，所谓"怪论"，就是正言若反的杂文，讽刺幽默的文章。先前一般都是以社会现象做题材，到了后来，才逐渐侧重于政治，特别是"文革"以后的一段长时期，差不多完全成了反动的文章（也可以说，其中不少是反"左"）。

这些怪论是用"三及第"的文字来写的。所谓"三及第"，就是文言、白话加广东话。香港的居民多数是广东人，说广东话，用广东话写文章，容易受到欢迎。香港又是长期受到封建文化影响的地方，文言文的遗留也就不足为奇。虽然如此，时代的文字到底还是白话。就这样，形成了一种文字上特殊的三结合。

这样的"三及第"就是梁宽、高雄首创的。把梁宽放在高雄的前面，是因为有这样的事实：《新生晚报》上的《怪论连篇》和《经纪日记》都是梁宽出的主意，怪论是两人同时写，后来还加进了别的人；《经纪日记》原来是梁宽先写的，写了没有多久，就不写了，才由高雄接过来，写下去。高雄原名高德熊。高德熊和梁厚甫，是《新生晚报》的一对鬼才。

《经纪日记》就是用"三及第"的文字写的，通过一个在商场上做经纪的小人物——经纪拉每天的活动，反映出香港社会的形形色色。许多时候带有纪实的性质，头一两天的具体事件往往被生动地写了进去，而不止是干巴巴的记述，因此很能吸引读者。从那当中，可以看到市场情况的发展，一些商品和吃喝玩乐的场所也往往被介绍出来。使不少人感到，它的文字有趣，内容有用。

这里是《经纪日记》中第一日的文字：

"早上七时,被她叫醒,八时,到大同饮早茶,周二娘独自回家去了。她说自己要买钻石,恐怕是'水盘',大概和人家'踏路'是真。王仔走来,'猛擦'一轮,扬长而去,真是愈穷愈见鬼也。

"九时半,打电话到贸易场问金价,仍是牛皮市,自从上月被绑,亏去六百元后,真是见过鬼怕黑矣。莫伯到来,邀之同桌,据称,昨日经手之透水碧玉,已由一西人买去。赚价二百元,此人好充大头,未必能获如是好价,逆料赚四五十元是真。余索莫伯请饮早茶,彼一言既出,驷马难追,这回总算中计了……

"披衣到陆羽,途中遇见大班陈,我说等钱将军,作了他一尺水。到陆羽,周二娘介绍一陈姑娘相见,另细路一名,陈姑娘谓系其弟,细路无意中却叫起阿妈来……"

这里的"猛擦"就是大吃,"充大头"就是摆阔气,"一尺水"就是一百元,"细路"就是小孩,诸如此类,都是广东话。有人说:"香港有一本名书,在《新生晚报》连载了四五年,可以说是最通行的了,那便是人人知道的《经纪日记》;香港有一个作家的笔名,他几乎已成'香港名流'了,这人便是《经纪日记》的作者经纪拉。这篇连载数年不衰的日记体长篇小说,不但为一般读者所欣赏,文人学士,商行伙计,三百六十行,几乎包括香港的各色人等,都人手一篇。"这说法是离事实不远的。

这以外,他又写了《但丁游天堂》、《石狗公日记》、《济公新传》、《猪八戒游香江》……都和《经纪日记》是同一类型嬉笑怒骂反映现实的作品。它们由于带有纪实的性质，就更可以起帮助认识四十年代到六十年代香港社会的作用。

这些作品以外的《香港二十年目睹怪现状》，纪实性就更浓了。它的每一段故事都有一件轰动一时的新闻做背景，而写出了许多内幕，这些内幕又是新闻报道中不便写出，或不能写出的，写出来就要引来法律上的麻烦。如有人绑架自己的亲生的儿子，向岳父勒索巨额的赎款之类。

这些小说用纯文学的观点来看，大概得不到很高的评价，但作为通俗文学的作品，情况就应该不同了。有趣的是，七十年代初期，香港的《纯文学》月刊（和台湾的《纯文学》月刊是联号）就用过相当的篇幅，刊出了《经纪拉的世界》和对高雄的访问记（还附录了高雄写的《揭开自己的底牌》），对这些小说作了高度的评价，尽管还是只把它看成俗文学，却认为是在香港可以流传于后世的文学作品。

高雄自己说，他写的这些只是通俗小说，不是文学作品。他自己只是一个"写稿佬"，一个"说故事的人"，而不是作家，一定要说作家，也只是不同于"文学作家"的"职业作家"，写稿卖钱。

他大概也是首创每一天都要写稿一万多字的人。平常一万二千，最高纪录一天二万五。长长短短，每天总有十多篇。一家报纸曾经有过每天刊登他四五篇稿的纪录。最多的时候每天有十四家报纸登载他的作品。

他说，他每天只工作六小时。这样，写稿的速度就非快不可了。他说："很多朋友都常常笑我，说我写稿是'车衣式'的……就是左手推稿纸，由上而下，右手揸笔，唔郁，就好像车衫一样。"所谓"车衣"，就是用衣车（缝纫机）缝衣裳；

"晤郁"就是不动,右手拿住笔不动。这就不是"写稿佬",简直有些写稿机器的味道了。

他承认自己的"车衣式",却不承认可以一边打麻将,一边写稿。"传闻而已",有点神乎其说了。

并不神乎其说而是事实的,有一家报纸为了和另一家报纸竞争,不仅以高价买他写稿,还以高价买他不写稿,要他把原来替另一家报纸写的稿停了,而由他们照付稿费。这样他就可以"不着一字,尽得风流"。这也算得上"香港二十年目睹怪现状"吧。

日写万言以上,一年就至少要写下接近四百万字,十年就是四千万字,就算三十年吧(他在香港生活了三十六七年),也写下一亿两千万字的作品了。他可以说是"写稿界"中的亿万富豪。就是从数量上来说,也绝对是香港的"大作家"。

但我们这位大作家却是书产极少的,以成书的著作来说,生前只有两部三本,就是那使他大大成名的《经纪日记》和《香港二十年目睹怪现状》。这日记至少写了一百五十万字以上,印进书里的只不过十万字左右,两本不厚的小册子。第三本还未出,书店老板就宣布不能出了,因为书里写到了他生意上大有来往的人,万万碰不得!

为什么就没有别的书店、出版社愿意出这部书或他别的小说呢?因为当年的香港不像现在,出版事业并不发达,书出得很少。他自己对待自己的作品又从不"敝帚自珍",出不出书,并不在乎,以至后来出书的机会大大增加了时,他也无意使它们和纸张油墨过不去。

但在他身后,他的家人却以四五个月的时间,就替他出了一本装帧印刷都比较讲究的《给女儿的信》。蓝底金字的封面,乍看就像一本雅致的线装书。四十多封信,从《交友篇》、《妇容篇》到《待客篇》、《事亲篇》,这目录使人感到像是出自一位老夫子的手笔,特别是每一封信的开头,"字付三女(或次女、长女)知悉",以及最后的"父字",更使人有十分"老土"之感。但细看内容,就完全和这些形式是两回事,尽管谈的是教女儿做人、立身、处世的道理,却是并不陈腐,颇为清新的,没有道学气,富于时代感,而又很通情达理,既不唱高调,也没有低调到近于下流。写给女儿的信就像是写给朋友似的,一点也没有"字付"和"父字"似乎应有的那种板起来的面孔。举一个例,在谈"妇德"时,他表示理解婚外情,却提倡重操守。

他有两个女儿,都去了美国,先读书,后定居下来,信就是这样写给她们的。但当然不必真是私人信件的原样公开;实际上这是为一个妇女杂志写的专栏,尽管其中不乏父女之间的真情真事。

从文字看,一点也不像出于写《晚晚新》、《怪论连篇》以至《经纪日记》的同一支笔。从内容看,一个似父如兄的形象,就更加使人会忘去那"艳情""小生"的"恶形恶状"。这是一个正面,不是负面。

这些信是他晚年的作品;最后一篇是死前两个月写的。这一"后来转变"也可以证明,并不是"转变成为一个专写黄色小说的作家",并不是"堕落"和"糜烂",而是相反。至于他青年或中年时代是不是有过,或有过多少"艳情"艳事,那就不是我们需要多所关心的"风化"问题了。

这本书,这些信,凭那些清通平实的文字,是可以使作者赢得散文家之名的。

全面来看，高雄首先应该是文体家，由于他和梁宽首创了那特殊的"三及第"文体，四十多年了，至今还在香港流行。七十年代以后，有人创造了另一种"三及第"——英文、白话加广东话，那是"书院仔"和大专生的新一代"三及第"，流行得并不广，远不如老一代的"三及第"。

高雄当然也应该是小说家，通俗小说家也是小说家。要了解四十年代后期以至五十年代到七十年代香港社会，他的小说尽管未必全面和深刻，但总是很可参考的，是可以看到一些风貌的。遗憾的是没有印成书本（除了《经纪日记》和《香港二十年目睹怪现状》，而且已不容易找到），要看就只能向旧的报刊去寻找了。

高雄也是杂文家。他那许许多多怪论，他和别人首创的社会性的怪论，用他的话说，真是"论尽香港"，入木三分。"论尽"，在广东话里有一种特殊的意义，有麻烦、不好办……的意思，恕我不能很恰当地表达出来。他后来所写的反共或反"左"的怪论，有论得对的，也有并不实事求是以至谩骂的。至于末流所及的另一些人写的怪论，这里就不提也罢。

最后，还要加上一个：散文家。尽管这方面的文字不多（也不是除《给女儿的信》以外就完全没有），他自己却是很重视的。他曾不止一次对朋友说，写这些文字他要付出加倍的精神，不是"车衣式"所能耕造得出来的。高雄是个显得有些玩世不恭的人，但说这话是却是很正经的。他那些《给女儿的信》也很正经，尽管文字轻松活泼。

这里不妨引一段他的散文：

"香港号称东方之珠，最多不过二十年光景，大陆成为

'红色中国'之前,香港还不过是一个普通商埠,也是中国官僚富豪的退步之所,以及私运财产出口的第一个站头,甚至有人说,香港是罪恶的渊薮,逃捕的安乐窝,这且不去说了。然而二十年过去了,多少达官贵人在这里生了根,也有许多倒了下来,千千万万的美金和金条,埋藏在英皇道。有些人从半山区迁到了另一个半山区——从洋房住到木屋;有些人从木屋区爬上了渣甸山。多少一掷千金无吝色的阔少们已经变做伸手大将军,许多在大陆曾经显赫一时的真正大将军们在新界'孵豆芽',豪门的公子要坐钱债监,左右政局的美人已经改嫁了外国大汉做洋太太,千金小姐下海做舞女,用安眠药了结她的璀璨的一生。一些名女人把她的未完成的责任交给下一代;有些新的富豪堀起,凭了他父亲见不得人的勾当,而他却用绅士的脸孔见人;有些衰败了的世家靠卖家当度日。在宇宙运行之中,二十年的光阴实在太短了,仿如一刹那。但对我们短促的生命来说,二十年的日子又实在太长了,使许多青年人白了头发,使美女的脸上涂了皱纹。在这些日子里,香港在玩着滚雪球的把戏,一块小冰从山口滚下来,越滚越大,结果变成了今天的东方之珠。"(《香港二十年目睹怪现状》楔子)

高雄替电台写过广播剧,以《夜夜此时听》为名播出。他也写过《十八楼C座》的广播小说,通过大厦中的一个单元,反映香港社会的人生世相。在一九六七年香港陷入"反英抗暴"的纷乱中时,这一广播节目对左派天天作无情的攻击。

他和左派其实是有过良好关系的,整个五十年代以至六十年代的前半期，他是几家左派报纸副刊的特约写稿人，一个时期一家报纸每天用他四五篇稿子的就是左派的晚报。他替别的报纸写的怪论，偶然有点讥刺左边的声音，并不经常，"文化大革命"以后，这样的声音渐多渐厉，左派报纸就停用他的稿，于是决裂，"反英抗暴"一来，讥骂就更多了。

"文革"过去，他和左派朋友私人间虽然逐渐恢复了来往，但写稿的关系始终没有恢复。当他准备重新写稿时，还没有来得及替左报"车衣"，就离开了人世。他曾经表示，对正牌左报不"车衣"，是要写得用心一些的。

他曾经表示，写小说得力于三部书：《老残游记》、《儒林外史》和《阿Q正传》。

高雄是个玩世不恭的人。他使人想起广东旧日颇有鬼才的文人何淡如，也使人想起他小说中的人物劳道化（谐音捞到化，意思是"捞世界"的手段已经进入化境）。

但说来说去，他总是几十年中在香港写作圈子里有过很大影响的人——名副其实的香港名作家。

一九八八年二月

唐人和他的梦

从五十年代中期到七十年代中期,对内地读者来说,香港最"大"的作家是唐人。他的《金陵春梦》在内地有着最大的销数,尽管这二十年一直是内部发行。他几乎是从南到北读者所知道的唯一的香港作家,有着最高的知名度。

大体上,写《金陵春梦》和《草山残梦》时,他是唐人;写一般香港现实生活的小说时,他是阮朗;写电影剧本时,他是颜开;写散文随笔时,他是江杏雨;写《台湾之窗》的时事分析时,他是高山客……哦,还有洛风,他的第一本书《人渣》就是用洛风这笔名的。

他的原名是严庆澍。

他的外号是"严老总",这也和他的写作有关。他在《新晚报》上既写过《某公馆散记》的连载小说(出书时改名为《人渣》,日文本改名为《香港斜阳物语》,多有诗意的名字!),也写过《总司令备忘录》这样一篇连载,都是以国民党官员在港的"白华生活"做题材的。他当时在《新晚报》工作,同事们因此叫他"严老总",外边的人也跟着叫,以为他是报馆的老总,其实还只是编辑,到后来他逐渐成为编辑部的领导,有老总之实却始终无老总之衔,"李广难封",其间是非,就不说也罢。今之视昔，就更加感到他并非不可以做一个名副其实的报纸的老总。

说这些，是因为他首先是一个资深的新闻工作者，干了三十多年的报纸工作。

他是抗日战争时期在成都燕京大学念新闻系的。但在这以前，在抗战初期的湖南，他就参加过报纸的工作，好像就是长沙的《观察日报》。后来又干过军中的救亡宣传，干过中国银行的运输工作。然后是燕京大学，然后是《大公报》，当他在上海跨进《大公报》的大门时，已是抗战胜利后的事了。

初进《大公报》，他干的却是报纸的发行工作，偶然争取到苏北的内战前线采访，写过一些报导；后来又被派去台湾，主持分馆（那只是一个卖报纸，收广告的办事处），尽管《大公报》在台湾另有特派记者，但他还是不时客串一些通讯文章。更后来《大公报》的台湾分馆被封，他一九四九年到了香港《大公报》，干的还是发行工作。一九五〇年《新晚报》创刊，这个新闻系的学生才算如愿以偿地干起新闻的"正业"，做他渴望了许久的编采工作，直到七十年代末期突然在工作岗位的办公桌上病倒为止。

但在这以前，他就已开始了写作生涯，在《大公报》上写他的处女作《伏牛山恩仇记》。

使他露出峥嵘头角的是《新晚报》上后起的《人渣》，使他声名大起的是那连载了十年以上的《金陵春梦》。

按历史的顺序，应该是唐、宋、元、明、清……但这里却需要颠倒一下，先宋后唐，才说得清楚。

宋是宋乔，《侍卫官杂记》的作者。《侍卫官杂记》也是《新晚报》上的一个连载，不过不是完整的小说，只是一篇篇杂记,作者假托为蒋介石的一个侍卫官,写这位"总统先生"的一些逸闻琐事。由于只是假托,并非真正的退休下来的侍从室人员,所记当然只能是传闻;但由于作者当年以记者身份驻过南京,目睹耳闻,真实性也就不能算少。这真实,主要是表现了蒋介石可笑的一面,不够全面。

于是,写了"总司令"的这一支笔,就接受任务升级写一个较全面更真实的"委员长"了。这就是《金陵春梦》的由来。由于是因宋乔之作引来的,由宋而唐,这就想出了唐人这笔名。这和海外的唐人街没有关系,虽然作者有时故意要摆出一副老气横秋的样子,他可不是什么老华侨,在开始做这个"梦"时,年龄才不过三十来岁,青年作者一名!

这里顺便再说说宋乔。他对唐人有意见,开玩笑地说这是骑在他头上。宋乔原名周榆瑞,五十年代一度回过大陆,重到香港后在《新晚报》主持英文电讯翻译工作,本职是《大公报》社长的英文秘书,一个时期用周尔立的名字在报上挂名做《大公报》的督印人。不记得是五十年代的那一年,他突然一连几天不上班,最后人在伦敦出现,说是"投奔自由"了(天晓得!香港是有名的"自由世界"呢)。后来还出过一本叫做《彷徨与抉择》的书,他的伦敦居并不显得怎么得意,后来是郁郁以终的。

回头看《金陵春梦》。它以一个不平凡的开头引人入胜,这就是郑三发子的故事。说蒋介石本来应该是郑介石或郑中正,小名郑三发子,原籍河南,随母亲逃荒到了浙江,母嫁蒋家,他也就"拖油瓶"地成了蒋家的人。这个故事绝不是唐人的恶意捏造。他是有根据的。他把故事来源说得似乎有些神秘,有人说,其实他根据的就是建国初年《光明日报》上的一篇文章。

抗战期间重庆也确实发生过一位姓郑的从河南到了重庆，自称是蒋的兄长，要闯官邸认弟的事，这人被关了起来，又送回河南，兄弟自然没有认成，不过也没有受到杀身灭口之祸。这事在沈醉还是别人的回忆文章中是提到过的。"文革"后，内地有人正式写过文章，考证了一番，以比较充分的材料，证明了不可能有这样一个郑三发子，更确切地说，不可能有一个后来变成了蒋家王朝始皇帝的郑三发子。

《金陵春梦》，金陵王气，写的就正是蒋家王朝如梦的兴衰和它黯然的气数，其间经历了大约二十年。从蒋介石的兴起，到他的败退台湾，分别是《金陵春梦》、《十年内战》、《八年抗战》、《血肉长城》、《和谈前后》、《台湾风云》、《三大战役》和《大江东去》八集。这是写蒋介石，也是写以蒋介石为主角的这一段时期的中国现代史——小说化的历史，演义体的历史。写这样的题材这还是"前无古人"的，它首先就具有很大的吸引力，加上作者说故事的本领不小，一纸风行也就是势所必至的了。

八集《春梦》中，写得最好看的是第一集，以后就逐渐有些绚烂归于平淡。

《春梦》以后是《残梦》——《草山残梦》，那是写蒋介石到台湾另起炉灶的偏安之局，直到他寿终正寝。说是"残"，却也写了八集，算算日子，这一段历史其实也有二十年左右呢。何其长的"残梦"！长得和正梦一样的"残梦"！

如果把蒋介石以后也算上去，那就更不止这个数字了，至少又要加上十多年蒋经国继承大位的日子。《残梦》以后作者又写了三集《蒋后主秘录》，主角换了"蒋二世"经国。作者也换了一个古怪的日本笔名：今屋奎一。那是因为蒋介石在"残梦"快了的时日,由日本人古屋奎二在台湾《中央日报》上郑重其事地推出了一部《蒋总统秘录》,这是一个怪招。我们的作者在以"秘录"对"秘录"时(其实大家都没有什么了不起的独得之秘),就也使出了这笔名上的怪招来——一个败笔!

《残梦》以外,作者还写了《宋美龄的大半生》,笔名是草山上人。

可惜作者在一九八一年初冬不幸因脑溢血再发在北京过早地离开了我们,要不然,他很可能把《蒋后主秘录》也写足八集,甚至还可能再写《后蒋经国演义》也说不定呢。

不过,就凭这一系列的一《梦》二《梦》,《秘录》加《大半生》,他已经是写作上和蒋家大有关系的人了。

真正有关系的,却是台湾的另一位"总统"严家淦。他们都是苏州洞庭东山的人。在严氏家族中排起辈份来,严家淦比严庆澍要高上两辈。当年在台北时,小辈的严庆澍是可以随时到长辈的府上去开饭的,不过,在那时候,严家淦还没有贵为"总统",只是"厅长"一名而已。

一部蒋家史,也就是大半部民国史,真是使同时代的人眼花缭乱不易说的。由于太近了,有些事情也就说得不易准确,一是由于有些史料还不具备,还属于"秘录"而没有公开;一是有些事情还不好谈,特别是对台政策,就像人们所说,像月亮,"初一十五不一样",那分寸,就连当事人也不易掌握,就更不要说在南海一隅的香港写书的人了。

因此,有些对《金陵春梦》抱有好感的人,如新闻界前辈也是严庆澍的《大公报》前辈的范长江,就曾经特意找了他到从化温泉长谈,还送了一套政协文史资料给他,希望他把《春梦》润色得更好,主要是写得更准确,更近于历史的真实。

作为长时期朝夕相见，共同抬过同一副担子的工作伙伴，我也曾劝过他放下一些其他琐事，特别是一些"为稻粱谋"的写作，集中精力改好《金陵春梦》。他有十年之久日写万言，在一个本来就有工作重担的业余作家来说，这万言就比一般重担更是重担了。

可惜他并没有及时作出安排，后来又意外地以硬朗的身子而突然半身不遂，改得更好也就成了虚愿——永恒的遗憾！

《金陵春梦》在艺术上的一个缺陷，是写得比较粗糙，后边的比前面更是这样。这也难怪，作者往往是在伏案处理日常的编辑工作时，偷闲写作的。在《新晚报》编辑部里，他数十年如一日，几乎总是第一个到，最后一个走。一般人的上班时间是朝九晚五，而他，却变成了朝九晚九，从上午九时到晚上九时，一直工作、写作十二个钟头，写作的时间比工作的时间还长。他下班的时候，在同一层楼中上晚班的《大公报》编辑们已经来上班了。

《金陵春梦》是他的大著，大到在《新晚报》上连载了十多年，几千续，很可能是香港报纸上最长寿的连载小说。接下去的《草山残梦》在"文革"中腰斩了，作者认为这是出于极"左"的斧钺之诛，但事实上，和它写得粗糙，越来越像旧闻记事而不像小说有关。一九七五年作者和港澳新闻界的朋友们到北京时，姚文元在宴会席上还赞了《金陵春梦》，也多少可以旁证一下。当然，姚文元赞与不赞，都改变不了作品本身的价值。

严庆澍除了制造这两"梦"，还大量写作反映香港社会的长短篇。他自己满意的有：《长相忆》、《我是一棵摇钱树》、《泥海泛滥》、《爱情的俯冲》、《黑裙》、《她还活着》、《装》、《赎罪》、《第一个夹万》等。

他的第一个电影文学剧本是《姊妹曲》（夏梦、韦伟主演），还有《华灯初上》、《血染黄金》、《诗人郁达夫》等；《诗人郁达夫》是虽未拍戏却出了书的。

严庆澍是多产作家，出的书有五十种左右。他也是另一意义的多产作家，有子女八名。长城公司有一部影片《儿女经》，编剧的是画家黄永玉，故事就取材于唐人之家。黄、严和别的一些作家如楼适夷当时都住在九龙荔枝角的九华径（这是雅称，俗名狗爬径，黄永玉曾写过《狗爬径传奇》）。严庆澍的一家十口是一本难念的经，在黄永玉的《儿女经》戏中，石慧是大女儿。打从这以后，石慧见了严庆澍有时就要玩笑地叫他一声"老豆"（广东话的"爸爸"）。而严庆澍有一句常挂在口边的叫喊："孩子们！"这当然是由于他自己的孩子足以成"们"的缘故。

近年在香港以《似水流年》成名的年轻导演严浩，是严家的"小不点"，也是在写作上严家的唯一传人。他在报纸上写的散文小品专栏，被认为比他父亲的随笔写得更富可读性。这位影名大于文名的年轻人，在更年轻的"文革"后期，曾经去投身于一家左派的电影公司，却被上级领导挥之使去，他不能忘情于电影，一气之下，就自费到伦敦电影学院学习，回港后终于扬眉吐气地以后起之秀大露头角于电影圈中。他这一成名作是和左派有间接关系的青鸟公司的出品。这对于原先的左派电影领导，是不是开了一个玩笑？这也难怪，那时候上级的最上级还没有提出"伯乐论"，一般的领导者还不知道应当识得千里马。

严庆澍虽然始终没有当上总编辑、副总编辑，却是比较早就当上了全国政协委员的，这当然和他的《金陵春梦》所起的作用有关，恐怕也和他做了一些对台的统战工作有关。我不知道他到底做过一些什么人的工作，只是知道他还没有机会做他的长辈"严总统"的工作。

清楚知道的是，他能拿到张国焘妻子的文章，在《新晚报》上发表，用的当然是人所不知的笔名，写的是影评，评的是国产片，是好评。我也听他说过，张国焘的儿子如何从香港回到广州，进了华南医学院，毕业后又回到香港，他的未婚妻也一起得到了到香港的批准，充分体现了来去自由的政策。这一对夫妇不久就去了加拿大行医，后来张国焘夫妇也移民去了加拿大（是香港"反英抗暴"纷乱后的事），张国焘也就死在加拿大的养老院中。据我所知，他和张国焘并没有见过面。

见过面而且后来很有交往的，是一位文化名人，包天笑老先生。一天，唐人接到一封署名罗高的信，说《金陵春梦》写了蒋介石年轻时候在上海逛窑子的事。信上说，他当年也涉足那些高级的妓院，偶然也见过蒋在场，现在那些同吃花酒的人早已老去，不能想像还有九十多岁的人写蒋逛窑子记忆得如此清晰，因此希望见面谈谈。后来两人见面，严庆澍才知道是他的同乡前辈包老。真应该称老，那时包天笑已是九十多岁的人了。但精神还是很好，还是每天写作，蝇头小楷，十分工整。一部《钏影楼回忆录》，又一部《衣食住行百年变迁》，都一一登报、出书。到了九十九岁那年，大家正准备替他做百龄大寿，他却不再等待，就离开了我们——又一个永恒的遗憾！

我们，包括了老作家曹聚仁、叶灵凤。特别是叶灵凤，在他的晚年，和严庆澍、黄蒙田（散文家、美术评论家，《海光文艺》和《美术家》的主编）、夏果（诗人、散文家，《文艺世纪》的主编），许多时候还有萧铜（由台湾到香港定居多年的小说家）以及我，不定期地上小馆子，饮酒、聊天，消磨一个黄昏。严庆澍是我们的司库，由他收钱付款，大家都有不同程度的稿费收入做开销。这样的餐叙每月总有那么一次，维持了好几年之久，后来叶灵凤、严庆澍、夏果先后去世，经常的五个人现在就只剩下黄蒙田和我，分居南北。

我们当中，严庆澍看来是身体最好的，饭量大，酒量也不小。苏州人，却没有什么水软山温气。年轻的时候是个足球爱好者，渐入中年后唯一的运动就是"爬格子"。可能是酒喝多了，有时又多又猛，后来就有了高血压症。虽然略有节制，但注意得并不够，终于一个上午在办公桌上突然脑溢血，从此就进了医院，再转到广州治疗，病有转机，也能走动了，一度回到香港，准备恢复工作，事实上不可能，就转到北京继续治疗，情况又有好转，没想到在医院中看电视的球赛节目，我们这过时了的业余足球运动员，情绪一激动，就又发生脑溢血，最后夺去了他的生命，才不过六十出头不久。

严庆澍这个喝太湖之水长大的苏州人，对阳澄湖的大闸蟹深为爱嗜。每年秋天，总不放弃享受一番。在这上面，他表现了惊人的食量，曾经创下一次吃掉十四只而面不改色的纪录，虽然有些蟹爪他是放弃了，却还是要使旁观者不能不为之动容的。

一九八八年三月

才女强人林燕妮

> 遗传学学士＋中国文学硕士……
> 电视新闻编导＋广告公司总经理……
> 散文作家＋小说作家……
> 美女＋才女……
> 名女人＋女强人……

这一切加起来就是林燕妮。

林燕妮是在美国加州大学（柏克莱）读遗传学的，因此戴上了理学学士的帽子；后来回到香港，业余进修中国古典文学，又戴上了哲学硕士的帽子——她还要不要再戴一顶博士帽子？

学士的帽子并不能使她在美国得到一份学有所用的职业，这个"香港女"于是就回到香港来，香港更不可能为她提供一份学有所用的工作，她就只好放下遗传学，去吃传播学的饭了。

在电视台，她以才能做了幕后的编导，又以美貌（当然也需要才能）做了幕前报告天气的"天气女郎"（另一位做过"天气女郎"的人，后来做了另一家电视台的总经理呢）。

就在这时候，一位天天跑马场也常跑电视台的专栏作家认识了她，初见惊为"天人"，后来知道她是才人，在他一次到外地旅行时，就把自己在报纸上每天都写一篇的一个专栏请她"顶档"（看摊子，也就是捉刀、代笔）。才写了几天，报纸的负责人就惊才了，马上和她约好，当她的委托人回来她不需要代笔时，就正式执笔，替他的报纸写一个新的专栏。他的报纸就是《明报》，他就是金庸。

她的新专栏就是《懒洋洋的下午》、《粉红色的枕头》……

金庸说，林燕妮这些文章是用香水写出来的，她是"现代最好的散文女作家"。

惺惺相惜，林燕妮说，她最喜欢的作家是金庸。

但她最喜欢的人，或者说最合得来的人，却是黄霑。对于内地许多人来说，黄霑虽是少闻大名，而其实却又如雷贯耳的，贯耳的是他的一首歌词——《我的中国心》。就是张明敏唱的那首。

"黄与林"，他们不但在生活上合得来，在事业上也合得来。

林燕妮曾经是香港已故的大有名气的武打电影明星李小龙的嫂嫂。黄霑曾经是一位歌星的丈夫。两人都和第一春的对象分了手，而同居在一起共度第二个长长的春天，到现在已经有十几个春秋了，一直保持着一种现代的生活方式——同居而不结婚，在黄霑的口头上，林燕妮依然是"林小姐"，在笔底，是"我现在的女友"。

这女友，不仅是生活上的密友，也是事业上的战友。他们合组了一间广告公司，招牌就是"黄与林广告公司"。这家公司在一九七六年以五万港元的资本起家，十年后，一年的营业额一直跳到了一亿二千多万港元。林燕妮是这个公司的董事总经理。一九八五年，世界最大的广告公司——盛世国际广告公司找他们合作，"黄与林"就成了"盛世"的香港机构，林燕妮依然是董事总经理。

但到了一九八七年年底,"黄与林"却宣布在广告业务上倦勤,双双退出了广告圈。黄霑重回他总是不能忘情的影视工作,林燕妮要专心致志地运用她的笔杆来挥洒"香水"——写作。这一年,他们两人参加发起组织了香港艺术家联盟。这是一个包罗了各个艺术方面的组织。

黄霑说,对于广告,林燕妮是"误落尘网中"而干起来的,初非本意。不过,她却是正式学过广告的。那是在电视做新闻编导一年多以后,又重回美国读书,读的是广告课程,还没有读完,电视就把她召回,要她主管宣传部门了。这以后,就是接受了黄霑的游说,合组"黄与林广告公司",正正式式地做起"广告人"来。从"黄与林"而"盛世",黄霑说,"这一切,都可以说明她实在是个运筹帷幄、臆测屡中的女强人,在商场上肯定不让须眉"。林燕妮出人意外地说,广告于她,是学有所用的。这不是说她其后学的广告学,而是指最早学的遗传学。"遗传学注重统计、实验及客观,亦要求冷静的分析,这些训练对我在广告方面的工作帮助十分大。"

但在投身于广告工作时,她不但没有放弃写作,也没有放弃进一步去接近古典文学。她和黄霑就是利用"黄与林"的业余时间,在香港大学进修硕士课程的,指导老师是于宋词深有研究的罗忼烈。

主持一间广告公司(和黄霑一起),工作当然是紧张而忙碌的(特别当业务不断发展时)。她又是所谓"名气界"中人,应酬就使她更忙碌。她的写作时间往往要安排到午夜时分或更后,这时应该疲累不堪了,她却能抖擞精神"纸上行"而《紫上行》(《紫上行》是她的一本散文集子)。

十多年来，她就这样写出了成十本散文：《懒洋洋的下午》、《粉红色的枕头》（一、二集）、《小黄花》、《青草地》，《小屋集》、《送君千行字》、《系我一生心》，《人笑痴》、《紫上行》和《燕妮之窗》（散文加短篇小说）。

五本小说集：《痴》、《盟》、《缘》、《浪》和《冥约》。

一本诗集：《林燕妮眼》。

不算太多，也不算太少了。对忙里偷闲写作的林燕妮来说，就更不能算少。她常劝人勤奋，她自己就是这样勤奋的。一年当中，除了有时去外地旅行停笔之外（有时也不停），她几乎每天都有作品发表，是不足千字文的散文，大约是八百字。香港报纸副刊的随笔或小品专栏被称为"块块"或"框框"的，最长的一千字，最短的两百字，八百字可以算得是中篇。一位女作者说，要她"写八百字就有点勉强了"，一千字或千字以上更是"晤好搞我"（不要打扰我）。林燕妮却是没有这份写作上的娇气的。

散文是她主要的作品，拥有的读者也最多。一顾倾城之作是《懒洋洋的下午》，再顾依然倾城的是《粉红色的枕头》。这些先是专栏名，后是书名。它们使人联想起的是现代都市娇慵的年轻女性，有一种软绵绵的味道，接下来的《小黄花》、《青草地》，也都显得是女性的风格。她的散文是自有特色的，有人称之为"林燕妮风格"。

听听和她生活在一起，也曾经写文章在一起的她的"男友"黄霑的话吧（有一段时间，他们两人在一家报纸上共同拥有一个"一题两写"的专栏，每天同写一个题目，你写你的，我写我的，各抒己见）："她是个观察力极强的作家，很多时候，我们一起参加聚会，事后谈起，她的见微知著，往往令我叹服。

这种观察入微的能耐,通过了玲珑千窍的内心,变成感觉,再化为文字,有时细致缠绵,有时发人深省,有时一语中的,有时回肠荡气,令你不知不觉,就堕进了她的感性世界里。"

她这种心细见微的文字,一再被人提起的有《医院·灵堂》:

"很怕去医院探病,不是不关心朋友,而是医院的气氛很别扭,小病的人不知应否口沫横飞,中病的人不知应否作虚脱状,大病的人不知应否不招呼来客,探病的人不知应说话好还是不说话好,吃东西好还是不吃好,稍坐即走好还是久坐不走好……

"……理论上,病人要休息。不过,刚探头进去便跑,又似乎不够'心事',待着不走,又似乎阻碍了他的歇息,真不知如何是好。"

这样的感受一般人不是没有,只是往往被忽略了,没有说出来,或不愿说出来,或不敢说出来,好像说了出来就不近人情。

林燕妮是敢言的。当然,主要的敢言并不在此,而在别的可能得罪人的事情上。随便举一篇《无耻之徒》:

"这两年来有些令我很反感的现象:第一就是年轻人脸皮越来越厚,不知羞愧为何物。第二就是每个人太向往做生意,只求限时发达,作弊行骗,无所不用其极,长远眼光却是没有……

"……有亏空公款的,被老板发现了,不但不肯认错,连对不起也没有一声，反而还大发其脾气。有的对老板说：'谁叫你糊涂？签支票不看清楚？'有些恐吓老板说：'你告我，我便死给你看，遗下全家老少，看你这辈子良心怎过得去。'"

"……这些年来，出现了不少白手兴家的巨富，所以不少人也跃跃欲试，都不想找工作做，而一窝蜂地流行'做生意'，冀望一年半载发达，所谓'生意'，不外是投机公司，不外是写字台几张，没有本钱也没有计划，骗得就骗，一张嘴巴照例能言善道，英文说得呱呱叫，倒也瞒倒不少人，等到被人看清底细，债主临门时，往往又有恃无恐地说：'告我？封了我的公司，你们一文钱也得不到。不告我，不封我，我反而可以慢慢还债。'……"

她说的是香港，人们也很容易联想到内地，特别是内地的一些"王谢子弟"。他们有不同之处，但更有其相同之处。

香港这些"无聊撒粉"的青年人，林燕妮当然不怕得罪，但也有另一些人、一些事，在她这个也被视为香港社会"精英分子"的人来说，回避是"识时务"的，迎上去就未免有些"不合时宜"了，而她，却还是"虽百万人吾往矣"。

这是另一个例子。一九八六年的香港，出现过百万人签名的反核运动。有的人是从根本上反对运用核能；有的人是反对在邻香港的大亚湾建立核电厂，怕万一出事香港人无路可逃；有的人是主张从长计议。心事是不同的。在那一段日子里，为大亚湾核电厂说话的，很容易被指责为替内地"擦鞋"（吹捧）。林燕妮却一连五天在她的专栏《系我一生心》中，从科技观点来谈这个问题，劝人们不必过分怀疑、过分怕核电厂。这一场是非这里且不去谈它,她的敢言勇气却总是使人佩服的。

从这里也可以看到,她的散文并不是天天都谈她个人或周围的生活琐事,特别是她谈得多又被认为谈得好的爱情话题。她早就写过,"我的家是中国"。不久前又写过,"九七"后(中国收回香港),"怕只怕高官子女都调了些来香港担任优职,在丽晶宴会厅摆宴比任何人都多,有什么交际应酬,他们得祖国支持之利,风光十足,有什么商业好机会他们先得,香港人措手不及被贬成要奉承他们的二等市民。"虽然如此,她还是奉劝大家,"有话要说,有事要做,抵制搞事分子,站定勤奋立场"。她自己是要留在香港的,除非不容许有自由才走。话是说得坦率的。

林燕妮的散文以细腻深刻、优雅的笔触,写出了现代都市女性的心态,散发着女性温柔,温柔中又不时流露着女强人的刚强,像上面举出的那些。连和她亲密合作的黄霑都说她是"在商场上肯定不让须眉"的女强人,但她自己却说:"寂寞的女人才有空要强的,身为女人,想想也害怕自己会落到那个地步,我宁愿做鲤鱼精(在《无双谱》中和书生张珍恋爱的——引者),不做事事胜过自己男友的女强人。"不过,她又认为,女强人和贤妻,是可以并存的,是可以取得平衡的。她这些年来,就好像一直在进行着这样一个成功的试验,在最初的失败的婚姻以后,而形式上是非婚非妻,只是工作、生活在一起的男女朋友而已。

这是她的爱情论:"感情不能太讲结果,爱情更不需要有结果,不过爱情必须浓洌。爱情的美满结果是什么呢?不外是成家立室而已,于我而言,那是毫无吸引力的结果。"

林燕妮的散文时时谈到爱情,但并非全写爱情。她的小说就不同了,全是爱情小说。"人人都尝过爱情的滋味,作家应当多写爱情小说才对。"她这么说,也这么做了。

多写爱情小说?比起她的散文来,小说写得还不算多。五本小说集,最引人注意的是《缘》。这不仅因为它是最长篇的,更因为它被认为是"飞跃"的。以前专写武侠、现在专写科幻的小说家倪匡说:《缘》在林燕妮的创作历程上,"不是大大跨进了一步,而是一种飞跃,一下子就超过了很多小说家要费很多功夫才能超过的障碍"。

《缘》,是写一个英年早逝的电影明星和四个女性之间的爱情故事。故事是在这位"白马王子"死去五年以后,按照他的既定步骤,由一位受委托的律师来逐步展开的,从一个广告和半首诗开始,在一封信的宣读和四千多万元遗产的分配进行后结束。半首诗是:"梦里/我用青草,/缚着你的一滴眼泪"。四个女子手中都有全诗,加上这样的三句就是全诗了:"此刻,/你用秀发,/缠着我那紊乱的心"。四人都以为那是她独得之诗。前半首诗引出了她们一个个人,作者用倒叙的手法把过去的一幕幕掺杂着介绍了出来。许多更是推理小说的手法,很能吸引人看下去。它大可以叫做奇情爱情小说,或爱情奇小说。在情节的发展上,安排得很具匠心,甚至可以说太具匠心,现实里不大可能发生的事情都被安排进去了,欣赏的人会说这很精巧,不欣赏的人会说这不真实。

文字还是保持着她的"林燕妮的风格"。一个特色是绝大部分都是对话,冗长的描绘和叙述很少,使人很容易看下去。

这个长篇是在一个周刊上连载的,分为这样十章:"缚着一滴眼泪/小树就是坟墓/心上缠了秀发/绕成一片哀伤/珍珠滩上的风/就是想告诉你/浪不曾消失过/生是你的不渝/逝是他的残躯/哀是你们的缘"。这倒有些像是一首小诗。

林燕妮自己解释"缘"说:"缘是孽债,根本就是种缺憾,亦都是我们不能自解的事,其中无对无错,只在于我们受得起多少。我们都是,心比我们的肉身要大,心容得起,肉体却是那么界限分明一个是一个,两个是两个,那是永恒的矛盾,也是永恒的痛苦!"

痛苦?林燕妮有一次说,她是因痛苦而写作的。

"……此夜,四壁,当我想起未来的日子遥遥无寄,疲累而又灰心时,我唯一挽救自己的方法,便是摊开稿纸,一句一句的写。

"这也许解释了,为什么有些人需要写作。

"《紫上行》里边很多话,其实是我在自己解慰自己。当然,我永远找寻阳光,找寻希望,文章里朝气勃勃的话,不少是我在痛苦死亡几回后,挣扎着支持自己的东西。"

痛苦?有时候她恐怕是写作得很痛苦的,就像这《缘》的写作。"有时是在长途旅行的飞机上,有时是在整天忙碌的工作之后,有时是在主编电话不断催促之下,几千字几千字这样写下来的,几乎没有机会去作一个通体的安排,可是在结构上却如此完整"。从这里可以看到她的才华,也可以看到她写作的痛苦,当然,更可以看到写作告一段落后长长舒一口气的快乐。

表面看来,林燕妮是一个快乐的人,成功的人。

有人说,这个"每一寸都是女人的女人",有明星的面孔不去做明星,有模特儿的身材不去做模特儿,却做了广告人,做了作家,真是"奇女子"。

现在,她从广告人的行列里退出来了,自然也就"别了女强人"。黄霑做了她的代言人说,她要真正地专心读书写作。不再业余,要做个专业作家了。

不言而喻,重点将是小说,将是爱情小说。她自己不是说过,"应当多写爱情小说"的么?

她自谈写作经验:"我因为学过芭蕾舞、现代舞,并且编舞,帮助了我的组织力……但基本上我是凭感受写东西的人。"所以黄霑说,她的作品就是她的感性世界。

外柔内刚,是她的世界的一面;西而又中,是另一面。这个看起来使人有"彼美人兮,西方之人兮"之感的人,进修的是中国文学,"梦中情人"是纳兰容若,纳兰词是陪着她长大的。她说:"纳兰词是年轻人的词,十几二十岁时我也是像他一样,跟朋友说'我是人间惆怅客'……如今成熟了世故了,便一味笑得多,别的都无谓说了。"

好吧,"别的都无谓说了"。

——一九八八年五月

附记:无谓说却又不得不说几句。这本小书出版前,"黄与林"已经一拍两散,不再沾边。

梁厚甫的宽厚和"鬼马"

长得有点宽，有点厚，不怎么高，这就是梁宽，也就是梁厚甫。

梁宽，字厚甫。不少人都知道梁厚甫，知道梁宽的人就不多了，除非是老香港，而且是新闻界中人。

尽管二十多年来梁厚甫都住在美国，已成美籍华人，只有不多的时间才回香港走走，但香港认识他的朋友，依然把他当香港人。

和大多数香港人一样，他原是广东人，而且是"岭南人"——三十年代中期他在广州岭南大学读书。大约是日军占领广州后他就到了香港，参加了香港《大公报》的工作，主要是翻译英文电讯，好像也编过报，写过评论文章。他间接在张季鸾、胡政之，直接在徐铸成领导下工作。那时候他不过二十多，现在是年过七十了。

和许多香港人一样，日军来，他们走，日军走了，他们又回来。抗日战争结束后他重回香港，进了一家一度和桂系有关的报纸，和三苏也就是"小生姓高"的高雄一起工作，一时瑜亮，轮流编副刊，轮流做总编辑。就在这家报纸的晚报上，梁宽——那时他宽而不厚，六十年代左右去了美国才厚而不宽——以梁厚甫之名而大行其道,他首创了文言、白话加广东话的"三及第"文字的怪论,又带头写了每天一篇的"偷情小说",不久就主要移交给高雄去写,自己只写少量。他当然还有大量的写作,也都是些不足道的为稻粱谋之作。可以提一提的,是他用"宋敏希"的笔名写新闻说明。提它,只是因为这可以说明,他早就具有一点"梁厚甫"的萌芽,写政论文章的萌芽了,虽然那些新闻说明算不得什么政论文章。

梁宽和高雄同被称为"鬼才"。这"鬼才"用广东话来解释也许更恰当:"鬼马之才"。广东话的"鬼马"有古灵精怪之意,有时更有比古灵精怪更古灵精怪之意。怪论就是他们"鬼马"之作的典型。写怪论的时候,高雄用得多的笔名是"三苏",梁宽用得多的笔名是"冯宏道"。冯道是有名的五朝长乐老,他的道有什么可宏?居然宏之,当然怪了。

当时他们工作所在的报纸是《新生晚报》,和抗战胜利后在香港复刊时的《大公报》同在一座闹市的楼房中,同用一间印刷厂。《新生》在下,而《大公》在上。两报的人天天见面,当然很熟,何况梁宽又是《大公报》旧人。朝鲜战争爆发后,《大公报》办了一张初期以中间面貌出现的《新晚报》(后来面孔逐渐红了),副刊的主要设计者就是梁宽,两个主要副刊《下午茶座》和《天方夜谈》的刊名也是他想出来的,一直沿用了三十多年才因改版而换了别的名字。作为一张下午出版的晚报,先让读者在《下午茶座》喝下午茶,然后渐入黄昏,作"天方夜"时的闲谈,这岂不很好?这两个副刊上,先后出了唐人、梁羽生、金庸这几位海内外都比较知名的作家。梁宽、高雄也在这上面写过不少小说和怪论《横眉语》,这个专栏名字也是梁宽取的。

朋友间还传说有这么一件梁宽的"鬼马"事。一次他到一处香港人所谓的"凤阁"（也就是古人所谓的秦楼楚馆）去逢场作戏，临走时故意留下一张名片，叫那里的人有事可以打电话找他。事后他对人谈起这事，别人都觉得奇怪，一般人都不会在那样的地方留下真姓名的，他不但留了，而且还留下地址和电话，不怕"手尾长"（广东话麻烦多）？他却笑着说，那是某某人（一家报馆的负责人、香港的太平绅士）的名片，不是他的。事情是不是真的如此，难说，不过把这样的事情说在他的身上，而不说别人，也就可见他在朋友心目中的"鬼马"了。

梁宽在香港新闻界虽然有些名气，但在那样的报纸，写那样的文章，也实在是很难有所作为的。他真正成为海内外都知名的新闻记者、政论名家，还是去了美国，以梁厚甫之名写文章以后的事。

他大约是六十年代开始的前后移民去美国的。这是妇唱夫随。他太太早已入美籍，他是作为家属移民去旧金山的。朋友们都感到有一点怪，他怎么丢得下香港的繁华？又怎么能适应唐人街的浅陋？不过，无独有偶，有一位署名"特级校对"，专写下厨文章的星系报纸的总编辑，在他之前就移民去了。

出人意料，到了美国，虽然不再过报馆生涯，他却找到了一片新的用武之地，以"自由记者"、"自由作家"的身份，替香港、新加坡的报纸，写起特约通讯和特约评论来了，这就是梁厚甫文章。

这一片天地要比原来局限于香港一地大得多，不仅是港、星，还有中国内地，大《参考》、小《参考》上的转载，更使他声名大起，使他的知名度大得要以亿计，可能是他自己先前也没有想到的。

他成功了，却也不是偶然的。他本来就有这方面的才能，不过一直处于"潜在"的状态。到他成为"自由"之身后，才在认真的研究工作中解放出生产力，创造出使人刮目相看的高质量的产品。据了解他的人说，在美国他有一个很有利的条件，可以到五角大楼或别的什么官方机构，定期翻阅一些最新的资料，使他在分析当前的国际形势时，能有更宽的广度和更高的深度，写出来的东西富有新的信息和新的见解。当然，使他有独到见解的，主要不是这些资料，而要靠他自己的识见。

他行文精简明快，说理清晰，不堆砌什么术语名词，不像一些分析时事的论文。他常说，近来中国的文风有两种腔，一种是"文艺腔"，一种是"学术腔"。文艺腔是用直译的文体来写小说；学术腔是他所谓的"教科书文体"。"教科书文体"的始作俑者是美国的华裔学人。他们所写的谈时事的文章，百分之九十九是从教科书上译下来的。他们遇到了一个问题，就先翻教科书，找到和所谈的问题相近的理论，就照译，然后费尽九牛二虎之力，勉强拉到要谈的问题上，拉到当前的时事上。他说的是美国，而且说得也夸张了些，不过，难道摆在我们眼前的一些皇皇论文中，就没有这样能够吓人的"教科书文体"么？

"文艺腔"就更多了。不说别的，我们每天所接触到的电视剧里就颇不缺乏，特色是大老粗也在用知识分子腔来说话。

谈到知识分子，他有怪论。他说，近年许多人到中国大陆，他并不起劲，为什么？为的是怕到了大陆被人称为"知识分子"，因为他向来讨厌"知识分子"这个名词，这使人联想起"恃才傲物"，"万般皆下品，唯有读书高"之类不中听的话。他不起劲是事实，至今还未听说他回过大陆（回香港倒较为经常）。如果他回来过，不必特别去进行什么采访，随便耳闻目睹，就会修正那"唯有读书高"的老话了，说这话，就反映出他的某些"无知"。

这是他在小文章中发的怪论。就是他的大文章，虽然经常都有些独到的见解，但有时也还是不免有些不大实在的议论，或甚至怪论。到底是写怪论出身，兴之所至，笔之所至，有时就不免技痒而流露出来。

他的小文章就是在香港报上连载的专栏。在他的专栏里他谈过中外社论之不同，说外国人写社论，是帮助读者对当天所发生的事作进一步的理解，指出几种可能的趋势，让读者自行判断，而不作论定；中国人写社论，就一定要论定，不论定，好像就对不起那个"论"字似的，这是对读者的不尊重，等于侮辱读者。他主张用新闻说明来代替社论为好。但一两年后他又有一篇文章谈新闻说明，说这是外国报纸所无，中国（香港）报纸才有的。外国人写新闻夹叙夹议，说明已经写在新闻当中，不须另作说明；中国报纸的新闻说明其实是对读者的侮辱，等于说你们水平低，对新闻未必看得懂，让新闻说明来告诉你吧。他在写这些否定新闻说明的后语时，忘记了自己说过那些肯定它的前言了。

这是标新立异走偏锋。但这些偏锋怪论并不能冲淡他许许多多细致的观察，深刻的见地。就像前面谈到的怕被人呼为骄傲的"知识分子"，并不表示他不知道中国内地"臭老九"的不妙处境。他借用"臭老九"这个词来谈学问保鲜，说信息时代，知识更新得快，如不随时吸收新知保持学问的新鲜，那就会变臭，这样的知识分子就真要成"臭老九"了。这就说得很有意思。

他这是有感而发的。在一个鸡尾酒会上,他接到了一位担任大学教授的老太太的名片,上面印着:"哈佛大学哲学博士(一九五四),哈佛大学哲学博士(一九六二),哈佛大学哲学博士(一九八一)"。他觉得奇怪,不好意思问她,就问她的理学博士的丈夫。那位理学博士说,她是搞数理经济的,近三十年新兴学问不断出现,一个博士学位过了几年就会"缩水",必须补充,她就再去攻读,再拿新的学位。

知识保鲜,这是大问题,小的地方他也能观察入微。他发现吃金山橙(美国橘子)最好是在香港,其次是新加坡,不是原产地的美国。原因是老树产的橙就甜,美国出口商包下了老树的橙,美国内销商却不管老树新树都要,这样就使得出口的一定甜,内销的就靠不住。他因此说,香港最大的好处就是可以吃到好的金山橙,好到令美国人羡慕。他又发现,香港超级市场有比美国先进的地方,顾客买完东西奉送塑料袋,又轻,又韧,又有挽手;而美国却只送没有挽手的纸袋,要捧着才行。他不仅看到这样的现象,还看到了因何如此的道理。

在美国,他有过三次奇遇。

一次是他去见大通银行的主持人。主持人在开会,他就坐冷板凳在等。不久,当地的工务局长来了,先到负责约会的银行女秘书面前说了几句话,显得迫不及待,女秘书低声说了几句。那局长就走到他身边,说今天是他们发工资的日子,而政府的拨款没有到,一部分职员的工资支票会因此被退票,得赶快和银行总裁商量,通融通融,因此请他也通融通融,让他先见银行主持人,他同意了,对方十分感谢,后来两人还成了朋友。他因此有感:如果不是在美国而是在别的地方,那女秘书一定带了局长从另一道门去先见银行总裁了。还讲什么先到先得，排队至上！

另一次是他从华盛顿飞去芝加哥，从市区坐公共汽车去机场，上车坐下后，跟着又上来一个人，坐在他旁边，他觉得此人面善，想来想去，终于想起了，就是大通银行的董事长大卫·洛克菲勒，再看他的手提包，没有错，上面有 D·R·两个字母。他并没有受宠若惊之感，感到惊奇的是，如果换了一个地方，一定是前呼后拥而来了。现在是没有架子，完全没有架子！当然，像洛克菲勒这样的富豪是有专机的，但他们也有不搭专机，轻车简从的时候，没有架子！

还有一次是在纽约第四十五街的咖啡室吃汉堡包，坐在柜台前，来了一个老人坐在他旁边，他这回一看就认出，那是前美国驻苏大使，现任哈里曼银公司董事长的哈里曼，是美国八大家族的富豪之一，也是来吃汉堡包，还告诉他，一个星期当中他有三次来这小地方午餐。两人谈得投机，后来又在那地方见了几次面。上小餐室，和素昧平生的人交朋友，这也使他深深感到：完全没有架子！

我们难道不也会深有所感么？我们常常在谈资本主义腐朽之风，从梁厚甫这三次奇遇看来，这些并不腐朽还显得有生命力的风气，能引进引进，在这上面也实行"拿来主义"岂不甚好？当我们听到，颇有人慷公家之慨，大买外国汽车，奔驰200还不足，非有奔驰600不可，就更加感到洛克菲勒的搭公共汽车之神、之奇，尽管那可能是偶一为之。这总不会是梁厚甫的无中生有吧。

他虽然奇遇式地和哈里曼有过几次交往，但他自己说，在美国朋友并不多。他不喜欢华侨社会，认为以前称"唐人街"现在叫"华埠"或"中国城"的地方颇有些阴阳怪气，而在一般交往中,话不投机,就没有朋友做了,这包括"华埠"以外的地方。

这是他的夫子自道:"人是不能没有娱乐的。但是,要娱乐,就得找人来做伴。打麻将要找三个人,下棋、谈心,至少要找一个人。许多人移民到美、加去,由于索居独处,非自己开车到五六里的地方,找不到朋友。找不到朋友,便是没有娱乐,于是乎感到苦闷,感到苦闷就要回到香港来。我移民美国的时间比较早,自然也会感到苦闷。就我个人来讲,对朋友的选择比较严格,一些话不投机的朋友,我就索性不与往来,因而感到特别的苦闷。虽然我的朋友的圈子比较广阔,一些美国人、日本人、犹太人的朋友(他自己说过,他的朋友六成是犹太人——引者),都有往来。但是由于我定下的'话不投机,即便断交'的原则,我的朋友的数量逐渐少了。朋友少,就得找自娱之道。"

最初,他玩小提琴,受到太太的抗议,"李承晚,曹聚仁"(你成晚,嘈住人)。于是改为练毛笔字,这使他写出了一部《科学书法论》。不过,当他对书法比较通时,又有了眼高手低之苦,自娱就成了自虐。于是又改为"默察潜思",对商品市场观察和思索,有了心得,就可以进行商品的契约买卖,可以赚钱。默察、潜思、买卖、得利,乐在其中矣。他说,这样的自娱之道是犹太人发明的,一些退休的医生、工程师就沉迷其中,用一个小型电子计算机做信息网。他们(包括他梁厚甫)沉迷于计算机,就像一些中国人沉迷于麻将桌。据说,有一个犹太人,他晚年这样"自娱"所赚到的钱,多过他一生做医生的收入。

犹太人!

"香港人——'中国的犹太'!"这是梁厚甫送给香港人的一顶帽子。

他四十多年前到过上海,听到一句话:"上海人——中国的犹太。"他认为,今天,这句话可以转送给香港人了,因为中国精于做生意的人今天已经集中于香港。"香港是商人荟萃的地方,香港人要研究的,就是商行为对社会的贡献。研究商行为对社会的贡献,就可以占卜香港的未来。商行为有生产之一面,也有剥削的一面;担心香港前途的人,是看到商行为剥削的一面,不担心香港前途的人,是看到商行为生产之一面。走向哪边,主权在香港人……"

他自己何尝不是香港人呢?以往居住过两个七年以上,有在香港的永久居留权了。至今又和香港还有着文字上紧密的联系。还有,他的"自娱之道",不也可以使他不必卸下他所提出的"香港人——中国的犹太"的牌子么?

许久没有见过他了。记忆中,五十年代的他丰满得有些像是商人,现在看他的照片,清减了一些,有些学者味,像一个"有学问的朋友"。

他有一位亲兄弟,在香港倒是有些名气的地产商,而且是政协全国委员。不过,那一直是替公家在经营地产,并非私商,是左派中最早做地产物业的人。

在文坛上和他亲如手足的,是高雄。他有一次提到这位和他一起写过"偷情小说"的三苏,说三苏生前说过一句话:"叫我办一份报纸和一份杂志我都有办法,叫我办一份色情刊物,我就黔驴技穷。"问他什么原因,他说,"色情之事,如电光石火,神来之笔往往在一两字或一两句间,《西厢记》……只是七个字,成为千秋绝唱。如果要把七个字演成七十万字,只有蠢人才会认为有可能。"梁宽当然是赞赏这一句有点怪论味道的话的。

他自己也说了另一怪论。他认为，武侠小说提倡义气，复仇，劫富济贫，都是违背法治观念的（他说里根总统向来有"倒转罗宾汉"的雅号，因为这位保守的总统主张劫贫济富）。武侠小说虽是不良刊物，但比色情刊物好些，色情刊物可以坐看起行，"诱人作不道德行为"，武侠小说却不能坐看起行，只能算是"准不良刊物"。

或似是而非，或似非而是，这就是他们的怪论。

他，梁宽，厚甫。文章路子很宽，学问根底很厚，这是一面；宽厚之外，又有些"鬼马"，这是另一面。

一九八八年六月

像西西这样的香港女作家

西西不是 CC。

她虽然姓张，单名却是一个"彦"字，英文缩写不是 CC。

西西不是张爱玲。

她虽然也是出生在上海的，虽然名字也有一个"爱"字，却不是爱玲，而是爱伦（猜想这是她的"英"名）。

西西不是茜茜。她虽然也是女性，许多女性都喜欢在自己的名字上加点花花草草，不"西"而"茜"就是，尽管她们并不知道，"茜"不念"西"。

西西就是西西，是她的笔名，几乎是几十年一贯制的笔名。说似乎，好像她只有在写读书随笔之类的文章时，才用过另一个笔名阿果。阿果是她小说中一个男孩子的名字。

文如其人？从文章看，西西应该是一个男孩子，她的文章不带巴黎香水气（如果说《哨鹿》这部写乾隆行猎的长篇，就说不带脂粉气吧）。但是，她却以《像我这样的一个女子》有名。这是她以第一人称写一个死人化妆师的女子的爱情故事，由于这职业，使她失去了男朋友。

在不讳言自己的年龄上，她也显得不是一般的女性风格。报刊上介绍她时，她的出生年代是很具体的：一九三八。因此，人们知道她今年五十岁了。一九五〇年随父母从上海到香港时是十二岁,出第一本书《东城故事》时是二十多岁。

读书,教书,写书,再加上旅游。这就是几十年来的西西。哦,还应该加上侍奉母亲。

她读的是师范学院,教的是小学。一边教书,一边写作,后来学校学生少了,教师多了,要裁员,她就自动请退,当时离她的退休年龄还有二十多年。香港有两位作家都只是小学教师,一位是诗人古苍梧,一位就是西西了。

西西也是诗人,小说家兼诗人,还写散文。她又编过诗叶副刊。但在读者的印象中,她主要是小说家。

林以亮(宋淇)写长文分析她的小说时说:"西西固然也写诗和散文,但她的作品毕竟以小说为主。"他这篇文章就是以《像西西这样的一位小说家》做题目的。台湾《联合文学》在出西西作品专辑时,有一篇《像这样的一个女子——侧写西西》。很显然,都是受了西西那篇小说《像我这样的一个女子》的影响。西西在出版她的阅读笔记(读书随笔)时,用的是《像我这样的一个读者》。可见得她是很爱"像我这样的……"。

"像我这样的"西西——为什么是西西呢?她说,这和陕西西安,密西西比河、西西里岛、阿西西甚至圣法兰西斯科等都没有关系,"西"不过是"一幅图画,一个象形文字"。

"我小时候喜欢玩一种叫做'造房子'又名'跳飞机'的游戏,拿一堆万字夹缠作一团,抛到地面上划好的一个个格子里,然后跳跳跳,跳到格子里,弯腰把万字夹拾起来,跳跳跳,又回到所有的格子外面来。有时候,许多人一起轮流跳,那是一种热闹的游戏;有时候,自己一个人跳,那是一种寂寞的游戏。我在学校里读书的时候,常常在校园里玩'跳飞机',我在学校里教书的时候,也常常和我的学生们一起在校园玩'跳飞机',于是我就叫做西西了。"

为什么"于是……"?她说:"'西'就是一个穿着裙子的女孩子两只脚站在地上的一个四方格子里。如果把两个西字放在一起,就变成电影菲林(胶卷——引者)的两格,或为简单的动画,一个穿裙子的女孩子在地面上玩跳飞机游戏,从第一个格子跳到第二个格子,跳跳,跳跳,跳格子。"

西西是跳格子。在地上跳格子的西西写文章时就是"爬格子"——在纸上跳格子。

二十多年来,不管是"热闹的游戏"还是"寂寞的游戏",在纸上跳格子的西西跳出了:长篇小说《我城》、《哨鹿》和《候鸟》,中篇《东城故事》,短篇《交河》(小说,散文)、《春望》和《像我这样的一个女子》,诗集《石磬》,还有许多有待于编成集子的文章。

《东城故事》是她出的第一本书,但她的第一篇小说却很可能是《玛利亚》。玛利亚是一位被派往法属刚果服务的法国修女,被自称为"狮子"的土著武装所俘,看见当天被俘虏唯一活下来的法国雇佣军,那个被捆被铐的二十岁的青年人,唯一的要求就是喝一点水。一头"狮子"用一壶水浇了他一脸,另一头"狮子"在玛利亚苦苦要求下给了她一个水囊,却被第三头"狮子"抢去冲洗脚上的泥。玛利亚帮助那雇佣军蹒跚地走到河边,用双手捧水给他喝,没到嘴边水就流光。再一次水捧到嘴边时,背后连响七枪,他终于倒地,再也不要喝水了。正如林以亮说的,这是一个战地记者才敢写的故事,西西却以一双"新手"写出来了,而且一鸣惊人。不用说,对于一位只有二十多岁,一直是从学校到学校的这样的香港女子,战争和刚果,土著武装和雇佣军,这一切都只能是陌生的,她不但写出来了,而且写得叫人赞好。

《玛利亚》如此,《哨鹿》更是如此,不过,那是很为不同的另一种难度,可能是更大的难度。

《哨鹿》是乾隆到热河木兰围场猎鹿的故事。从圆明园到避暑山庄,到木兰围场,是不同的场景;从清高宗弘历到哨鹿人阿木泰(王来牛),是不同的主线;从帝王家的豪奢到百姓家的饥寒,是不同的生活;从圣主明君到草莽志士,是不同的角色;这些三百年前的历史,历史画卷的细节,不比同时代的刚果要更加陌生么?特别是一个香港的"番书女"。不是辛勤地搜集、整理、消化这一切资料,是绝对写不出来的。而以传统叙事技巧大量运用这些资料时,当然就需要驾驭的本领才能挥洒自如。

既有传统的,又是现代的,两种技巧在《哨鹿》中交叉运用。写实,想像,倒叙,推移,跳跃……不平铺直叙,却又不杂乱纷呈,两条主线是纠缠着的,但脉络分明,对比清晰,结构和布局是谨严的。

哨鹿,就是由人扮鹿,吹起一种名叫乌力安白木管,发出呦呦的鹿鸣声,引出鹿来,让狩猎者发箭射鹿。箭无虚发的乾隆这回因换了闪光的指环耀眼两箭才中鹿,他不免心头有憾,却不知他已经造成了更大的憾事,第一箭实际是杀了哨鹿人,第二箭中的才是鹿。而这一憾事又隐藏了另一更大的憾事,要哨鹿人以毒针射进中箭倒地的鹿身,以便乾隆获鹿后饮鹿血时中毒身亡的计谋也因此告吹了。就是这么一个故事:《秋狝》、《行营》、《塞宴》、《木兰》,四章文字无非是为了这最后一章的最后一节。

《哨鹿》显出了西西的功力,受到了知音的赞赏。林以亮就说:"《哨鹿》的结构犹如一首交响曲,共分四章,就是秋狝、行营、塞宴、木兰这四章。整首乐曲有两个主要旋律,一是乾隆的,明朗而响亮,所有乐曲齐声奏出,听起来庄严华丽,气象万千,虽然偶有变调,其发展程序颇合正统古典音乐;另一是阿木泰的,柔和而单纯,由音质较轻的乐器奏出,可是变调太多,不谐和音屡次出现,兼次序颠倒,听上去较像现代音乐。听众耐心细听,会发现两个旋律此起彼落,此应彼和,隐约中相反相成,到了最后互相交缠,融为一体,回到主题(即猎鹿)上去,形成有力的结尾。"——是这样的知音。

但在这支交响曲中,古典音乐(乾隆)这部分,有时显得材料堆砌(甚至是照搬清代的文言),有些其实是可以割爱而无碍于情节发展和气氛营造的,不割反而有碍;而现代音乐(额克木、阿木泰父子)这部分,有时又似乎太过现代化了,影响到历史的真实感。那些"奇异的眼睛",那些要猎取乾隆这头"很大很大的鹿"的人(这都是现代语言),到底是出于逼上梁山的造反,还是出于"兴汉排满"的感情,有些交代不清,尽管最后出现的"奇异的眼睛",头上拖着花翎,身上穿着满族官服(当时有没有另外的汉族官服呢)。一般来说,当时有的是"反清扶明"的志士,不大可能有清醒地反对"当今圣上"的反封建起义者。而那两位"圣上"——康熙和乾隆,在我们作者的笔下也嫌被歌颂得太多了一些。这又反过来削弱了猎大鹿的意义。

不过,《哨鹿》是应该获得赞赏的,尽管从另一些角度来看,我很喜欢《我城》。

《我城》,我的城,我们的城,出于像西西"这样的一个女子"的笔下,当然就是香港了,尽管据说可以泛指任何城市。

她写了一个叫做阿果的青年人所接触到的种种事物，用一片童心表现出来。这些事物有：水灾、水荒、越南难民船、海员、市肺（公园）……当他被录用为修电话的工人后，高兴极了："哦，那个老太阳照在我的头顶上，那个十八世纪，十五世纪，二十七世纪，三十九世纪的老太阳。从明天起，我可以自家请自家吃饭了，我可以请我娘秀秀吃饭了。我很高兴，我一直高兴到第二天早上还没有高兴完。"像这样的童"话"充满在小说中，有人说《我城》是童话小说，因为除了童"话"，还有大量的童话，像"即冲小说"就是很有趣也很有意义的一个。

"最近，苹果牌小说出版社有了一种新的产品，那是经过多年试验出来的发明，叫做即冲小说。它的特色是整个小说经过炮制之后，浓缩成为一罐罐头，像一罐奶粉一样。看小说的人只要把罐头买回去，像冲咖啡一般，用开水把粉末冲调了；喝下去就行了。喝即冲小说的人，脑子里会一幕一幕浮现出小说的情节来，好像看电影。

"这种苹果牌即冲小说当然是创开了小说界的新纪元，它的优点是不会伤害眼睛，不必熟悉英法德意俄文，所以，生意很好。据喝过苹果牌即冲小说的人报道，侦探小说的味道是有点苦涩的，纯情小说的味道有两类，一类像柠檬一般酸，另一类如棉花糖一般，甜得虚无飘缈。

"书评人对苹果牌即冲小说的评价又是怎样呢，有一个书评人的意见是这样：在这个时代，大家没有时间看冗长的文字及需要很多思维的作品，所以，应该给读者容易咀嚼的精神食粮，要高度娱乐性，易接受，又要节省读者的时间。因此，苹果牌即冲小说是伟大的发明。"

西西自己说，她写《我城》是采用了幻想的手法的，和拉丁美洲的魔幻现实主义不同，有幻而无魔。有人说可以叫做幻想现实主义，西西说也许可以叫做童话现实主义。不管什么主义，它总是现实的。

这个长篇一边写，一边在报上发表，不算长，只写了十六万字。到出书时，就更不能算长了，被她狠心删去了十万字，只剩下六万字，勉强算是短的长篇。虽然有个故事大纲，但边写边加入新的材料（随时发生的新闻），因此显得松，整个来说，故事性也不强，但还是反映了香港这个城市的生活面貌。新的表现手法增加了它的可读性。

西西不但用《我城》来写香港，也用一个"肥土镇"来写香港，已经写了些短篇，还准备写一系列《肥土镇的故事》。

西西是这样谈她的"肥土镇"的："香港有一个研究处理废物的政府部门，以科学的方法把废物分解，利用细菌吃掉其中的有机物体，余下的渣滓，就丢弃在屋背空地上，一些雀鸟飞过，带来了种子，那里居然长出了非常肥壮的果实，譬如番茄、萝卜，比原来的要大许多倍。一位亲人趁工作之便，曾获得一份肥土的资料报告，整个过程方式据说都记得很详尽，我知道后大感兴趣，这是'肥土镇'的由来。其实我一直想写一系列关于这个镇的故事，即使不冠上这个镇的名字。可惜后来这份资料还没有翻读，从另一位亲人那里失去了。肥土这种东西，我只能根据想像，从侧面下笔，恐怕这就缺少了作证的细节了。"所谓"肥土镇"，其实也就是香港，香港还不算肥水肥土？不忘"作证"，可见她的认真。十六万字的长篇《我城》删得只剩下六万字，更可见认真！《图特碑记》是她游埃及后写的一个短篇，整整写了半年，重写了六七次才定稿，还能不说认真？

写这篇东西,她参考了许多有关埃及古文物的书籍,初稿全部用文言写,以见其古,但她的《素叶》朋友都反对她"五四新文学运动就是革文言文的命,你怎么可以复古?"她被这"新文学运动"的大旗打倒了,只好从头来过,改用白话文写,但还是不忍割爱,第一段的前言依然保留了文言文,尽管她说自己的文言文不行。

对写作的认真还表现她的不断探索,尝试各种写作方法,因而显得多姿多彩,常有新意。她说:"写小说,一是新内容,一是新手法,两样都没有,我就不写了。"随便举几个短篇的例:

在《感冒》中,她用括号先引用十九次古诗后引用十一句现代诗来反映女主角内心的反应。如她的订婚是由于父母发现她已经三十二岁了,引的是"日月忽其不淹兮,春与秋其代序"。如第一次重见阔别八年的老同学两情相悦时,引的是"既见君子,云胡不喜"。如写到"整个冬天,我没有游泳过,整个冬天,我是那么地疲乏,仿佛我竟是一条已经枯死的鱼了",引用的是痖弦的诗,"而无论早晚,你必得参与草之建设"。如写到她离家出走,很可能是投向老同学的身边时,又是引痖弦的诗,"可曾瞧见阵雨打湿了树叶与草儿,要作草与叶,或是作阵雨,随你的意。"

在《玛丽个案》中算是正文的只有八句,每句一段,每段之后用括号如加注脚似的用一些名著来说明问题。第一段:"她的名字叫玛丽。"括号里的文字说:"至于她的姓氏,我记不起了。对于别人的姓氏感兴趣的人,可以去看费尔多·米哈依洛维奇·陀思妥耶夫斯基,或者,伊凡·谢尔盖耶维奇·屠格涅夫,又或者,尼古拉·华西里耶维奇·果戈理等人的小说。在他们的作品中,人物的姓氏,至少就像他们自己的姓氏,展列得非常详细。"依次的六句是:"玛丽是长期居住在瑞典的荷兰籍儿童"。"玛丽的瑞典母亲去世了"。"玛丽的父亲成为玛丽的监护人"。"但,玛丽提出更易监护人的请求"。"法院根据玛丽本人的意愿,指定一名妇人作她的监护人"。"荷兰与瑞典,为了小小的玛丽,闹上国际法庭。"最后一段也就是第八句:"一九五八年十一月二十八日,国际法院判决:荷兰败诉。"跟在后边的注文说:"因为荷兰实行的是监护法,瑞典采用的是保护法……前者是头上另系一层监管。把某片土地圈开来以便保护野生动物,以及把动物捉起来放进某个动物园里,毕竟是两码于事……可是,我们就不当小孩是有意愿的人吧。万一他们有,又怎么办?……至于能够尊重孩童意愿的作品,我仍在找寻。"一百多字的八句正文是枯燥无味的,加上注文就好像加了油盐和味精了。

在《永不终止的大故事》中,"我"忽发奇想,把几本书拿来一起看,如果是两本,一时看这本书的三十六页,一时又看那本书的六十三页,这样交叉看,两边情节一凑,就可以有第三个故事。三本,四本也是如此。"我"就这样看了好几本真有其书的书,因此创造了好几个新鲜别致的故事,这实际上又是西西在探索一种新的表现手法。

她又拟人化地写了"咏物体"小说,如《抽屉》,《奥林匹斯》(照相机)。

谈到读书,西西说她从小就爱,而且从小到大,又都爱坐在她那心爱的矮凳子上读书。母亲爱看大声的电视,星期天爱打麻将，这些都不能构成对她的干扰，她照样看得下去。

西西借小说中"我"的口来说，童话里的人如果帮助了别人，可以有三个愿望得到满足，我只要一个就够了，这一个就是："可以永远这样子坐在我的小矮凳上，看我喜欢看的书……我们都是幸福的人，因为于今在这块土地上生活，还可以找到不同的书本阅读，而且，有读书的绝对自由。"她在赞美她的"我城"，赞美"读书无禁区"论呢。

西西虽然读书不怕声音吵，但写作就不行，她只有躲进厨房或浴室，用一张可以折叠的小圆椅做写字台，坐在小矮凳上，爬她的格子。她心平气和地说："自己从小学教师退休，没钱买大房子，不怪人！"她和母亲妹妹住在三百英尺（三十平米）的一层小楼里，一厅，一房，一厨，一厕，都包括在其中。三母女挤在一间房里，睡的是两张双层床。

西西为没有地方给妹妹放化妆品而抱歉。母亲和妹妹都不看她的文章，母亲爱看的是马经报，妹妹爱看的是亦舒的爱情小说。"其实不只是家里人不理你写作的事，在整个香港也没有人理你写作的事"。因此，她和一些朋友办了《素叶》杂志，又出《素叶》丛书。整个香港没有人理？倒不一定。不过，她的《像我这样的一个女子》是在台湾《联合报》刊出，而获得特别奖的。在台湾，她的名气似乎比在香港要大。有人说，香港人到外国旅行，有时买了一些纪念品回来，细细一看，才发现那些使人欣赏的东西其实是"香港制造"的，西西的一些文章就有过从台湾到香港"出口转内销"的奇遇。

一一九八八年七月

侣 伦

——香港文坛拓荒人

谈香港文学是不能忘记侣伦的。

然而,就是在他生前,也常常显得似乎被遗忘了。内地有些谈香港文学的,对于一个在香港文艺圈子中不大有人知道姓名的人,可以捧得半天高,却不怎么知道侣伦;香港有些文艺组织或文艺集会,也往往遗漏了侣伦,没有他的份;甚至和他很熟悉的人在筹办文艺刊物,考虑负责人选时也好像并没有考虑到或首先考虑到侣伦。

但香港文学能少得了侣伦么?

差不多整整六十年,侣伦的名字总是和香港新文学联系在一起。他活了七十七年,除了参加北伐和日军占领期间离开了香港总共不到五年外,七十二年长的光阴都是在香港度过的,他是道道地地的香港人,十七岁正式从事写作活动后,不管是专业或业余,他总是在为新文学而"爬格子",严肃地"爬格子",虽然一样可以称之为"爬格子动物",他却是真正的作家,道道地地的香港作家。

"文学的十七岁"!侣伦是在这一年用了这个笔名,以短篇小说开路,踏上草莱未辟,荆棘丛生的香港文坛的。他原名李霖，侣伦是谐音。刊登这些小说的是有香港"新文坛第一燕"之称的《伴侣》杂志。

第二年的一九二九，他的作品就北上进入了上海文坛，在叶灵凤主编的《现代小说》上出现。两人很快就成为要好的朋友。后来叶灵凤夫妇南游到香港；三人还同住在九龙城区的一间"向水屋"里有一个月之久。不过，那不是侣伦原来所住的"向水屋"，只是那附近的另一层楼，一样面对着海峡，面对着鲤鱼门。

明明是面海，侣伦为什么要把自己的住所称为"向水屋"，而不叫向海或面海屋呢？水，在香港有另外的意思，就是钱。侣伦不是钱迷，他虽出身贫穷之家，几十年中一直是安贫乐道的。他的道，就是文学事业。他的贫，在黄蒙田为他而写的一篇悼文中有很具体生动的描述，我们的作家在成名多年以后，有时还要为十元八块去向住在附近的朋友告急求援。这既使人想起田汉的诗，"千古伤心文化人"；又使人想起《论语》的话，"人不堪其忧，而回也不改其乐"。侣伦乐在文学，住在"向水屋"中的他，有时不得不在紧张地扑在稿纸上的当儿，掷笔而起，急急忙忙去"扑水"（找钱），他的"向水屋"应该有另一个外号，"扑水屋"才对。

还是回到他和叶灵凤夫妇那一段交往吧。当时的叶夫人名郭林凤。叶灵凤后来有笔名林风。而侣伦后来也用过林风做笔名，并进一步弃李霖的原名不用，改用了李林风这个名字。这当中有些什么互为影响的关系，已经不可能向他们问个清楚了，他们都已经先后作了古人。

当时叶灵凤夫妇的临时住所是在宋皇台附近的衙前道（现在宋皇台早已不再存在，剩下的只是刻有"宋皇台"三个大字的一块石头)。有人因此送了一首诗给侣伦:"半岛争看一俊才,宋皇台下写沉哀;不知十里衙前道,几见翩翩灵凤来!"作诗的张稚庐,《伴侣》杂志的主编,和侣伦一样,是香港文学的拓荒人,他自己也写小说,上海光华书局出过他的两本小说集。和侣伦不一样的是,没有侣伦对文学创作那样历久不衰的坚持,为生活投笔卖鸡鸭去了,另一个原因也许是他去世得太早,比侣伦早了三十多年。而他却又有侣伦所不及的地方,遗留的"作品"中包括了一位能写小说的儿子——金依,青出于蓝胜于蓝。

《伴侣》在一九二八年到二九年之间,只办了一年左右,但它却是香港的第一个新文学刊物。它的作者是不限于港九这岛和半岛的,远在北方的沈从文,胡也频,叶鼎洛都有过小说在上面发表。

不过,叶灵凤当时却劝过侣伦,也寄些作品到内地去,否则就只能是"宋皇台偏安之局"。侣伦是这样做了的。上海《北新》杂志一九三〇年元旦出版了"新进作家特辑",他的短篇《伏尔加船夫曲》就入选为第二名。太平洋战争爆发那年,上海中国图书公司还出版了他的短篇小说集《黑丽拉》。后来予且在他的小说《盲恋》中,把那位为盲人读小说的女孩子所读的故事写成是《黑丽拉》中的一篇,可见它影响不仅及于读者(两三个月内就再版),也及于同时代的作者了。

但侣伦到底还是生于香港,长于香港也写于香港的作家,他的作品主要也是发表在香港的。

他写诗,写小说,写散文,也写电影剧本。主要是写小说。

他是忠于文艺女神的。他说,他被旁人认为最坏的固执脾气,是"不肯稍微迁就时尚,写些迎合地方性的流行趣味的作品"，不肯媚俗。然而他却又"始终不能把生活的担子从笔杆上解脱下来"，不能不"为生活"写文章，甚至要写些"吃饭文章"，这是他最感痛苦的事。尽管如此，黄谷柳说，他是"在充塞街巷的低级色情下流的货色包围中，制作他的虽不能说完全健康却都是非常清洁的作品"的。

是的，真是非常清洁，就像他洁身自好的做人态度一样。

就是对于文艺圈子来说，他也常常自视为"圈外人"或"边缘人"，这也许就是一些文艺组织或文艺集会把他遗漏了（或他把遗漏了）的原因。

他是很"文艺"的，就是近二三十年，香港报纸副刊上的专栏文章信笔涂抹成风以后，他在报上写的专栏也还是保持着文艺笔调，文艺风格。这成了他的一个特色。早年的散文更是如此。

他的小说早晚不同。早年写的多是爱情故事，洋溢着异国情调和感伤色彩，《黑丽拉》是突出的一篇。有些作品和叶灵凤早年的小说很相似。抗日战争时期是一个转折点，尽管是爱情故事，却表现了反侵略战争的主题，《无尽的爱》就是。战后的《穷巷》更从爱情转入社会，成了引人注目的名篇。

《穷巷》首先是在《华商报》的副刊连载的，虽然不久就中断了，他断断续续地用了五年时间终于写完出书。当时的《华商报》副刊主编是华嘉，曾经有信给他说："你的小说的人物，已经从高楼大厦里走出街头来了。他们再也不是一些整天在做梦的青年男女，而是在现实生活压榨底下的都市的小人物；你的笔锋，已从男女之间的纯爱，转向人与人之间的友爱。"华嘉甚至这样强调说："《穷巷》那样的作品，才真正是你的作品。"

侣伦自己也说，这是他高兴写的作品，尽管在写作《穷巷》时，正是他一生当中最穷困的十年，这战后的十年他除了动笔写作来支持生活，没有任何工作的收入。黄蒙田笔下侣伦的"扑水"形象，就正是这十年中出现的。生活并没有给他什么欢欣，使他高兴的只有《穷巷》的写作。他说："这部小说有着我自己喜爱的特殊意义。这些年来，在生活的前提下，我所出版了的作品，差不多全是为适应客观条件（市场）的需要而写的东西，只有这部《穷巷》是不受任何客观条件拘束，纯粹依循个人意志写下来的。"

这恐怕说得也并不完全准确。他早年写的一些爱情故事，也是倾注了自己的感情进去的，不完全是"吃饭文章"，尽管那些文章能够适合市场的需要。

不过，它们当然不能和《穷巷》相比。爱情故事是一般的人性，只有《穷巷》才是真正的香港，二次大战结束后的香港。没有它，侣伦是不能成为真正的香港作家的，至少是要大为减色的。

《穷巷》初版时，书店怕一个"穷"字会引起销往南洋的麻烦，替它改了一个名字：《都市曲》。一书二名，在香港是《穷巷》，在南洋就是《都市曲》。写作时，书店负责人要作者不要有"可怕"的尾巴；出书时，书前的《序曲》也被抽掉。去年新版问世，《序曲》才算得见天日。

这些就是《序曲》的部分文字："香港，一九四六年春天。""战争吗？那已经是一场遥远的噩梦。""香港，迅速地复员了繁荣，也迅速地复员了丑恶！""在抗战中献出良心也献出一切却光着身子复员的人，一直是光着身子……""然而，有欢笑的地方同样有血泪，有卑鄙的地方同样有崇高。""真理在哪里呢？它是燃烧在黑暗的角落里，燃烧在不肯失望不肯妥协的人们心中！"

《穷巷》以前，还没有过全面深刻写香港社会现实的作品；谷柳的《虾球传》是写了，也很深刻，但只是书中的一部分，大部分写的是广东。《穷巷》以后，写香港社会的作品多了起来，似乎至今还没有超越《穷巷》之作。当然迟早会有超越是肯定的，不过《穷巷》仍将继续受到肯定，它的时代意义不会因岁月而改变。

《穷巷》是侣伦的第一个长篇，他还写了《恋曲二重奏》、《欲曙天》、《特殊家屋》。

他的中短篇较多，也较多爱情故事。有《黑丽拉》（后改名《永久之歌》）、《无尽的爱》、《伉俪》、《彩梦》、《残渣》、《都市风尘》、《佳期》、《暗算》、《旧恨》、《寒士之秋》、《错误的传奇》、《不再来的青春》、《爱名誉的人》等。

散文有《红茶》、《无名草》、《侣伦随笔》、《落花》、《紫色的感情》、《向水屋笔语》等。

电影剧本有《大侠一枝梅》、《强盗孝子》、《弦断曲终》、《蓬门碧玉》、《如意吉祥》、《民族罪人》、《情深恨更深》、《喜事重重》、《谍网恩仇》等。这些名字看来多数是电影公司为了适应市场需要而改的，尽管作者写作时早已在力求适应。

《穷巷》还曾经被改编成广播剧播出，又改编成电视剧播映。他的一些短篇也在电台播讲，一晚一篇。

就是这样一位作家，直到一九七八年，才成为中国作家协会广东分会的会员，而一直到一九八八年去世，似乎还没有听说他已经成为中国作协的会员。在香港，一些在文学事业上比他起步迟了一个时代的人。有些甚至没有什么文学作品的人，也已经是中国作协会员了,而他如果真的到死还不是的话,那就实在是"天方夜谭"了。

侣伦自己也许是不在乎的。在他去世的前两年,他还说自己不过是"香港文艺队伍中一个小卒","从来不习惯去参加什么有关文艺活动的集会或什么专题性座谈会",他没有什么凭借去发表什么议论。"这和别的可敬的朋友那样能够把自己的工作和经验提升为理论,然后加以总结,说成了一切都好像有计划,有目的活动,情形完全不同。"从这些话听来,他的情绪也不是那么平静的,平静到没有什么情绪。

当他谈到香港屡屡被称为"文化沙漠"时,就更是情绪波动了,"在过去一般人的观念上,香港是'文化沙漠'。他们无视现实,无视历史,一提起'香港文化'四字,就往往要在下面加上尾巴,把'香港是文化沙漠'说成了口头禅,好像不如此便不能显示自己是高人一等……"

"不可否认,香港长期以来,由于历史背景的种种因素所造成的特殊环境和社会模式,产生了一股几乎是凝固的腐朽的旧势力,不让新思想,新事物抬头。但是也不可否认,即使在腐朽的旧势力的沉重压迫下,新思想,新事物也在努力挣扎,而且要冲出重围。这是历史的趋势。因此就在二十年代中期,香港已经有一些不甘落后也不甘寂寞的青年人,在时代潮流冲击之下,艰难地从事新文艺工作。在没有商人肯把广告登上新文艺刊物的打击下去筹办同人杂志,哪怕只有一两期的寿命也好……这些在艰苦的道路上寂寞来去的人,前仆后继地坚持着这一道精神的脉络,逐渐扩展着已经建立起来的阵地……就是凭着这么一股'不叫苦'的呆劲,这些拓荒者在一条固定的道路上走下来又走上去(尽管有的人在中途拐了弯)……"

他也是这些拓荒人之一,而且是没有在半路上拐弯,一直走到底,死而后已的。他以过来人的资格,写过一些有关这方面的回忆文章,"拿事实来说明,新文艺在香港是老早已经萌芽而且是存在的"。

只是这两三年,随着香港地位的越来越受到重视,那些"香港是文化沙漠"之声才沉了下去了,不大响了。

有一种事情始终有些令人不解。侣伦除了是文艺工作者,还是一个新闻工作者。一九三一到一九三七年,他曾经在香港《南华日报》工作了差不多七年,当发觉报纸立场逐渐变为亲日时而离去。不过,他做的是副刊工作。但一九五五年,他创办了采风通讯社,向海外华文报刊供应新闻资料,一直到一九八四年才退休,这一新闻工作干了差不多三十年。但在一九五七年,推动他办采风社的朋友,又推动创办了一个文艺月刊,他本来应该是理想的主编,放下通讯社办刊物也不是难事,结果却由另外一位朋友去挑起这副担子,胜任愉快,刊物办得好,不过,为什么当初不考虑他呢?这以后,又有两三次办文艺刊物,也一样是没有请他去主持。为什么?难道是他自己没有兴趣?

他说过:"我承认文学事业是严肃的事业,可是我爱好写作纯粹是由于个人的兴趣而不是对文学怀有什么野心,也不是把文学当作娱乐。我写我自己所能写和高兴写的,我不去写自己不能写和不高兴写的……我的笔是为自己的感情服务而不是为别的什么服务……"

他还老老实实说过,他是在自己的爱情上受了挫折,才开始动笔写作,写那些爱情故事的。

这一写就是六十年。当时同是拓荒人的,有的后来改写非文艺的小说（如黄天石、望云），有的索性就不再写什么彻底改行了（如张稚庐），只剩下侣伦一个人，从二十年代一直写到八十年代，从爱情写到《穷巷》，在《穷巷》得到了突破，进入现实社会。如果说二十年代那批拓荒人是香港"新文坛第一燕"，侣伦就是最后剩下的唯一的报春燕子，是香港从"沙漠"逐渐成为"绿洲"（虽然小一些，却不是幻洲）全过程唯一的见证人。

今年三月二十六日，香港中华文化中心举行文学月会，主题是"香港文学研究——侣伦和他的作品《穷巷》"，也请他出席发言。不幸在头一天晚上他心脏病突发，当月会在他缺席之下照预定计划举行后，当天晚上他就与世长辞，和香港文坛永别了。在这里，真的使人深深地感到：呜呼，岂不痛哉！

可以相信，他一定是含着笑而去的。

耳边仿佛又响着这样的句子："就是凭着这么一股'不叫苦'的呆劲，这些拓荒者在一条固定的道路上走下来又走上去……我怀着敬意去追忆他们。"

是的，我怀着敬意，特别是对于这位穿过"穷巷"走到底的拓荒人！

一九八八年八月

徐讦也是"三毛之父"

徐讦如果还活着，今天应该是八十岁的老人了。他是八年前的一九八〇年因肺癌在香港离开人世的。

他一九五〇年才从上海到香港，一住下来就是三十年，只有一九五一年参加《益世报》的筹备工作，一九六〇年到南洋大学教书，两次去过新加坡，离开过三年外，这三十年基本上是在香港度过的。他作为上海作家，前后加起来不过八年，远不如作为香港作家的时间长。

在上海，他以《鬼恋》在文坛大露头角。在香港，他第一次抛出的是《盲恋》，而最后出版的一本短篇和短剧的集子是《灵的课题》，这已是他去世五年后的事了。他一生著书六十多本，三分之二是到香港以后写作、出版的。

当他还在世上的时候，台湾正中书局就已经出版他的并不全也不可能全的十五本《全集》。

这位在《鬼恋》以后，以《吉布赛的诱惑》，《荒谬的英法海峡》，《精神病患者的悲歌》，特别是以《风萧萧》于抗日战争期间在上海、重庆名震一时的作家，后来在香港、台湾虽然出了好几十本著作，却是显得颇为落寞而不大得志的，尽管他的《风萧萧》、《盲恋》和《江湖行》还拍成了电影。这比起别的作家来，已经是风光多了。

而且，他还有地方可以教书，先后在香港的珠海、清华、新亚和浸会学院担任过讲师，在新加坡的南洋大学担任过教授（香港的独立学院是不可能设教授的）。清华书院的校长是《王宝钏》的作者熊式一。在浸会学院，他担任过中文系讲师，主任以至文学院长，前后十一年之久，是在一个学校中任教时间最长的。他一九八〇年五月在浸会退休，十月就去世了。

在写作和教书以外，他还办过杂志，甚至办出版社。创垦出版社是五十年代初期他和曹聚仁、朱省斋一起办的，出过一些书和杂文刊物《热风》。这以外，他还先后办过《幽默》、《笔端》和《七艺》，寿命都不太长。

文章虽然在发表，书虽然在出，他却颇有落寞之感，曾经向《星星、月亮、太阳》的作者徐速发骚："你是搞出版的行家，你得说老实话，为什么我的书卖不动，而那些黄毛丫头写的东西却有人看？"徐速当时在办高原出版社，在出《当代文艺》月刊。徐速的回答是："大概因为这里是香港吧！"他的牢骚就更盛了："要我写那些无聊的东西吗？不行！我不能，我还没有到出卖自己的时候。"

他是自视甚高的。但低不成，高也不就。使他感到不得志的，还有这样一件事。香港有一个"中国笔会"，是和国际笔会有关系的，他初时参加了，后来又退出，以他的大名，却连理事也轮不到，只是个"外围"会员。大约是觉得继续参加下去太无聊了，于是另起炉灶，组织了一个"香港笔会"，吸收以英文写作的中外作家参加，因此又被称为"英文笔会"，以别于那个又被称为"中文笔会"的"中国笔会"。有人说，徐訏另组笔会的一个目的，是希望通过它，把自己提名为诺贝尔文学奖金的候选人。如果是真的,那么,今天在大陆上感染了一些中国作家的"诺贝尔病",那时就已经在对徐訏起作用了。不过,那个"英文笔会"在这上面并没有起过完成徐訏这一大志的作用,这其实早就可以看得到,而"无待蓍龟"的。

特别是到了他生命中最后的十年,尽管生活安定,他的落寞之感却似乎有增无减。和初识的朋友在一起时,有些人因为他那瘦削的面形,再加上一口带着乡音的江浙官话,就说他有些像周恩来。他于是总是爱说这样一个故事:从前有个出卖劳力的,应召到一户宰相人家做零活,众人都说,他那一把长胡子长得很像老爷,他却叹了一口气说,同胡不同命啊!徐訏说时虽然没有叹气,脸上却浮起了苦笑。这样引起的笑我至少看过了两次。

从外表看,有时令感到他很严肃,不平易。他也的确有时是方而不圆的。据说他在会议中坚持己见时,从不怕得罪人。

徐速举了一个例。一九五七年,台湾方面邀请了一个香港文化界代表团去参观,徐訏是团里面名气最大的作家。对于他不大喜欢的人,总是爱理不理,就是勉强挤出来的笑容,也都带有冷峭孤傲的味道。在团体生活中,他不大发表意见,也不愿附和别人的意见,尤其对负责接待的官方人士,常常不假辞色,如果要求他参加什么会议,他总是设法逃避,或者临时缺席,就是勉强去了也不肯应酬敷衍。记得有一次作家招待会,他是主角,主事人请他演讲,他表示没有准备,说什么也不开金口,弄得大家下不了台。结果是只得由团里面同是作家、同是姓徐的徐速替他讲了话,这才解了围。

又一次,他话是讲了,却是大泼冷水。他的勉开金口,是因为临时被推为团长,不得不讲。他一开口就说:"我要声明,我们这个团没有什么团长，我不但不是团长，就连代表的身份也成问题，我能代表香港什么人呢？"他冷笑一声说下去："说实在话，我只是个难民，在香港时常饿肚子的难民，你们这样热情来招待难民，这倒是中国政治的一大进步……"

说实在话，徐訏虽然是在上海解放后的第二年"逃"到香港的，虽然经济上显得紧张，但比起一般大陆来的"难民"，生活是好多了，初时还住过香港岛上的半山区，那是中上人家的住宅区。就是后来一段时间，尽管经济上有些紧张，他总能安排，不但不显得寒伧，对有困难的朋友也总是设法相助。

他是坦率的人，也是正直的人。

熟悉他的人说，他是"在空想和爱中生活"的人（张同）；也是在创作和生活中都"富于幻想"，而他是"幻想有时比他的'英法海峡'更荒谬……有时也和真理的某些方面接触"的人（黄苗子）。

早年熟悉他的人说，他虽然青睐于林语堂，担任了《人世间》的编辑，对林语堂有知遇之感，但实际上是更为崇拜鲁迅，更为愿意接近鲁迅的（周黎庵）。

这使人了然，何以鲁迅一再以书法送他。在鲁迅遗留的手迹中，可以看到应"伯訏先生"嘱而写的一幅李长吉句"金谷香弄千轮鸣，杨雄秋室无俗声"，和另一幅郑所南《锦笺余笑》："昔者可读书，今已束高阁，只有自是经，今亦俱忘却，时乎歌一拍，不知是谁作，慎勿错听之，也且用不着"。徐訏晚年很怀念这两件墨宝，希望有一天能再见到它们。

当二十年代末期，徐訏在北大读哲学时，据说颇受马克思主义的影响。这和后来是另一回事。

但他的哲学修养却常常爱在他的浪漫主义的创作中流露出

来。到了晚年，更进入了一个"灵的世界"。他最初的《鬼恋》其实是人扮的假鬼，到了最后的《灵的课题》时，就有了真鬼了，至少是近于真鬼的幻觉，或者说属于他的徐訏式的魔幻。其中有一个短剧《客自他乡来》，最初发表时是《客自阴间来》，这个客是死去了二十几年的老祖父的阴魂。他把这些写幻异，写鬼魂的故事称之为"灵的课题"，很有些探索的味道。在执著于世俗如我这样的人看来，虽然看得下去，觉得其中也阐发了一些哲理，总感到未免是走火入魔。

他是有过现实主义之作的，尽管所写的未必尽合乎真实。那是他花了很大气力的《江湖行》，分为四部出版（中间经过五六年），近六十万字，是他的长篇中的最长篇。从北伐以后写起，直到抗战胜利前夕，从都市写到山区，从"剿共"写到抗日，时间是长的，场景是大的。有人说，虽说写"江湖"，其实还只是一个复杂的爱情故事。有人说，徐訏并不是江湖中人，写来就不免隔了一层，不够真切和亲切。

他还有一个写"文革"的长篇小说，《悲惨的世纪》。这是他最后的一个长篇。"文革"之于徐訏，恐怕比"江湖"之于他更有其隔。有人说，这只是他在说故事，写惯浪漫的软性小说的他，对人物心理描写比起反映现实政治的"硬性小说"那些章节来要强得多。

在《悲惨的世纪》出版的一九七七年，"史无前例"的日子已经过去，徐訏在写给住在美国的朋友的信中说："大陆情形，一般人民，还是很穷。以前如河南等，常有水灾、旱灾等地区的赤贫的人，现在或者较好……，政乱未定，文化落后，教育失常，是好是坏，只有历史来评定。我总觉得国家是为人民服务，并不是人民为党国统治者服务……"又说："中共是有它历史上的使命,究竟是否中国民族的幸福,则是只有历史上可以判断。"这些话,倒是说得比较实在的,并不浪漫、空想或幻想。

他如果能够更多的看到后来的发展,也许会有较多的宽慰。

在他的晚年,生活上却有一件事是他感到快慰的。他凭空添了一个写作有成就的女儿。他原有很为钟爱的女儿,但与写作无缘。这位"添"来的女儿后来名气比他要大得多的,无论在台湾、香港还是大陆。

她是三毛。

一九七六年夏天,三毛的第一本书《撒哈拉的故事》在台湾出版,她从非洲回到台湾,在一个宴会上见到了徐訏。"我仰慕这一位一生从事写作的名作家已有多年,因此自然而然地说了许多话。后来……(有人)提起徐訏先生小说中一个一个风情万种的女人的造型,我便又有了一些自己的看法和意见。那时徐先生看着我,眼光里突然闪烁了一下只有被我捕捉到的一丝什么东西。使我突然沉默了下来,却是仍然昂首微笑,也不避开徐先生对着我若有所思的凝视,只是不再讲话了。""那时徐先生突然说:'你做我的干女儿吧!'"……"那么我给你叩头"……"但是免了,徐訏不肯要任何形式","便是这样,我做了徐家的另一个女儿"。三毛从此就叫徐訏"爸爸",而不是"干爹"。

徐訏因此也可以叫做"三毛之父"。当然,这和张乐平这个"三毛之父"是另一回事。徐訏而且不欢喜"三毛",说是好好一个女儿家,怎么取上这样一个名字。还根据她原名的音,取了另外一个名字给她。

徐訏的女儿名叫尹白。是他和"台湾夫人"张选倩所生。他们是一九五四年在台湾结婚的。岳父是国民党的高级将领,黄埔一期的。

徐訏其实还有一个女儿叫葛原,是他和"上海夫人"葛某所生,两人后来分手了,葛原就跟了母亲的姓。母女二人一直住在上海。

徐訏晚年也很想念这个女儿,很希望接她到香港。当手续办好,她到了香港时,做父亲的已经躺在医院的病榻上了。她总算有幸,能在病榻畔陪了父亲一百天,亲眼看到他离开尘世。这里真是无巧不成书,她初来人世时,父亲也是和她相处了一百天才离开孤岛上海到抗战的后方的。我在葛原到港探父这件事上,略略尽了一点联系之力,但我始终没有见到她。后来听人说,她在勉强得到同意参加丧礼后,就不得不匆匆忙忙回上海去了。不是上海那边追着她回去,而是香港有人甚至不希望她多留一天。另外有人,很不愿意她见到我,因此对她加以防范。

正是这样,在丧礼举行的那一天,现在美国的司马璐劝我,还是不要去参加丧礼吧!那都让台湾包下来了,他们不愿意左派有人来。还说,人在生时,他们冷淡,人死了,就抢着包办丧事了。我经过一番考虑,还是去了,不过,行了礼以后就离去,不多作逗留,免得那些人紧张。还好,我在丧礼中的出现并没有引起什么不愉快。我和徐訏相识较晚,也没有多少来往,只是同过几次席而已,谈不上深交,我坚持要去,无非表示一点情意而已。我们并没有忘记这样一位老作家。

他病中,我和唐人还一起去医院探望过。丧礼举行后,我们报道过有关的新闻,并没有因为它受到包办而见遗。

我们又在报纸的副刊上写过、登过悼念的文字。葛原回上海后还写过一篇悼念她父亲的文章给我,也刊出了。

这一切,在今天看来,完全算不了什么,但在八年前的香港,那还是一回事的。不要说右边,左边也会有人不以为然:徐訏这样的作家也值得如此对待?

就是徐訏,他在生时也不会替我们写文章。一是根本不愿,二是有所不便。就是他,在和他一起办过杂志、办过出版社的曹聚仁去世以后,他发表的《悼曹聚仁先生》也还痛贬过曹聚仁劝人回大陆。贬,可能出于他的本意;痛,就有些不大像对待老朋友的分寸了。

他去世后,台湾的刘太希有一首悼他的七律:"故人逝矣不重来,遗札尘封那忍开。百部虞初期淑世,三年星聚梦成灰。亦知一瞑庸非福,终为千秋惜此才。太息交情只如此,风萧萧过助人哀。"把他的名作《风萧萧》很自然地用在诗句中了。"星聚"是说在星洲的聚合。

徐訏是小说家,也是诗人,他早年写过不少诗和散文。一九四八这一年,就出了六本诗集之多,《四十诗综》是开始;《原野的呼声》是结束,那是出版于一九七七年的。整个六十年代没有诗集。

一九七三年,他到巴黎参加东方学人会议,会后游了欧洲一些国家,也游了苏联,只是去列宁格勒。后来写了一篇散文《列宁格勒的诗》,说苏联诗人叶甫图申科曾经到过香港,对他谈起,苏联是一个诗的国家,连鞋匠工作时都在背诵英国吉卜林的诗(这使人想做说秦淮河的堂倌都有六朝烟水气的说法)。他到了苏联,很注意寻诗,可是没有一点诗的感觉。他的印象是,列宁格勒是属于戏剧的,不属于诗。那么,

《列宁格勒的诗》从何而来？来自一对避雨的男女，也来自他自己。

一天傍晚，他和一位奥国青年同在雨中河畔散步，"雨越下越大，我只好到一个墙边去躲雨，这时候，我看到二十码外墙脚边也有两个人在躲雨，一男一女，男的一直在想吻女的，女的半推半就，我看他们头发衣着都湿了。这也许正是值得羡慕的诗的年龄，值得歌颂的诗的背景吧"。

那天半夜醒来，他凭窗望着纳佛河，望着街景，终于写下了这样的诗句："闪耀在纳佛河的暗淡的流光，／像我心中的跳跃。／那陌生的河中／竟有我旧识的流水，／它在甬江里如此，／它在摊江里如此，／它在扬子江里如此，／它入海，／载着我的倒影，／慢慢的远去，／慢慢的老去，／慢慢出淡去……"

这些他称为"虽然不一定是诗"的句子，使人读来倒像是他写来送自己的，送他自己远去，老去，淡去。

在他去世的前四年，他写过一首不像新诗却像旧诗的小诗：

"云连万山，星接千水，／极目处，／故国烽烟，江山动荡，／遍地泪血。

连年飘泊，／人瘦黄花，／心碎落叶，／往事如梦，旧情如灰，／伤心有话难说。

念家聚短篱，／炉暖茅舍，／妻笑子嗔，／犬吠鸡啼，／殷殷旧情，／意未能忘却。

酒醒午夜，／花对残更，／书断千里，／人沓塞北，／人生百年一梦，／此心耿耿如雪。"

这使人想起他说过的，"不一定是诗"，而且很不像是徐讦的诗,但从这里,却可以体味到他晚年那种怀乡最苦的感情。他本来已有还乡的打算,可惜他的动作太慢,而肺癌的脚步又太快了。

——一九八八年九月

　　附记:"英文笔会"有过一位女秘书,西德作家布海歌女士(海歌是徐訏替她译成中文的)写过一篇《我所认识的徐訏》的长文,竭力称赞徐訏"有着最完整的性格。他非常诚恳,直率、纯良;对自己永远是那么真诚"。她而且为訏辟谣:"很多人都以为徐訏生性风流,并有传言说他到处留情。我觉得这些……没有事实根据……他能够把女人当人一样欣赏,不调笑她们,他对女人是很严肃的。"又说:"他是个循规蹈矩的儒家知识分子。"

刘以鬯和香港文学

如果你知道刘以鬯，你就可以多认识一个字了："鬯"。

鬯字怎么读？畅。什么意思？一是古时的香酒，二是古时的祭器，三是古时的供酒官，四是郁金香草，五是和"畅"字通，鬯茂、鬯遂就是畅茂，畅遂。

不过，虽然知道刘以鬯许多年，认识他又许多年，我还是在此刻动笔之前，才从《辞源》中翻查出这许多来的，这以前我只是知道"鬯"读畅，是酒器而已（这并不对）。

不过，不认识这个"鬯"字没有多大关系，重要的是认识刘以鬯这个人，如果你对香港文学有兴趣的话。

刘以鬯，原名刘同绎，字昌年，是香港真正的作家，真正的著名作家，不仅有名，而且有作品。这样说，是因为香港颇有一些虽有名气却没有什么算得上文艺作品的作家。

和叶灵凤、曹聚仁、徐訏一样，刘以鬯也是属于上海—香港作家之列。他们都是江浙人（在香港就是广义的"上海人"），都在香港生活工作了几十年，尽管刘以鬯比他们出生得晚些，登上文坛也晚些。但他今年也已有七十，可以称得上老作家了，虽然他看起来要年轻十岁或不止。多少年操纵着香港金融命脉的汇丰银行，它的中文全名是香港上海汇丰银行，它的英文名字却是香港上海银行。香港—上海，上海—香港，我有时想，像叶灵凤、曹聚仁、徐訏、刘以鬯……他们是不是也可以叫做"汇丰作家"呢？他们的作品都是丰可等身的。

以刘以鬯来说，他已经写作而且发表了六七千万字了。用七十之年来平均，连娃娃时节也算进去，平均每年要写一百万字，每月要写九万字，每天要写二三千字。一天二三千字不算多，七十年七千万字就不能算少了。

他说过，每天经常要写六七千字，多的时候要写一万二三千字。在香港作家中，这已是多产的。

作品虽多，出书却不多，只有十本左右，两个长篇：《酒徒》和《陶瓷》；四个中短篇集：《天堂与地狱》、《寺内》、《一九九七》和《春雨》；三个文学评论集：《端木蕻良论》、《看树看林》和《短绠集》；以及一本《刘以鬯选集》。此外，还有几本翻译小说。

大量作品到哪里去了呢？作者自我淘汰了。

刘以鬯自称是个"写稿匠"，又自称是个"流行小说作家"。为了取得稿酬，维持生活，他写了大量流行小说给报纸副刊连载，只有极少数后来才出版成书。连载小说一般都是长篇，刘以鬯在出书时不惜大刀阔斧，把它们改写为中篇甚至短篇，大量文字被精简掉，更多的是被他称为"垃圾"而整个地丢掉。不像另一些作者，写一部出一本，每写必书，从不割爱。刘以鬯真是舍得自我割弃的。如中篇小说《对倒》，短篇小说《珍品》，都是由长篇连载改成中、短篇的。

从这里可以看到他的认真严肃。也可以看到，他自称的"流行小说"的"流行性"有一定的限度，不全是"行货"，删节改写以后，文艺性就突出了。

他认为写作是一种"娱乐"。这"娱乐"可以一分为二：一是"娱乐他人"，像那些"行货"；一是"娱乐自己"，就是那些可以成书的真正文艺作品。

虽然也写文学评论和研究文章，他主要写作的是小说。在小说的写作上，他主张"探求内在的真实"，也就是"捕捉物象的内心"，不要过时了的写实主义。他还主张创新，不断的创新，不要墨守传统的写法。这也是他的作品突出的特色。

他是最早采用意识流手法的中国作家之一，他的《酒徒》被称为"中国第一部意识流小说"（大体写作于一九六二年）。内地多年来存在着文化上的关闭和禁制，近年才随着经济开放而开放，也有用意识流写小说的了，但比起《酒徒》来，迟了二十年！《酒徒》可以说是首开风气之作。香港有人说，《酒徒》另有值得注视的地方，意识流不过其次而已，这恐怕是没有从港、台以至内地，全面地观察文艺发展的形势。尽管作者借小说主角的口发表了对一般文艺问题和香港文学现状比较深刻的看法，也比较生动地揭露了香港社会某些角落的阴暗面，但正像有人指出，辐射面是不够广的，发掘度也是不够深的，不如意识流的运用那么显得突出。

小说是用第一人称来写的，主角的酒徒是一位作家。做过文艺副刊编辑，办过专业文艺书籍的出版社，到过南洋办报，回香港后为稻粱谋，写起流行小说，写起武侠小说，写起黄色小说来。这样的经历使人似乎看到了刘以鬯自己的影子。抗日战争期间，他先后在重庆编过《国民公报》和《扫荡报》的副刊；随了《扫荡报》的后身《和平日报》复员回上海，不久离开，自办怀正文化社，出版了姚雪垠、熊佛西、李健吾、戴望舒等人的作品。一九四八年到香港，进过《星岛日报》、《香港时报》。以后去过新加坡,编过《益世报》,去过吉隆坡,主编过《联邦日报》。一九五七年回香港,重新进国民党的《香港时报》。一九六三年《快报》创刊,他转到《快报》编副刊直到现在,已经二十五年了。

但生活中的刘以鬯并不是酒徒,他不喝酒。有人问过他《酒徒》是不是写他自己,他说他只是把自己"借"给了《酒徒》。一个作者把自己"借"给自己所写的人物是并不值得奇怪的事,作者自借,这是他的文艺观。他不仅不喝酒,也没有写过拳头上的动作,更没有写过枕头上的动作,尽管他写了大量的流行小说。"酒徒"既是刘以鬯,又不是刘以鬯。

刘以鬯说他把自己"借"给了《酒徒》,其实,他也是有所借于《酒徒》的,借那个酒徒之口,发挥了他的文学见解。

回顾过去,"五四"以来的过去,几十年中,他推崇曹禺、鲁迅、李劼人、沈从文、痖弦……(事实上,他还推崇端木蕻良、姚雪垠……)这里面戏剧、小说、诗歌都有了,但是散文呢?

展望未来,他认为,今后的文艺工作者应该:首先,要用新技巧来表现现代社会的错综复杂;其次,有系统地译介近代域外优秀作品;第三,探求内在真实,描绘"自我"与客观世界的斗争;第四,鼓励独创的、摒弃传统文体和规则的新锐作品;第五,吸收传统精髓,然后跳出传统;第六,取人之长,消化域外文学果实,建立合乎现代要求,保持民族气派的新文学。总的来说,"这样的'转变',旨在捕捉物象的内心。从某一种观点来看,探求内在真实不仅也是'写实'的,而且是真正的'写实'"。但是,只重内而忽略外,所写的也就可能是不足够的真实。以《酒徒》而言,内心的意识流从头到尾都是,淋漓尽致,作为外在背景的香港社会,虽然呈现,却不深刻。

尽管如此,《酒徒》依然是十分有特色的香港文学作品,既是香港的,又是有特色的。香港一九六二年就有了《酒徒》和别的创作,二十年后还要说香港没有真正的文学,那就实在太可笑了。

意识流是《酒徒》主要的特色,诗化的语言是它的另一特色。小说也能用诗化的语言来写么?《酒徒》证明:可以——

"金色的星星。蓝色的星星。紫色的星星。成千成万的星星。万花筒里的变化。希望给十指勒死。谁轻轻掩上记忆之门。HD 的意象最难捉摸。抽象画家爱上了善舞的颜色。潘金莲最喜欢斜雨叩窗。一条线。十条线。一百条线。一千条线。一万条线。疯狂的汗珠正在怀念遥远的白雪。米罗将双重幻觉画在你的心上。岳飞背上的四个字。'王洽能以醉笔作泼墨,遂为古今逸品之祖。'一切都是苍白的。香港一九六二年。福克纳在第一回合就击倒了辛克莱·刘易士。解剖刀下的自傲。蚝油牛肉与野兽主义。嫦娥在月中嘲笑原子弹。思想形态与意象活动。星星。金色的星星。蓝色的星星。紫色的星星。黄色的星星。思想再一次'淡入'。魔鬼笑得十分歇斯底里。年轻人千万不要忘记过去的教训。苏武并未娶猩猩为妻。王昭君也没有吞药而死。想像在痉挛。有一盏昏黄不明的灯出现在我的脑海里。"

这不是很像现代诗的句子么?它显得荒诞,不过,一个酒徒醉后的意识流动的就是荒诞。

还有大量的这样写景物的语言——

"屋角空间,放着一瓶忧郁和一方块空气。"

"风拂过,海水作永久重逢的寒暄。"

"理想在酒杯里游泳。希望在酒杯里游泳。雄心在酒杯里游泳。悲哀在酒杯里游泳。警惕在酒杯里游泳。"

"烟囱里喷出死亡的语言。那是有毒的。风在窗外对白。月光给剑兰以慈善家的慷慨。"

"音符以步的姿态进入耳朵。固体的笑,在昨天的黄昏出现,以及现在。"

"雨仍未停。玻璃管劈刺士敏土,透过水晶帘,想着远方之酒涡。万马奔腾于椭圆形中脊对街的屋脊上,有北风频打呵欠。"

不抄了,反正都是现代诗的语言,不是旧体诗,也不是一般的新体,而是个现代。

刘以鬯还用他创新的,现代的手法,去写古代中国的故事。《寺内》是写莺莺、张君瑞,(《西厢记》),《蛇》是写白素贞、许仙(《白蛇传》),《蜘蛛精》是写蜘蛛精和唐僧(《西游记》)。这是鲁迅的《故事新编》以后"现代"的故事新编。从古老的传说中变化出来,"探求内在真实"。

当然,他写得多的还是变化中今天的香港。《一九九七》写今天香港一些人的"九七"心态,忧心于"九七"之来,神经紧张中死于车祸。《犹豫》写来自上海的少妇,寄居姐姐家中的种种感情波折折射出香港社会的形形色色。《不,不能再分开了!》写一对被海峡长期分隔了的夫妇,重逢,再分别,终于再相聚。这一切,都是香港人,还有大陆人,台湾人所关心的问题。刘以鬯显得比许多作者都更敏锐地抓住了它们。他虽然提倡"现代",却并不回避现实。

在《不,不能再分开了!》中,他为自己的理论,"探求内在真实不仅也是'写实'的,而且是真正的'写实',作了一个自我证明。重逢的唐隆和燕花,"尤其是唐隆,几乎每说一句话都要叫一次姑妈的名字:'燕花,你听我讲',或者,'燕花,千万别担忧',或者'燕花,你知道吗',或者'燕花,事情不是这样的'……开口'燕花'闭口'燕花',他都因为三十年没有唤叫燕花,有意趁此补偿过去的'损失'"。这不是很深刻,深刻地写出了那种复杂的内心么?

在刘以鬯的短篇中,有些是根本没有人物的。《春雨》没有人物,只写雨势的变化,思绪的流动,让读者从而感到混乱世界的动荡。《吵架》没有人物,只写吵架过后的场景,让读者从而得知人物的个性和事件的始末。

没有人物,没有主角之外,更有以物为主角的。《动乱》甚至有着十四个这样的主角:吃角子老虎、石头、汽水瓶、垃圾箱、计程车、报纸、电车、邮筒、水喉铁、催泪弹、炸弹、街灯、刀、尸体(尸体已是物、不是人)。刘以鬯让它们一个个出来,从十四个不同的角度,来观察一九六七年香港"五月风暴"时的动乱。作者在最后一句话中说出了他用十四个没有生命的东西做小说主角的用意:"这是一个混乱的世界。这个世界的将来,会不会全部被没有生命的东西占领?"这样的《动乱》又一次证明,刘以鬯并不是回避现实的。

从已经提到的这些长篇、中篇、短篇来看,可以看到他在不断创新,几乎每一篇都有着不同的新手法。

还可以看看《链》和《对倒》。

和《动乱》的十四个物相反,《链》有着十个人,由第一个人带出第二个，第二个带出第三个，一直到最后带出的第十个，一个人一个故事。每个人之间，有如连环串着一般，就是这样的链！

《对倒》又是另一种情景。一男一女，一个是逐渐衰下去的老头，一个是青春骄人的少女，两人并不相识，只不过在故事发展的中间阶段，凑巧地坐在电影院中相邻的座位，彼此转过脸望望而已。散戏后各自东西，各自回家做好梦，老头在梦中和赤裸的少女在一起，当然，两人都是赤裸的。在两人到戏院以前和回家的路上，彼此交叉出现，各占一节，一节又一节地轮流出现，带出了好些香港的都市风暴：打劫金铺，车祸，二十年的变化……在两位主角之间、戏院的座位算得是一个链吧。没有这连环转折，只有不断交叉，但也还是联上了。

还可以从《打错了》看到刘以鬯的刻意求新。同一个故事，不同的结尾。前边大半的故事相同，文字也完全相同，到了后边，一个打错了的电话改变了故事的结尾。一个结尾是：没有听到那个电话，主角出了门，到了"巴士站"，被失事的车子撞死了；一个是听到了电话，延误了出门的时间，挽救了一条性命。如此而已，并没有什么稀奇。但刘以鬯把它写成一头两尾，在《打错了》的题目下，就显得有些新鲜了。尽管没有多大意思，却可以看出刘以鬯一意追求创新。

在不断创新上，在严肃对待自己的作品（表现在大量割弃），刘以鬯都和西西相似。不，应该说西西和刘以鬯相似。从年龄和交往上，应该是西西师法刘以鬯。西西在出书时大量删削的《我城》，就是在刘以鬯编的副刊上连载的。

刘以鬯不仅是一位勤恳的写作者，还是一位出色的编辑人。他在重庆时为《国民日报》编的副刊，就以版面美而著称。后来在香港编《香港时报》的文艺副刊《浅水湾》时,也以版面的形式变化引人注意。更加引起文艺爱好者的兴趣的,是他为现代主义所作的大量介绍,据说,这早于台湾,尽管台湾后来兴起的现代主义热潮高于香港。这是一九六〇年左右的事。

他虽然也干过报馆的电讯主任,主笔以至总编辑,但主要还是编副刊。他从事文艺工作四五十年,和副刊结不解之缘至少有四十年。很少有这样长时期坚持的报纸副刊编辑呢。

他现在是《快报》的副刊编辑,又兼了《星岛晚报》文艺周刊《大会堂》的编辑。

近几年,他又是《香港文学》月刊的主编。这份立足香港,面向台湾和海外的文艺刊物,在华人的文学世界中,起着越来越大的作用。以往,他也和朋友合办过文学杂志《四季》好像只出了一期。而现在,《香港文学》已经出了四十几期,生命力显得极旺盛,是一棵长春树的风姿。

他年来又担任了香港作家联谊会的领导人,埋头写作不喜应酬的他肯出来这样做,显示了他推动香港文学的热心。

他还不时应邀,担任一些文学评选活动的委员。有时还作文学专题的演讲。

他说过,香港有的是作家,少的是坚强的文艺工作者,他是可以当得上"坚强的文艺工作者"之名而无愧的。也许有人不一定对他所有的作品都给予很高的评价,但对他为文学工作所作的努力和坚持,却不能不有很高的评价的吧!

鬯乎?鬯乎?畅也!茂也!

一九八八年十月

无人不道小思贤

——香港新文学史的拓荒人

朋友在上海参加了中华文学史料学研讨会后对我说:"小思真是有个性!"原来香港的小思和台湾的应凤凰她们都去参加了会议,而且带了重得不能再重的大批资料去,使看到的人都感动。会议结束,照相留念,要女性们蹲在前排,这时小思不干了,"为什么总是要女的蹲?"有些蹲下了的也被她拉了起来,终于改变了局面,蹲下来的是男性,女性们这回用不着"折腰"。"小思真是有个性!"

还不仅仅这样。

香港中文大学中文系的一位主任不止一次说过:"你没有看过小思讲课,那完全是另一个人,浑身是劲,简直像一头狮子!"

认识小思的人都不会把小思的形象和狮子联系在一起的。她温文尔雅,瘦小柔弱。然而,当她全身心投入工作时,却显出了别有气势的英姿,使她的同事不由得不为之动容,赞叹。

小思是笔名。她的原名是卢玮銮,另有笔名明川、卢帆。

她做过多年的中学教师,现在是香港中文大学中文系的讲师。

她以写散文著名,近年又以研究香港文学著名。

发表散文时,她是小思或明川,发表有关香港文学的研究文章时,她是卢玮銮。

当然,卢玮銮首先是老师,然后才是作家。由于她的学生不少,叫她"老师"的人因此很多。

但她给我印象很深的事情,却是一边叫人"老师",一边执弟子礼甚恭地鞠躬如也。那人是她读大学时的教授,是我的前辈朋友,因此我这做朋友的也被她叫做"老师"了。有时和那位朋友在饭馆里吃饭,忽然她出现在眼前,叫起"老师",鞠起躬来,我就不免暗自好笑,因为她是那样认真地折腰为礼,甚有古风。

不过,我有时也叫她"老师"的,因为我也有年轻的朋友,是她的学生,叫她"老师",我这就跟着叫了。这还因为她确有值得尊敬之处。

她不仅认真教书,也认真关心学生的生活。当她在中学里教书时,学生病了,她像姐姐般地去照料。学生们不能不尊敬她,爱戴她。只能说像姐姐,因为她教中学时还是青年,现在也还是进入中年不久。她是抗日战争时期的一九三九年出生的。

她出生的前一年,日军炸毁了丰子恺的缘缘堂(浙江石门);她出生的第三年,日军进占了她的出生地——香港。

这里要特别提到缘缘堂,是因为她和丰子恺有着特殊的因缘,还因为我认识她也多少和丰子恺有关。

 早从画里识明川,日月楼边文字缘,
  话到香江文苑事,无人不道小思贤。

卅年香海便为家，亦有闲情悦岁华，
新月一钩如水夜，明川小品玉川茶。

前两年，写了这样两首《赠明川》的小诗送她。"文革"当中的一九七三年，我忽然接到从日本京都寄来的一封信，询问丰子恺的近况，由于我当时在香港报纸上写了一篇短文，谈到了丰子恺，写信人的朋友把它剪寄给这位远在京都的"丰子恺迷"。她想知道更多的信息，就写信给我。她就是小思。我虽然没有见过她，却已经从文章中认识她了。就是那些发表在《中国学生周报》上后来印成了书的《丰子恺漫画选绎》。那些每篇不过两三百字的短文，文字精致，情致动人，十分可喜！使我早就有了"小思印象"（文章发表时用的笔名是明川）。这就是第一首小诗第一句的由来。日月楼，缘缘堂，是丰子恺的楼堂。

这些《选绎》是一画一文，虽说是"绎"，其实多是作者的自我发挥，并不只是用文字为画图作注解、说明。丰子恺有一幅《人散后，一钩新月天如水》，明川配的文字是——

"人的一生，遇上过多少个一钩新月天如水的夜？"
"此夜，可能是良朋对酌，说尽傻话痴语。
"此夜，可能是海棠结社，行过酒令，填了新词。
"此夜，可能是结队浪游，让哄笑惊起宿鸟，碎了花影。
"此夜，可能是狂歌乱舞，换来一身倦意，却是喜悦盈盈。
"但，谁会就在当下记取了这聚的欢愉，作日后散的印证?蓦然回首,人散了,才从惘然中迫出一股强烈的追忆,捕捉住几度留痕。

"聚、散、聚、散,真折煞人了。"

这些显得锦心绣口的文字,是出自只不过二十三、四岁的女孩子之手。小思当时还在读大学,也许是独立的新亚书院,也许是已经并入中文大学了的新亚书院。

当小思还是初中三年级的学生时,老师送了她一本唐君毅的《人生之体验》。读了以后,她就下了决心,要考上新亚,做唐君毅的学生。那需要努力,要争取奖学金,才能进新亚门。她终于如愿以偿地得受教于唐君毅。一本《承教小记》就是以悼念唐君毅的文章为书名的散文集,书由明川出版社出版,很像是为了纪念这位她最尊敬的老师而自费出版的。

新亚毕业后,她读了一年师范学院,使她成为中学教师。教了七年书以后,她在唐君毅的推荐下,到日本京都大学人文科学研究所做了一年的研究工作,这一年使她后来成了研究中国文学、香港文学的学者,成了大学的老师。她原来准备去京都两年的,谁知预算做错了,没有把买书印资料的费用打进去,带去的钱一年就用完了,平日省吃俭用,看到好吃的虽然口馋,却不敢去买,临到要回香港,还是靠向朋友叫"救命"才有了盘缠,才不致流落异国。

回香港后,她又教了四五年中学,才任教于香港大学中文系,然后转到中文大学中文系,而助教而副讲师而讲师。一九八一年,以《中国作家在香港的文艺活动》的论文,取得了港大的硕士学位。这就宣告了她对香港文学研究的正式开始。

香港,长时期被人认为只是"沙漠",没有文学,更不要说香港文学的研究。其实，文学是有的，新文学也早有了。倒是香港文学的研究才真是直到近十年才有，要说香港新文学史，小思就是拓荒人。她的一本《香港文纵》，写内地作家南来及其文化活动，就是第一本这样的书，尽管她自己说，这只是史料，还不是史。

在京都的日子，她意外地发现，京都大学藏有非常丰富的三十年代的中国文学书刊，她立刻被吸引住了，每天去看，每天去抄，抄下了三大本笔记。这些资料使她感到，中国作家有过两度"南渡"到香港，以香港为基地展开大量文化活动的事实，这些是现代中国文学史上重要的一页，而一直没有被人好好重视、研究、写作。从这出发，她更感到这也是香港文学史的重要一页，不仅要写入中国文学史，而且可以写出单独的香港文学史，当然，这还需要以香港本地作家的创作活动和别的文化活动为主。她把研究的兴趣放在这上面，就这样，她展开了艰辛的拓荒工作。

她把自己称为"掘文墓的人"。她有一篇自道甘苦的《掘文墓者言》。"发掘文墓者和揭开文墓者"，这是钱钟书给专门翻出湮没了很久的文章的人的称号。流离和动乱，使许多在报刊上发表的文章湮没了；作者为了"悔其少作"或别的原因而放弃一些作品不编入集子，也可以使它们湮没。小思说——

"……这些消失了的文章，就埋在世上不同的'文墓'里——图书馆里浩如烟海的报纸杂志，得等待有人去发掘。

"我不知道这样子'掘'，会不会引起作家的不快，但在我自己，却是兴味愈来愈浓。从尘封发黄的纸堆里，翻出一篇名字不为人所知的作品，那'眼前一亮'的快乐，那'唯我独得'的成功感,恐怕只有同道的人才能理解。

"多少年来,坐在故纸堆前,细心一页一页翻阅,有时连续翻了五六天竟一无所获。擦了几回倦眼,舒了几次因久坐而酸痛的筋骨,仍旧坐下来,继续工作,而又不肯言休的坚持,恐怕也只有同道的人才能理解。"

在这样发掘的甘苦外,还有丰收的苦恼。她说:"枯坐几天,找不到十条有关资料,或忽然发现一个资料群,那种苦乐,真不足为外人道,而回到家里,身陷资料卡片大海中,一时无法整理出头绪来的苦恼,更有'以有涯逐无涯'的惘然。但我依旧做下去,就是对自己订下的目标,坚定不移。"

她说,她的坚定、坚持,一个原因是无法摆脱。开始没有预计到发掘所触及的层面有那么庞大,等到资料愈来愈多,才感到力量单薄,时间不足,"可是那时已经无法'自拔',只好硬着头皮做下去,直到现在,却又已达到'欲罢不能'的境地了"。

她的发掘不仅是挖"文墓",而且也挖向活人,从香港到上海以至南京、北京,她还访问或接触了二十多位作家或作家的亲友,取得生动具体的口头资料。

这样不倦地发掘,终于有了不断的收获:一本《缘缘堂集外遗文》出来了,一本《香港的忧郁》出来了。《忧郁》是一九二五到一九四一的"文人笔下的香港",搜罗了从闻一多到徐迟有关香港的诗文,被当做书名的《香港的忧郁》是楼适夷的作品。许多作者很可能自己也忘记了曾经写过这些篇章的吧。

而更应该重视的是她一点一滴地发掘出了香港新文学史(或者说史料),一本《香港文纵》出来了。这本包括十篇文章的书,从香港早期新文学的发展一直写到陶行知、茅盾、萧红、丰子恺、戴望舒在香港的文学、艺术活动。陶行知主要是抗战宣传和教育活动,但也有文学活动,写他的"陶派诗"。小思第一个就写陶行知,也显出了不失她自己从事教育工作的本色。

小思曾经表示过,教学、研究、写作,她是把教学放在第一位的,研究其次,写作第三,尽管她的作家的名声比老师的名声还要大,而她因研究香港文学赢得的学者之名,又是和写作不可分的。

她把这些新文学史料的搜寻称为"漫漫长路上的求索",自称是这一条"漫漫长路上的求索者"。在这方面,她已经颇有名声,内地不少人都知道她在这方面的收获和收藏,不少人向她要资料,不少而且要的是自己的资料,自己没有,小思却有。这就给小思带来不少麻烦。她也是忙人,却不得不挤出时间抄列或复印人家的资料,复印还得付费用,而她对人却是免费的。她虽然乐于助人,有时却也不免为了来人用一副理所当然、受之无愧的姿态向她索取,而使她感到不快。说来惭愧,我也是一再向她有所需求的人。我只是用"话到香江文苑事,无人不道小思贤"的诗句来向她表示敬佩和感谢!

小思希望有一个机构,一笔资金,更多人力,搜集、整理资料,系统出版丛刊,免得她一个人老是做"义务资料供应人",这总有一天支持不下去。资料不能任它尘封,要公之于众,这也不是一个人能够负担得起的。香港不乏愿意向内地作文学捐输的人,希望他们也能看看身边,为本地的文学事业慷慨一下!听说中华文学史料学研讨会决定办一个史料学的刊物,也许要解决这个香港文学史料的问题也有了希望。

我们还需要看看作为作家的小思。我说的是她的散文。她是以散文起家的，尽管她把自己的写作贬低到第三的地位。我想，她说的写作，主要是指散文，而不是那些研究之作的学术论文或非论文吧。

文如其人，她的散文是自有特色的。像《丰子恺漫画选绎》那样的文学，就是很少见的小品文。既是以文"绎画"，又是自我发挥，许多篇就是散文诗，而且是一写几十篇之多！那是她的"少作"，也许有人觉得"浅"，我却感到"此中有真意"、真情！"浅"得也有味。"明川小品玉川茶"，卢仝的茶我自然因"予生也晚"而无福消受，卢风（或卢玮銮）的小品我却是品尝、欣赏了。

她后来的散文主要是在报纸上写专栏，而又多半是和别人一起写一个专栏，不像许多别的作者，一人一个专栏天天写。不肯天天写，也多少显出她写作态度的认真，不乱写，不写那些没有意义的东西来凑数。

她参加写作的一个专栏叫"七好文集"，作者都是女性。"七好"，可能就是七个女子之意，也可能更有七个好女子之意，还可能有七女好文章之意吧。小思的《路上谈》、《承教小记》、《日影行》、《不迁》和《叶叶的心愿》这些散文集，就多数是"七好"专栏里的文字。此外，还有和别人的文章集在一起的《三人行》、《七好文集》和《七好新文集》。

在《七好》当中，小思的文字显得飘然出群，不是言之有理，就是言之有情，总之是言之有物，言之有味。《承教小记》中好些篇是纪念她的老师的文字，《叶叶的心愿》中更多的是寄语她的学生（中学生）的文字。初时真没有想到，在《承教小记》这样严肃的题目下，会有那些很为可读的文章，使人感到有益。

但我更喜欢她那些即景抒情之作。好像这《不追记那早晨，推窗初见雪……》——

"不追记那早晨，被窗外白光惊醒，推窗初见雪的心情了，就自春分之日说起吧！经过两天的微雨，酿出了一点儿暖意，等再放晴时，满街的杨柳竟然已经带了嫩得宛如轻轻一弹便碎的绿，而人们也在紧张地预测花开的日子了。只算过一天认真地暖，樱花在一夜之间，便开了七八分。她开得如此突然，使人没法子不想到她凋落得快……必须赶快去。樱花绝不可以逐朵细看，该是一大片一大片的朦胧，远望似一层微红的轻雾，罩在此间人丛。当我在垂柳垂樱间分花拂柳而行时，只惊讶日本人的狂歌大醉，和由朝至暮，甚至挑灯去赏樱的行径，竟忽略了看樱的艳。在花开的第四天晚上，一阵不大经意的夜来风雨，到早上出门，地上满是未残的落花，而风一来，更飘得人肩襟都是，这时刻才悚然察觉樱的凄艳。我绕道而走，只为真的不忍踏住落花。装束古朴的大原女用竹帚慢慢收拾残局，京都人又去赏满城皆绿的新绿时期了。果然，好像也只不过一夜之间，所有树叶都冒了出来，定一定神看，杨柳已经变成放荡的冶绿。有点情绪追不及景色的变换那么快，但必须赶，因为还要看杜鹃花，紫藤花，郁金香的开谢。现在人们又备好雨具，等梅雨天，去西芳寺看苔。"这是写京都。

看苔，小思是能欣赏苔色的，不但到京都的苔寺尽情欣赏，还在香港的家中种上了小小六盆的青苔。她说："苔有个优点，满园皆是的时候，人们自可把她当成深思哲者；在小得不满两英寸的小盆上，她仍不失那股幽深。"有时候，我真想说小思有些像苔，虽然我并不认为她是"深思哲者"，只是感到不求浓艳的幽深。有人说她的散文似秋菊，这也对，人淡如菊。而文如其人，似苔不也很好么？

不要看苔色平平无奇。苔是有个性的。

小思是有个性的。

不要看她那么温文，有时她就是"狮子"，不仅在讲坛上才是。她读了萧军的《萧红书简辑存注释录》，深深感到萧红在死去了四十年后，在绝无还击、辩白的情况下，被她曾经爱过的男人把情信公开，加批加注，以示"她弱我强"，这实在太不够道义了。萧军曾说，"敌人大可利用这些注释"，像"借箭"般借去，再"射"回他身上。小思就这样地写了散文《借箭》，而且大声地宣告："箭，我是借了，也射回了。"那时萧军还在世上。小思是不惜被指为"敌人"，毫不在乎地借了、射了——"小思真有个性"！

她的散文不仅是幽情、柔情，也有诸如此类的激情。

她的散文为香港报纸的"块块框框"专栏做了一个证明：那也是文学，至少那里面也有文学，而不全是咬了片刻就必须唾弃的香口胶。

小思！小诗加小狮——这奇妙的结合！

一九八八年十一月

你一定要看董桥

谁是董桥?

在大陆,可以肯定很少有人知道。在香港,知道的人也不会太多。恐怕反而是在台湾,他的名字才印在较多的人心上。

他不是台湾人。他是一九四二年出生在福建晋江的。

他现在是"香港人"。但他只是在六十年代中期以后才到的香港,中间还离开过,到伦敦去住了六七年,才又重回这"东方明珠"。本来香港一般人都说"东方之珠",这里故意说"明珠",是因为他和一个"明"字大有关系,一是曾经担任了六七年之久的《明报月刊》总编辑,一是他离开不过一两年,又被请回去担任《明报》的总编辑,这是半年前的事。

今年四十七岁的他,一岁就离开了晋江,到了印尼,做了十七八年的华侨,就到台湾念书,读的是台南的成功大学,毕业后就到了香港。在台湾的时间不过短短的几年吧。在香港,前前后后加起来也已经快有十七八年,快要超过侨居印尼的岁月了。香港势必是他居留时间最长的地方,他当然是"香港人"。

在台湾的时间短,为什么反而名气更大呢?"墙内花开墙外香"。这"墙外",是海峡那边而不是大陆这边的"墙外"。在大陆，就算文学界的人士，知道董桥的恐怕也是很少很少的。

在台湾，董桥被称为散文家。他首先是凭自己的文章，而不是凭杂志和报纸主编的身份而得名，名乃文章著。

他主要的作品是散文。他的文章在香港、台湾的杂志和报纸上发表。一共结集为六个集子：《双城杂笔》、《在马克思的胡须丛中和胡须丛外》，《另外一种心情》、《这一代的事》、《跟中国的梦赛跑》和《辩证法的黄昏》。前面两种在香港出版，后面四种全是台湾的出版物。台湾远远超过了香港。大陆是一本也没有的，尽管有些香港所谓"著名作家"的书在大陆南北或沿海，都有人抢着出版。

董桥自己说出了一个秘密：书在台湾出，是怕在香港出卖不出去。

在香港，董桥甚至算不上一位作家。小小的香港有好几个作家们的组织，他好像一个也没有份。好些挂着作家幌子的活动，他似乎从来也没有参加，这可能是由于他生性爱逃避应酬，敬而远之。

就在他自己主编了六七年之久的《明报月刊》上，绝大多数时间他写的散文都只是署名"编者"，直到最后的一年多才变"编者"为"董桥"。这是因为他写的是与众不同的"编者的话"，不少时候，根本就和杂志本身或主编的编务没有任何关系，只是他自己在直抒胸臆，有时候也只是从那一期的某一篇文章或某一个观点引申出去，自由发挥，因此，它不是以编者身份向读者作什么交代或表白，而是一篇卓然独立，有文采，有思想、有情怀的好散文。"领导标新二月花"，在他以前，简直没有人写过这样的"编者的话"。这是他独创的"董桥风格"。一开始也许你还不能接受这样和杂志不大相干或根本不相干的"编者的话",尽管同时又认为文章写得不错,渐渐的,你就完全接受,被它说服了。何必拘泥于形式?

有一篇《听说台先生越写越生气》,由台静农宣布不再为人写字应酬,写到黄裳主张不可忘记过去(特别是"文革")。又有一篇《只有敬亭,依然此柳》写的是明末的柳敬亭,影射的是香港的"九七"前景。说不相干可以,说相干也可以。

"董桥风格"当然不仅仅是靠几十篇"编者文章"建立起来的。他一直在写多体散文,有如别人写多体书法。他甚至用短篇武侠小说的形式来写散文,而只用两句套话点题。一篇《薰香记》只有三个人物:老人、碧眼海魔和老人的女儿。文章的大题上有两句眉题似的文字:"欲知谈判如何,且听下回分解。"那正是中英谈判香港前途问题的时候,没有这两句,谁解其中意,还不以为是一般的武侠小说么?两句话一点题,读者就明白过来了:老人是中,碧眼是英,少女是香港人。看似武侠,实谈时事。这个短篇的作者署名依然是"编者",这就比前面说的那些"编者文章"就更加标新立异了。

小说也可以当散文。这篇《薰香记》是收进了《这一代的事》这本散文集中的。董桥说过:"我以为小说、诗、散文这样的分野是不公平的,散文可以很似小说,小说可以很似散文。"他还举了在美国的华人作家刘大任的作品为例,"说是小说,也可以说是散文,就算说是诗,也一样可以"。董桥自己的《让她在牛扒上撒盐》、《情辩》、《偏要挑白色》……不都很像自具特色的短篇么?

学术性的文章也可以当散文。《辩证法的黄昏》、《樱桃树和阶级》、《"魅力"问题眉批》都是。"要研究马克思主义。那是那天黄昏里偶然下的决心。"这是《辩证法的黄昏》的最初一句。"结论：也许可以在没有研究马克思主义之前就写书讨论马克思主义。"这是《辩证法的黄昏》的最后一句，也是最后一段。那不是正正经经的学术文章，但内容却不乏学术思想。

董桥是在伦敦研究马克思主义的，是在马克思当年进行过研究许多年的大英博物馆图书馆研究马克思主义的。他从台湾到香港后，曾经在美国新闻处的今日世界出版社工作了好几年，然后去伦敦英国广播电台工作，一边工作，一边进修，其间就读过马克思、恩格斯的著作，但更主要的还是读英文的文学作品。在台湾，他读的是外文系，但他说，那时主要还是接受中华文化的熏陶，到了伦敦，才投入西方文学之中，为了写论文，又兼及了马克思主义——这无妨说是野狐禅。

你说野不野？居然可以写出《在马克思的胡须丛中和胡须丛外》。且听他在这本书的《自序》中的夫子自道吧："旅居伦敦时期为了写论文乱读马克思、恩格斯和关于马克思主义的著作，加上走遍伦敦古旧的街道，听惯伦敦人委婉的言谈，竟以为认识了当年在伦敦住了很久很久的马克思，写下不少读书笔记。其实大错。去年答应'素叶'整理那些笔记之后翻看那些笔记，发现认识的原来不是马克思其人，而是马克思的胡须。胡须很浓，人在胡须中，看到的一切自然不很清楚，结果写了五万字就不再往下写了。"后来写别的东西，他大叹"胡须误人。人已经不在胡须丛中了，眼力却一时不能复原，看人看事还是不很清楚，笔下写些马克思学说以外的文章，观点仍然多少跟马克思主义纠缠，就算偶有新局，到底不成气象。幸好马克思这个人实在不那么'马克思'，一生相当善感，既不一味沉迷磅礴的革命风情，倒很懂得体贴小资产阶级的趣味，旅行、藏书、念诗等比较清淡的事情他都喜欢，因此，这本集子借他的胡须分成丛中丛外……"你说野不野?

董桥还别有一野。看起来,他是个温文尔雅,有点矜持,不怎么大声言笑的人,写起文章来却自由奔放,自成野趣。

你看他怎么谈翻译:"好的翻译,是男欢女爱,如鱼得水,一拍即合。读起来像中文,像人话,顺极了。坏的翻译,是同床异梦,人家无动于衷,自己欲罢不能,最后只好'进行强奸',硬来硬要,乱射一通,读起来像鬼话,既亵渎了外文也亵渎了中文。"你以为这是不是亵渎了翻译呢?他还有进一步的妙喻。初到伦敦,英文不灵,说话都得先用中文思想,然后译出英文,"或者说'强奸'出英文来。日久天长之后,干的'好事'多了,英文果然有了'早泄'的迹象,经常一触即发,一塌糊涂,乐极了。可是,'操我妈的'日子接踵而来了。"讲中文的时候,不说"逐渐进步",说"有增加中的进步";不说"威尔逊在洗澡",说"威尔逊在进行洗澡",等等。他说,中文既然是自己"母亲的舌头",这样的亵渎中文,"朗朗上口,甚至付诸笔墨,如有神助",岂不成了"操我妈的"么?

董桥是藏书家,年纪轻轻就成了藏书家!又是藏书票家(还藏书画,还藏古董,有人说"他心中有一间古玩铺")。他藏书多少,我不知道,只知道他拥有藏书票上万张,成了英国藏书票协会的会员,是收藏西方藏书票的书最多的中国人(不知道这是说在协会的会员中还是在十一亿中国人中)。

谈到书,我们年轻的藏书家又来了,他是从"书谣"说起的:"人对书会有感情,跟男人和女人的关系有点像。字典之类的参考书是妻子,常在身边为宜,但是翻了一辈子也未必可以烂熟。诗词小说只当是可以迷死人的艳遇,事后追忆起来总是甜的。又专又深的学术著作是半老的女人,非打点十二分精神不足以深解；有的当然还有点风韵，最要命是后头还有一大串注文，不肯罢休！至于政治评论、时事杂文等集子，都是现买现卖，不外是青楼上的姑娘，亲热一下也就完了，明天再看就不是那么回事了。"比起谈翻译来，这已经不能算野了吧。当然，也可以说还是有点不大正经，就像他"倒过来说"也是这样："倒过来说，女人看书也会有这些感情上的区分：字典、参考书是丈夫，应该可以陪一辈子；诗词小说不是婚外关系就是初恋心情，又紧张又迷惘；学术著作是中年男人，婆婆妈妈，过分周到，临走还要殷勤半天怕你说他不够体贴；政治评论、时事杂文正是外国酒店房间里的一场春梦，旅行完了也就完了。"

我想到了叶灵凤。他也是藏书家，年轻时也写过被认为有点"黄"的小说，后半生主要写散文，也翻译些东西（董桥当然也译过书），但他却没有董桥这些对翻译和书籍的妙喻（又一次写到这"妙喻"时我甚至于担心我自己是不是也要挨骂："哼，居然说妙！"）。也许后来叶灵凤已经成了"叶公"，成了长者，已经在文字上"结束铅华"了。而董桥至今仍是小董。

但董桥并不就是野小子，人固然斯文的被认为是一介书生，文也很有中西书卷气。真佩服他，读过那么多书，又记得那么多书，笔下引述的古今中外都有，却并不是抄书。他的文章散发的书卷气，有古代的，也有现代的。他的文章既显出中国人的智慧，也不乏英国式的幽默。文字精致，文采洋溢。

董桥当然不是野小子，他已是中年人了，只是在老年人眼中他看来年轻而已。他有一篇《中年是下午茶》。他给中年下了许多定义：中年"是只会感慨不会感动的年龄，只有哀愁没有愤怒的年龄。中年是吻女人额头不是吻女人嘴唇的年龄"。"中年是杂念越想越长,文章越写越短的年龄"。"中年是一次毫无期待心情的约会"。"中年是'未能免俗,聊复尔耳'的年龄"。……

　　写下去,他的古今中外都来了:"总之(中年)这顿下午茶是搅一杯往事、切一块乡愁、榨几滴希望的下午。不是在伦敦夏惠那么维多利亚的地方,也不是在成功大学对面冰室那么苏雪林的地方,更不是在北平琉璃厂那么闻一多的地方,是在没有艾略特、没有胡适之、没有周作人的香港。诗人庞德太天真了,竟说中年乐趣无穷……中年是看不厌台静农的字看不上毕加索的画的年龄:'山郭春声听夜潮,片帆天际白云遥;东风未绿秦淮柳,残雪江山是六潮!'"

　　但野性也还是又出来了:"中年是危险的年龄:不是脑子太忙、精子太闲,就是精子太忙,脑子太闲……中年的故事是那只精子扑空的故事……有一天,精囊里一阵滚热,千万只精子争先恐后往闸口奔过去,突然间,抢在前头的那只壮精子转身往回跑,大家莫名其妙问他干嘛不抢着去投胎?那只壮精子喘着气说:'抢个屁!自渎!'"

　　不要以为董桥的笔下时时是男欢女爱,抄抄他六本散文集中的一些分类的题目吧:《思想散墨》、《中国情怀》、《文化眉批》、《乡愁影印》、《理念圈点》、《感情剪接》……再抄些文章的题目吧:《雨声并不诗意》、《也谈花花草草》、《春日杂拾》、《朱自清的散文》、《从〈老张的哲学〉看老舍的文字》、《谈谈读书的书》、《关于藏书》、《也谈藏书印记》、《藏书票史话》、《读今人的旧诗》、《听那立体的乡愁》、《故国山水辩证法》、《枣树不是鲁迅看到的枣树》、《"一室皆春气矣"》、《我们吃下午茶去》、《处暑感事兼寄故友》、《马克思博士到海边度假》……不抄了，还不如你自己去看吧。

不过，谈谈《马克思博士到海边度假》也好。董桥是从一八八〇年夏天马克思全家到英国肯特郡海边避暑胜地蓝斯盖特度假说起的，写得很有人情味，最后归结到"马克思该去度假；中国人民该去度假"。

他甚至替马克思写了一篇《马克思先生论香港的一九九七》。十九世纪的马克思如何去论二十世纪末的事？他从《路易·波拿巴的雾月十八日》中《集句》而成，只是加一些原来没有的文字在一些括号中。他说这是一个"尝试"，承认这是出于"编者想像"。又是一篇怪异的"编者文章"！和用武侠小说《薰香记》谈论"九七"一样怪异。

还想谈谈另一篇《境界》。董桥说，王国维的三段境界论给人抄烂了，他要抄毛泽东三段词谈境界："此行何去？赣江风雪迷漫处。命令昨颁，十万工农下吉安。"此第一境也。"四海翻腾云水怒，五洲震荡风雷激。要扫除一切害人虫，全无敌。"此第二境也。"往事越千年，魏武挥鞭，东临碣石有遗篇。萧瑟秋风今又是，换了人间。"此第三境也，但是，还有人有"衣带渐宽终不悔，为伊消得人憔悴"那样的心情么？董桥不说，你说呢？

董桥又是怎样看散文，看别人和自己的散文？

他说，他绝对崇拜钱钟书的识见（是崇拜，不是说别的），钟爱《管锥篇》，但认为钱钟书的散文有两个缺点，一是"太刻意去卖弄，而且文字太'油'了"，也太"顺"（Smooth）了；一是"因为'油'的关系，他的见解很快就滑了出来。太快了，快得无声无息，不耐读"。这真是直言无忌。就年龄来说，也许还可以说是童言无忌。

他说:"散文须学、须识、须清,合之乃得 Alfred North Whitehead 所谓'深远如哲学之天地,高华如艺术之境界'。年来追寻此等造化,明知困难,竟不罢休。"又说,有学,才有深度;有情,才不会枯燥。他还指出:"散文,我认为单单美丽是没有用的,最重要的还是内容,要有 Information,有 Message 给人,而且是相当清楚的讯息。"他更表示:"我要求自己的散文可以进入西方,走出来;再进入中国,再走出来;再入……总之我要叫自己完全掌握得到才停止,这样我才有自己的风格。"

其实已经有了"董桥风格"了。对他的文章读得多的人不必看作者的名字就会说:"这就是董桥!"

我想起董酒。这名酒初初大行其道,在香港还是稀罕之物时,我从内地带了一瓶回去,特别邀集了几位朋友共赏,主宾就是董桥,不为别的,就为了这酒和他同姓,他可以指点着说:"此是吾家物。"在我看采,董文如董酒,应该是名产。董酒是遵义的名产,董文是香港的名产——确切些说应该是香港的名产,它至今在产地还没有得到相应的知名度。

我并不十分欢喜董酒,看来董桥也是,他似乎根本就不爱酒。我也并不一定劝人喝董酒。

但劝你一定要看董桥!用香港人的习惯语言,他的散文真是"一流",不仅在香港,在台湾,也在中国大陆。我这是说文字,尽管我并不同意他的一些说法和想法。

董桥的散文不仅证明香港有文学,有精致的文学,香港文学不乏上乘之作,不全是"块块框框"的杂文、散文。他使人想起余光中、陈之藩……他们大约只能算半个香港或几分之几的香港人吧。董桥可以说就是香港人。

你一定要看董桥！

一九八九年十二月

好一个钟晓阳

香港恐怕是全世界生产"才女"最多的地方。我们的钟晓阳却是这众多"才女"以外的一个,一个真正称得上天才的女孩子。

说我们的钟晓阳,这是就香港来说的。她的小传上这么写着:"钟晓阳,原籍广东梅县,父亲印尼华侨,母亲东北人,一九六二年十二月生于广州,在香港长大……"我们当然知道这不是说她母亲出生于一九六二年,只是别人替她写的小传文字上有一点小小的毛病。也有人说她是一九六三年出生的。这区别不大,从十二月很容易一步就跨进另一个年头。可以注意的是,钟晓阳一点也不像别的女孩子那样,讳言自己的年龄,因此使我们很容易就了解到,此刻她正是廿九尚不足,廿八略有余的好年华。

还是五个月大的婴孩时,她母亲就把她抱到香港。除了到美国密西根大学读书那几年,她是一直住在香港的。就香港来说,当然完全可以骄傲地说,"我们的钟晓阳"。

还只是一个"书院女"(香港英文中学女学生)的时候,她就开始写作了。有人说开始于十三四岁,也有人说十五岁,这区别也不大。重要的是十七八岁,她的成名之作《停车暂借问》就是在这个时候完成的。一九八一年开始发表,就一举震惊了文坛。

说来惭愧,这文坛主要是台湾的文坛,而不是香港,尽管她在香港的文坛上也已经露了头角,而且一再露头角。

一九七九年,她得了香港第六届青年文学奖散文和小说初级组优异奖;一九八〇年,她得了第七届青年文学奖新诗和小说组第二名;一九八一年,她既得了第八届青年文学奖散文高级组第一名,又得了香港第二届中文文学奖散文高级组第一名——前一个第一靠《明月何皎皎》,后一个第一靠《贩夫风景》。

但更重要的是这一年,香港的《大拇指》月刊、台湾的《三三集刊》和《自由日报》同时刊载了她的《妾住长城外》——长篇《赵宁静传奇》的第一部。就是这个长篇使她震惊文坛,一举成名。

这个《传奇》的第二部是《停车暂借问》,第三部是《却遗忧函泪》,都在台湾《联合报》连载。《停车暂借问》还同时在《香港时报》连载。最后定下来的总名字是《停车暂借问》,《赵宁静传奇》成了副名。

这部不过十三万字的小说一出来就使台湾一些年长的作家刮目相看,惊异叫好。司马中原说,"它的文字的感应力和描绘力都是第一流的","它用特殊创意的文字","是一种创造"。还说,"写爱情悲剧写到这种程度,三十年来在写爱情的作品中,还没有读到"。他甚至说,"三十多年前我读过《围城》,我觉得很多象征性超过《围城》"。我却认为,《围城》和《停车暂借问》是两种不同的笔墨境界,不必拿来相比,也不能比。但由此可见,台湾老作家对这位素不相识的香港少女的才情是何等倾心,倾心得不怕把她宠坏。六七年后,他还是"和晓阳从未谋面",看到她的新作还是赞不绝口,表示了"对晓阳的天赋由衷的赞服",而称她为"这位民族的才人"。

老作家朱西宁把"天纵"、"天骄"加在他女儿的这位好朋友身上;他女儿朱天心也是作家,更率直地称钟晓阳为"天才","才华如星粲空,如月炫宵,如日丽天",使她总是惊动、惊喜。

一个"惊"字,是的,完全用得上。

一个十七八岁的女孩子,一直生活在十里洋场的香港,自己又从来没有过什么爱情故事(至少当时没有听说过),怎么能把一个哀感缠绵的爱情故事从日本少年写到中国青年;从东北写到上海,又写到香港;从四十年代一直写到六十年代,从少男少女一直写到老大成为中年男女?

有个东北姑娘做母亲真好!使她可以利用整个暑假,从广州、上海、北京直到东北,去接触沈阳、抚顺的亲戚朋友和风土人情。看得到的就看,看不到的就问,"一路看就一路缠母亲讲当年的事。她是细细地盘问,有些细节连钟妈妈都不记得了;说不出来的时候,晓阳就生她的气,蛮不讲理的撒赖,要妈妈再想想,再想想呀!""从母亲那里问不到的事,她就去缠母亲家的老人家,非要打破砂锅(问)到底,还问砂锅在哪里。这个晓阳!"

真是个有心人,别看她这样小小的年纪!

这总算大体可以解决人在香港而写东北的问题,七十年代而写四十年代到六十年代的问题,但还不能解决小小年纪而写成人爱情的问题,尽管她写的是青少年时候多而中年时候少。

我似乎曾经问过她,而她似乎说不出什么道理,或者是不愿作答。那是十年前的事情,在我的记忆中已颇为模糊了。总之是没有解开这个疑团。

那是一九八一年,她在香港一连得了两个奖。台湾《联合报》似乎也给了她一个中篇小说奖,这样就是一年之中,连中三元了。正是"唯有杏花真得意"的年代。我读了《停车暂借问》和她得奖的散文,十分"惊才",很想见识,解开疑团,就托朋友约她见面,见了面又使我有了一分惊异,因为她本人并不像她的文章那样生得"绝艳"。

面孔有些圆,个子不太高,上边一件普通的T恤,下边一条平常的牛仔裤,这就是钟晓阳!身边还有一位护花人,本身也是花——一个比她年纪大一些的女孩子,张乐乐。后来读了她写的《钟晓阳的世界》这才使我比较多些知道钟晓阳,知道她们原来是"死党"。两人而不是一个人来,一来恐怕是女孩子怯生,二来也可能是怯左,当时我还是左派阵营的一员,而她,既读英文书院,又在右边以至台湾的报纸发表作品,那时候,我还不知道她已经有过长途旅行,"远征"白山黑水,在右派人士看来可能是靠拢左边的壮举呢。

读过《停车暂借问》的人,恐怕很容易想到:作者既然是个女孩子,一定是林黛玉型的吧。然而,眼前的钟晓阳并没有使人产生如此的联想,相反的,只是打破了这样的想像,尽管她斯斯文文,轻言细语,问一句才答一句,不像衣衫给她的包装所表现的随时可以横冲直闯。事后自己心里暗笑:你怎么能期待一个现代的"书院女"有着古代的"闺阁秀气,委委弱弱"呢?

钟晓阳其实是秀气的。几年后从报上看到她的照片,就感到更加灵气。秀气逼人。真是女大十八变!也许不是她变了,而是当时我对于面对面的人不是那么善辨,没有看真切。

我们见面似乎不是一次,而是两次。要不,她怎么会带了她的诗词给我看呢?应该是初次相见时我提了这个要求,第二次她就带来了。我的记忆真是要命!

记得的是对那些诗词没有给我留下什么印象,不如她的小说、她的散文。十年后看到她的散文《可怜身是眼中人》有一段提到她的一些诗词断句,如咏牛郎织女的,"直道人间相聚少,那知天上一般难","世人只道年年会,不晓年年惆怅还";又如"春光尽后鸟分投,莫怜天上月,泪滴松枝头"。都是颇有情致的。重读《停车暂借问》时,又发现宁静送给爽然那首不知什么调子的词,也还有它的一片缠绵可读:"片片梨花轻着露,舞尽春日姿势。无情怎被多情系,好花谁为主,常作簪花计。人间多少闺门闭,门前落花堆砌。隔窗花影空摇曳,近来伤心事,摧得纤腰细。"

这些是古典的,还有现代的,如"回想出事那天／三级的地震微微／当你以灾难的双眉／审视我失火的眼睛／燃毁的平原不可以里计"。

她说自己常是有句无篇,除了那一首词,上面引述的都是未完成之作。

司马中原却说,她"更写过非常缠绵的古体诗,'爱'进骨缝的现代诗"。可惜我们一律都看不到,既看不到发表,也看不到出书。

但我还是认为诗词非其所长,还是小说最好,散文其次。我不知道朱天心为什么要说,"小羊除小说散文,诗词更才是她的本命文章"。

哦,晓阳原来是小羊!这名字不坏,也许是小名,也许是她们这些女孩子之间的昵称,不过,我们又何妨叫她一声,"小羊!"

当年见到小羊时,似乎还对她提了一个意见,那是一个主要的意见:希望不要落进张爱玲的圈套,要走出自己的路。张爱玲再好,也是张爱玲,不应该只是学她,更需要建立自己,钟晓阳就是钟晓阳!话可能没有说得这样透明,反正是这个意思,有这份期望。

初读《停车暂借问》,如遇张爱玲,才有这样的进言。现在重读《停车》,这样的感受又不如当时的强烈了。是当时的错觉,还是现在对张爱玲作品的记忆的逐渐模糊了?

但钟晓阳的发展却是使人高兴的,她的作品是更多钟晓阳,更少他人眉样。

十年来,她写了《停车暂借问》(长篇)、《春在绿芜中》(散文)、《流年》、《爱妻》和《哀歌》(都是中短篇)。此外,还有些没有辑成集子的作品。

数量上不算多,质量上是很有可以称赏的。题材更宽广了,生活气息更浓了,语言文字更精练了。她不断成长,更趋纯熟。

如果在一九八一年她去美国读书时划一条线,《停车暂借问》属于前期作品,《春在绿芜中》和《流年》有前期有后期,都是学生时代的创作,《爱妻》是后期大学毕业留美时所作,《哀歌》是后期回香港后的作品。她似乎在大学读了三年,一九八四年在密西根大学电影系毕业后,又在旧金山逗留了一年多,一九八六年才回到香港。一眨眼,又快五年了。

初试啼声,一鸣惊人的《停车暂借问》,只看那下分三部的篇名,就使人感到浓烈的古典味:《妾住长城外》、《停车暂借问》、《却遗枕函泪》。用古典味的篇名写现代事,似乎是钟晓阳的爱好。如《春在绿芜中》、《春花亭亭立》、《明月何皎皎》、《水远山长愁煞人》、《可怜身是眼中人》、《卢家少妇》、《拾钗盟》、《唤真真》、《忆良人》都是。这里不谈散文，只说小说，《卢家少妇》的故事背景在旧金山，《拾钗盟》从香港写到美国又写回香港，《唤真真》是香港贫家少女的堕落和死亡，《忆良人》是一个不寻常的三角故事，发生在今天的香港。它们一点都不古。

有一篇《爱妻》，篇名虽不古，文字却夹杂着不少浅近的古文，一开头就是："我的妻子原姓霍，名剑玉，广东中山县人士，……幼清贫，年十二即工编织，十五随父学制饼，……性沉静，端庄质朴，恬适温和，蛾眉婉转，女心绵绵，一种柔情，思之令人惘然。"后来有一些文字也是这样，尽管不全是。写得精彩的地方，使人想到《浮生六记》；写得平庸的地方，使人想到民国初年的鸳鸯蝴蝶派的一类小说。我猜想，这一篇大约是她的试验品；这样的东西也要试一下。

她最大的试验可能更在文字的运用上。她爱用叠字做形容词，爱创造许多新的叠字的形容词。这里顺便举出一些——

"阳光跳跳盼盼"。跳跳用足，盼盼用眼，阳光跳盼是怎么一回事？

"清清哀哀，回回怨怨的一支曲子"。清、哀、怨，好懂，回呢？是清怨或哀怨的曲子在低回？

"都有一种青春历历之感"。青春如何历历呢？

"两个人生，殷殷频频，纷纷繁繁"。纷繁可以意会，殷频就难了。

"让他理昭昭雄辩一番"，"慧眼昭昭"。昭昭是明，是把道理讲得很明白的雄辩吧?是一双明亮而最能看透事物的眼睛吧?

看到这些,首先使人有新鲜感,这作者的文字不同一般。再一想,就觉得又有些太过自我作古,作出了古人没有运用过的用法,不妥吧?继续想下去,却又感到不少是可以意会的,未尝不可这样创新一下。更往下想,也还是有一些不怎么恰当的……

我是个同意文字要规范化的人,却也能接受一些新的用法,认为这可以增加文章的一种新趣。像钟晓阳的这些,不是好的和不太好的都并存么?可以欣赏的和大可议论的同在么?这恐怕得由语言文字专家如吕叔湘先生他们来发言,我就不多说了。

这样的文字在钟晓阳前期的作品里比较多,后期的作品里逐渐少。不知道她自己试验的心得如何?

我看到她的最新的短篇,是一九八八年发表在《台北评论》上的《姑娘》。那是写一个设在香港中下层居民区里的一家私人诊所中三个"姑娘"的故事。"姑娘",在香港(广东也是吧)是对女护士的称呼。它通过这家诊所和周围所发生的事情,反映了香港中下层社会的形形色色,深刻细致,生活味很浓,现实感很强,是一篇可喜的作品。司马中原认为从它"略略看得出她风格转变的迹象"。

这转变其实也不是突如其来的。从她前期的作品《二段琴》、《荔枝熟》和后期的《爱妻》、《唤真真》中,都可看到她对现实社会的注视,对中下层小人物的关情。《姑娘》是顺着这条线出来的,只是更成熟了。

《姑娘》的文字也很朴实,没有那些创新的花巧。当然,那些创新未必都不好。

我欢喜《姑娘》。这以前,曾经为《卢家少妇》吸引过,那出人意料的结局使我在心中涌起了一阵惘然。《哀歌》是我很喜欢的,那一段欲恋还休的爱情使人低回无限。那些渔村风景和捕鱼人生活的细致的描写,包括那许多海上打鱼的知识,显见得费过钟晓阳的不少精力去一一搜寻、了解、熟悉,要不然就写不出那么深刻生动。这不禁使人想起了她千里万里东北行去体验生活。

为了写作,她是不惜"为伊消得人憔悴"的。这也许就是一些人爱说的诚意吧。

有才固然难,有才而又有诚意,更难。

在这里,又不禁想起了西西。西西在香港为严肃文学努力不懈,却是台湾把应有的荣誉首先给她。她是个不断勇猛精进的人,不断在作各种新的写作尝试。她对大陆上的文学工作者所作的支持协助,无私得使人感动。这又使人想起了小思。

而钟晓阳,在首先扬名于台湾这上面和西西很相似。

听说她最近在写流行小说,后来看了一些,也不怎么"流行"。但愿这只是一种新的尝试,而浅尝辄止。不是写流行小说不好,已经有好多人在写了,已经有写得很好的在流行了,用不着去凑这个热闹。流行是需要的,严肃更需要,从深远来说;而从事它的人又这么少。

我们的钟晓阳!

钟晓阳写了这许多爱情故事,写得荡气回肠,多以悲剧告终。《良宵》是例外,写的是新婚之夜,新娘头罩红巾,等候新郎用扇子来挑开,彼此深情一视,这短暂时间里的心潮起伏。

没有人写过钟晓阳自己的爱情故事。相信她不会没有,而不知道到底如何。

也不知道,也没听说,学过几年电影的她,到底作过电影方面的什么尝试没有?

她爱好音乐,学过笛子,为了上笛子课,她可以不去参加典礼,亲自领取颁给她的文学奖。

好一个钟晓阳!

一九九一年一月

《海光文艺》和《文艺世纪》

——兼谈夏果、张千帆和唐泽霖

一

《海光文艺》只有一年零一个月的生命（一九六六年加一九六七年一月），但在香港的文艺刊物中，它不算很短命的。像今年的《作家》月刊，只出了两期；像七十年代的《四季》和《七艺》，也只是各出了一期或几期；而同在六六年出版的《文艺伴侣》，只出了四期。比起它们来，十三期的《海光文艺》简直可以算得有些长命了。

它是生不逢辰的。一九六六，是"文化大革命"惊天动地而来的一年，虽说五月天才正式开始，但在大陆上，早一年甚至早两年，已是风起于青萍之末，文艺界有些人的日子已经很不好过。当我们在筹备出《海光文艺》时，《海瑞罢官》已处于被批判的逆境。虽说香港不属于"文革区"，但在那样的时候我们却办《海光》这样的刊物，也实在是不识时务的。因为，那时我们是左派！

我们，是黄蒙田和我。黄蒙田以前主编过《新中华》画报，以后一直到现在,还在主编《美术家》杂志;曾经是画家,后来成了散文作家和美术评论家,不再画画,这和他的好朋友叶灵凤颇为相似。由于他有过编画报的丰富经验,他的一位出版家朋友有意创办一个文艺刊物时,很自然地就想到了请他出马。我是编过文艺副刊的人,虽然长期干新闻工作,对文艺始终保持着很大的兴趣,因此也就被邀助他一臂之力,帮他这个主编组织一部分稿件。对我来说,这正是投其所好的邀请。

从四十年代末期直到六十年代中期,香港文化界一直是红白对立,壁垒分明的。我们的设想是要来一个突破,红红白白、左左右右,大家都在一个调子不高,色彩不浓的刊物上发表文章,兼容并包,百花齐放。这样的文艺刊物在今天的香港是已经有了,但在二十年前,那还是一个较有新意的设想。

如果我们是信息灵通的,当时就不会这样想了。这和当时北京的气候是很不适应的。什么"帝王将相,才子佳人",什么"裴多菲俱乐部",都已经逐渐受到批判,而我们却似乎对这些都很为无知,因此才敢想、敢干。

为什么叫《海光文艺》呢?图现成的方便。当时有个《海光》杂志,是综合性、知识性的,不准备办下去了,这就接过它的登记证,加上"文艺"两个字,办一个新的刊物。这样做,也是为了使刊物灰色些,像是原来的《海光》文艺化,看起来不红。

平日常在左派报刊上写东西的作者,发表作品时也多用了笔名,如何达,尽管他为《海光文艺》写了不少诗,却从来没有一次出现过何达这名字。甚至像曹聚仁,用的也是丁秀这笔名,而叶灵凤,是任诃、秦静闻。

不是说要不分左右、红白混杂的么?怎么又不让左和红的出现？因为红白对立，壁垒分明惯了，当左的、红的出现时，就可能使得右的甚至中间的望而却步，因此，就不得不委屈那些被认为左或接近左的知名作者，换一个陌生一些的笔名了。

在筹备的过程中，就曾经因为背景是红的，一些和《中国学生周报》有关系的朋友，尽管愿意写文章，终于因为上边不点头而没有动笔。但在刊物出版后，却颇有台湾的作者寄来稿件，登了出来的；也有在美国的侯榕生寄来的稿件。

老作家姚克、刘以鬯、李辉英、侣伦……中青年作家舒巷城、依达、孟君、张君默、梁荔玲……画家陈福善、萧铜，音乐家周文珊……都成了《海光文艺》的作者，而李英豪和亦舒写得更多。亦舒那时是"小荷才露尖尖角"，但却是"崭然露头角"，很受人注意的青年作家，她在《海光》上发表的《满院落花帘不卷》，二十年后被《博益月刊》推为当年佳载，陆离说"每次重读，都有泪意"，有迷人的缠绵，还说："《满院落花帘不卷》时期的亦舒尽管含苞未放，但是一阵清新的香气，已经散发开来了。"

曹聚仁用丁秀的笔名写的《文坛感旧录》，是一个很有内容的专栏，可惜只写了九篇，连载了三期，就没有继续写下去。现在回忆，大约是他得了病，进了医院，进入了那一段"浮过生命海"的时期，无法再写。但后来病好了，还活了六、七年，却一直没有重新写，真是可惜！这一场大病，使他写出了《浮过生命海》这本书，二十年后，叶特生又用了同样的名字来写自己的病中小品。

应该一提的是，侣伦以林下风的笔名，在《海光文艺》发表了他的香港文坛感旧录——《香港新文化滋时期琐忆》，也是连载了三期，后来收进了《向水屋笔语》中，成为十几篇香港

《文坛忆语》的第一篇，为研究香港文学提供了很可贵的早期资料。

此外，还应该提一提的是，《海光文艺》先后刊出了佟硕之的《金庸梁羽生合论》以及金庸的《一个讲故事人的自白》、梁羽生的《著书半为稻粱谋》这三篇谈论武侠小说的文章。佟硕之的文章很长，也是分三期才登完。当时都以为这篇东西是我写的，我也"认"了。事实上，它出于梁羽生的手笔。梁羽生因为既写自己，又论金庸，不免有些为难，禁不住我坚决约稿，才勉为其难地答应了，却提出了要我冒名顶替承认是文章作者的先决条件，就是这么一回事！

从这里可以看出，我们早就认为，新派武侠小说不应该被排除于文艺之外；同样也认为，流行小说也不应该被排除，登载依达、孟君、郑慧的作品就是证明。当然，我们还认为，文学有严肃和通俗之分。这样的分类也是从俗，通俗的作品未必就不严肃。

我当时只是做了一部分组稿的工作。编辑工作主要是黄蒙田做的。由于他是画家出身，每期封面都选用名家油画，颇有特色。至于《海光文艺》这四个字，那是余雪曼的手笔。

在组稿工作中，我交了好些原来陌生的朋友，有些人当时不便写稿，也还是成了朋友。到了后来，形势变了，写稿无碍，也就彼此交换写稿了。戴天、胡菊人、罗卡、陆离……就是那时认识的，在以文会友之外，这可以算是以刊物会友吧。

在香港，由于受了台湾宣传的影响，曾经有人一听到"统战"，就要视之为洪水猛兽，避之唯恐不及，其实，统战无非就是尽可能广泛地交朋结友而已，何怕之有呢？事易时移，现在仍抱有这样心态的人恐怕是少而又少的了。

说句玩笑的话,《海光文艺》是个不祥的十三,只出了十三期,在"文革"高潮的一九六七年一月,出了最后一期就不声不响地结束了。拖这么一个月,多少说明,它并不想死;不声不响,也多少表示了不甘心。但这时"文革"风烈,澳门又有过"十二月风暴",山雨欲来,不久,香港更有了强烈的"五月风暴",像《海光文艺》这样灰而不红,调子很低的刊物,又怎么还可以拖得下去呢?

十三期《海光文艺》,每期大三十二开,一百页,不过十万多一点字,合起来一共一百三十万字还不到。它在香港新文学运动的进程上,并没有起到多大的作用。不过,作为当事人,我们还是很怀念它。

二

谈到《海光文艺》,我们是不能不怀念那位推动其事的出版家朋友的。特别是此刻,回忆就更加深切,而使人黯然,因为这位朋友刚刚在十多天以前离我们而长逝。

他是唐泽霖,以出版事业终其一生。不过,最后的十多年他是被迫离开了出版工作了。

他是安徽人,四十年代在上海、重庆工作过,和三联书店或三联中的某一家书店有关。一九四九年以后到了北京,负责过新华印刷厂,六十年代到了香港,主持相当繁重的出版工作。"文革"当中,可能是一九七〇年前后,他突然奉命赤手只身回广州,接受"批斗"。后来没有事,工作却丢了,从此就再没有走上任何工作岗位,加上疾病缠身,就只有进医院、出医院、出医院、进医院的份儿,直到今年八月中在广州离开人世。尽管活到了七十一岁的高龄,这样的晚景总不能说是"夕阳无限好"的。

他为人诚挚而又耿直,工作勤恳负责。由于工作的关系,他就想到了要出一个可以兼容并包,无妨百花齐放的文艺刊物,就这样,想到了黄蒙田和我。就这样,诞生了《海光文艺》。他是刊物的实际负责人,我们是负责编辑工作的。在这上面,他从来不加干预,我们的工作受到了充分的尊重。

由于共同对书画的爱好,我们原来就是朋友,这一来,就更加熟起来了。一次,他见我有一个齐白石篆书的横额,"片石居",就一定要和我交换。我简直是义不容辞地就同意了,因为他又有爱石癖,专门收藏并不名贵的各种各样的石头,"片石居"这三个字对我并不怎么,对他就很有意义了。他是用两个字来换三个字的,弘一法师写的"无上"。他知道我喜欢弘一的字。但后来经过"文革"中的那一折腾,他原有的收藏几乎都荡然无存,包括那许多石头和那一幅横额。

爱石的他,有一句赞石的话:"石头碎了也还是石头。"这很容易使人想到,应该用这句话来赞美他,他这人就有石头的硬,也有着"碎了也还是石头"的坚韧的风度。

他也欢喜石湾陶瓷,有时不怕十斤八斤重,把大件的"石湾公仔"从广州提回香港。他一定要亲自提,怕假手于人会打破。我有过一件大的旧石湾铁拐李,就是从他那里得到的。那是我少数几件新旧石湾中的重器。

但我们之间(加上黄蒙田成为"三个臭皮匠"),最使人回忆的还是《海光文艺》,尽管分量轻,它还是我们的重器,因为我们是花了一些力气去制造它的,并非轻而易举。

三

说到香港新文学运动中的重器,就不能不使人想起坚持了十二年之久的《文艺世纪》和它的主编夏果。

说到《文艺世纪》,就不能不使人首先想起推动它问世的张千帆。

既然谈到了唐泽霖,就先人后刊,先谈张千帆,再谈《文艺世纪》吧。

和唐泽霖一样,张千帆也是从北京到香港来的;和唐泽霖不一样,他不是"上海人",原来就是香港人,从广东大埔移民到香港的客家人。

张千帆是笔名,他原名张建南,又名章欣潮。他现在北京做记者的儿子就是姓章而不姓张的。章是他的本姓。

三十年代抗日战争爆发前后,他在香港也是一名记者,工作所在是《华侨日报》。热血男儿的他后来北上抗日,辗转到了延安。更后来到过山东,参加过《大众日报》的工作。抗战胜利前后到了东北,在长春、沈阳都办过报纸,负责过宣传工作。一九四九年后,到了北京,进了侨委。

他是五十年代初期到香港来的,具体的时间大约在一九五三。他主要是去开展中国新闻社的业务。在他的推动下,李林风(侣伦)办起了对海外发稿的采风通讯社,那是一九五五年的事。侣伦在一九八五年采风社三十周年纪念时写文章说,当年"几个曾经在新闻界站过岗的朋友,对新闻事业具有共同兴趣。在机缘凑合的情形下聚拢一起,决心继续为新闻工作致力,试行组织一个新闻机构",这就是侣伦主持的采风社!这几个站过岗的朋友当中,就有张千帆,他而且还是最主要的"发烧友"!

他的热不仅在新闻,而且在文艺。两年后的一九五七,又被他"烧"出了一个《文艺世纪》来。诗人夏果担任了主编。本来是可以由侣伦主编的,他这个香港新文坛的拓荒人挑这担子也许更合适,可能因为肩头已经压上了采风社,就不想换担挑了。

张千帆的热还不止这些。他还推动吴其敏先后办了《新语》和《乡土》这两个刊物,综合性而又多少侧重于文艺,是以反映新中国这海外华人故乡的乡情为主的。《新语》是什么时候问世的,我已经记不清楚;《乡土》却是一九五七年一开始就诞生了,是个半月刊,它比五月间创刊的《文艺世纪》还早了几个月。刊物以外,还出了一些书,周作人的《过去的工作》就是,尽管用的名义是新地出版社。

这以外,张千帆还推动出了丛刊式的《五十人集》(一九六一)和《五十又集》(一九六二)这样的书。每一集都集中了五十位作者,每人一篇散文。其中年龄最大的一位,是当时已有八十七岁的徐翁(包天笑),他是以九十九岁的高龄于一九七三年病逝的,不等我们替他祝贺长命百岁就撒手而去了。

丛刊式的书以外,他又推动出了《新雨集》(一九六二)、《新绿集》(一九六二)和《南星集》(一九六三)三本书。它们和两个《五十》不同的是,每一集都是六位作者,每一个人都是一辑文章或诗。文章有散文,也有小说。

在《新绿集》中,有张千帆的一辑散文《绿窗小扎》;在《南星集》中,有他的一辑散文《山居散记》。

在这以前的一九六〇年,他还出了一本散文《劲草集》。这可能是他唯一留传下来的个人的集子，是他四十年代末期以至五十年代在内地的作品。

　　他就是这样对文艺、对写作、对出版有很大兴趣的人，对香港的文艺工作作出了贡献的人。

　　他对书画的欣赏也很有兴趣，收藏过一些齐白石、黄宾虹的精品。他也欢喜和朋友交换藏品，我有一幅叶浅予画的刘三姐，由叶灵凤题笺，就是他要交换我的一幅黄宾虹而得到的。

　　但他的藏品后来也都荡然无存了。后来，是"文革"当中，有些是被"抄家"拿走了，不再回归；有些是贫而无以为生，卖去换米买菜。这时他已经从香港又回到了北京。

　　他是"文革"前就回北京的。"文革"中难逃一"斗"，是势所必至的事。只靠一月二十多元的生活费当然不能养家活口。就不能不在书上面和书画上面打主意，为稻粱谋。他也爱藏书，专搜集签名本。这时就不管签名或不签名，一扎一扎的，交给小儿子上街去卖，他自己只是跟在后面，等待交易成功后，和儿子一起去买些食物或简单的日用品，偶然忍不住嘴馋，就带了儿子到东安市场去吃一顿涮羊肉。这当然是辛酸的故事，不过，比起另一些知识分子所受的遭遇来，却又算不得什么了。

　　他后来也到过江西，进过"五七干校"，得了重病，又得到许可回北京治病，几个月后就不治而与世长辞，大约是一九七一年春末夏初的事。

　　"沉舟侧畔千帆过"，他就是这样过去了，永远过去了。这样一位为香港的文艺工作默默地尽过力，有过热，发过光的人。

　　我们应该记得他。可惜我所能记得的实在不多，暂时就只能说这些了。

四

　　这就要再谈谈《文艺世纪》。

　　《文艺世纪》是一九五七年六月创刊的,一九六九年结束,前后经历了十二个半春秋,出了一百五十一期。在香港的文艺期刊中,是寿命最长的一个。《诗风》也出了十二个年头,(一九七二——一九八四),一百一十六期。但和《文艺世纪》的十六开本、五十页相比,形式上它就显得小了一些(初时是单张,后来是三十二开一本)。而比起另一些篇幅更多的刊物来,如后来的《海洋文艺》三十二开本,一百四十四页,《文艺世纪》时间上却更长久,《海洋文艺》只存在了八个年头(一九七二——一九八〇)。因此,要说香港文艺刊物的重器,就只能是《文艺世纪》居于首位了。

　　《文艺世纪》是纯文艺的。侣伦说:"它是同时期的一些以'文艺'标榜而实际是综合性杂志的刊物中较突出的一本。它的内容纯粹是文艺性质的,而且也是较有分量的……在此之前,香港还不曾有过像《文艺世纪》那样风格的文艺刊物。"

　　它不仅有"较有分量"的东西,也有较为轻量级,适合年轻人的内容,每一期还增刊《青年文艺专页》,为港澳和海外的青年写作者提供了发表创作的园地,并且还配合评介的文字。

　　在青年性以外,它还有海外性,经常发表海外各地作者的作品,以及东南亚各国的民间故事和传说。

　　它是在许多方面都能使爱好文艺的读者感到满意的。曹聚仁甚至说,如果他只够订一份杂志的钱,他就只有订《文艺世纪》了。

叶灵凤说，《文艺世纪》在被称为"文化沙漠"的香港能存在十年之久，真是一个奇迹。事实上，它比奇迹更奇迹地多活了两年。

这十二年是并不简单的。它创刊之年，内地掀起了反右浪潮，席卷了几十万知识分子。不过，这浪潮并没有卷到香港来，要不然，它的诞生就要成为不可能了。

它的晚年，又碰上了"文革"，和反右不同，"文革"对香港是有了很大的冲击的，最大的冲击就是一九六七年的"五月风暴"。左派报纸上的新闻说得夸张些就只剩下两条：要闻是"文化大革命"，港闻是"反英抗暴"。副刊好些都被砍掉了，幸存的也力排"封资修"，许多东西都上不了版面，版面上"干净"得很。《文艺世纪》能够大体上保持一贯的风貌而没有变脸，真是不容易的，那一种艰苦也就不问可知。

当然，它也并不是十分完美。"文革"未起以前，就感到它有最大的薄弱之处：不能使站在比较右边的作者替它写稿。正是这样，我们一些人才有了办一个打破红白界线，不那么壁垒分明的《海光文艺》的设想。《海光》只出了十三期，而《文艺世纪》却坚持了几乎十三年！虽说离世纪还远得很，只不过一个世代多一点，却已经要使人对它不能不肃然起敬了。

这敬意首先当然要奉献于作了四千五百天辛勤耕耘的夏果。

夏果，原名源克平，诗人而兼画家。和黄蒙田一样，当我认识他时，他早已放下画笔了，以至于在许多年以后，我才知道他作为画家的过去式。

虽说后来已经是很熟的朋友，我对他的过去式还是了解并不多。只知道抗日战争胜利后，他夫妇合做了一点小生意，卖点小首饰和纪念品，这当然是为稻粱谋。

他的诗笔却一直没有放下,他没有自我放逐于"文艺族"。因此,当张千帆回到香港,推动办文艺刊物时,他就成了伯乐看中的千里马了。如果只是日行百里的话,这匹千里马也就跑了几乎半百万——四、五十万里。

他既编又写。编《文艺世纪》之余,就写诗、写散文。十分可惜的是:他只是替别人编文章,却从来没有替自己编集子。除了散见于报纸杂志的诗篇和文章外,就只有在《新雨集》中看到他自编的一辑十三首诗。

这些诗的最后一篇是《萧红的墓志》,写于一九五七年。那一年,是《文艺世纪》创刊之年,也是香港的作家们送走萧红骨灰安葬于广州银河公墓之年。重温一下这首诗吧:

"在那黑色的日子,/灾难的日子,/虽则是一阵清爽的海风,/吹来也像刀刺一样苦痛的日子。/那个时候——/你草草地离开'人间',/是的,你是静静地离开了地狱的。

"一株小树,一块木碑,/是代表萧红的墓志。/伴你长眠的是贝壳,是死叶,/人说撮土为香,/但能为你供奉的,是乱石,/是沙子,/是呻吟的海语。

"虽有一个诗人,/'走六小时寂寞的长途,到你头边放一束红山茶,'/他说'我等待着,长夜漫漫,/你却卧听海涛闲话。'/漫长的十五年啊,/海涛也诉尽所有的话语。/而漫长的十五年,/小树失去所踪,/连'墓木已拱'也说不上。/放在你底坟头的/诗人虽亲手为你摘下的红山茶,/萎谢了,/换来的是弄潮儿失仪的水花!

"浅水湾不比'呼兰河',/俗气的香港的'商市街',/这都不是你的'生死场'。/甚至连一个小小的缸子，/都不能安容于大海的边缘；/但缸子所容的有比海还大的/是你馨香的民族魂。

"像考古家发现了古代文物，/像勘察队发现了历史宝藏，/缸子终于出土了，/在白云故乡，/为你筑一座巍峨的萧红墓，/而你的墓志：/是民众作家，/是民众的女儿。/在你底墓前，/民众要为你栽上矗立的英雄树。"

这最后一节里，出现的是"民众"，"民众"，第三个还是"民众"，而不是"人民"。是不是觉得有些别扭？猜想这中间有苦心，避免"人民"的红。这多少有些像是我们办《海光文艺》时的心态。不过，这已经无法向我们的诗人问个明白了。

他已经在一九八五年四月病逝。猜想是很寂寞的。没有看到什么悼念的文字。

他是个老实人。不屑于逢迎，也不懂得吹捧自己。他老实而朴素，看起来不像一个画家，也不像一个诗人。

但他却实实在在是诗人而兼画家。在香港这"商市街"中，他虽然做过小生意，却是属于"文艺世纪"的人。

一九八八年八月

杂花生树的香港小说

小说会不会死亡？

十多年前，香港的一位小说家提出了这样的问题。这是一个世界性的问题。他引经据典地（当然是当代的今经今典）引述了好些西方作家的意见，似乎走向同一样的结论："小说开始在世界各国衰微了"，"小说在垂死中。"

于是，"非虚构小说"出现了，"非小说小说"甚至"反小说"也有了。"非虚构小说"大约接近大陆上的"纪实文学"吧（无奈我们的纪实文学的作品却又常常被指出有不少虚构）。"非小说小说"或"反小说"反掉了小说中的情节甚至人物。

这有些属于创作方法的问题。现实主义的创作方法被认为不行了，一种理论是：再写实也疏离于真实。一个证明是：再口语化的语言（哪怕出于老舍这样语言大师的笔下）也不是生活中的口语（这恐怕有些武断）。既然如此，就不如干脆放弃写实好了（这岂不像是不能得到绝对真理就索性不再追求相对真理，也就是不追求真理）。

小说创作中最大的一个阻隔被认为是文字。"今天，小说家用文字反映现实时,与新的传导体诸如录音带和电影竞争时,就会发现后者有效得多。""电影给垂死中的小说以最后的一击……当小说家用以代表事物时,一张照片可以抵得上一千字;一部电影可以抵得上一百万字。"电影之外,更加要命的还有后来出现的电视,这魔术盒子!

但是,十几年过去了,这"最后一击"毕竟没有把小说击倒,一蹶不振。它在电影、电视最普及的地区也还是存在,并不仅仅苟延残喘于现代科技还不怎么光临于人类生活的不发达国家。

小说并未垂死,有些像资本主义并未垂死一样。它还有着生命力。

这就要说到香港了。香港是一个生活节奏紧张得似乎叫人喘不过气来的城市,因此虽然颇有人说,忙得没有时间看小说了。报纸上,一个时期好像不见了小说副刊,或副刊中减少了小说的分量。但现在,仿佛又并不如此了。袋装书在流行,不少是小说,有些搭飞机如同坐"巴士"的人,上飞机时带一本袋装书,下机时把它丢掉,一个中篇或较短的长篇已经在这飞行途中看完了。

小说并没有死,它活得好象还不错,至少没有比从前更坏。

这就要说到香港的小说了。

也是十多年前吧(比小说会不会死亡的质疑声发出得略为晚些),有人在《读书》上说:"……香港的小说,还停留在初创的阶段,上乘的作品如凤毛麟角。作家们似乎束缚在一个看不见的桎梏里,使他们只能在有限的狭小空间闪展腾挪。这成绩不要说和世界小说看齐,离中国小说的主流也相去甚远。"作者还指出,香港小说也有"图解概念"和"为政治服务"的倾向。

我们不妨先回顾一下，回顾得更远一些，六十年代以至五十年代。只看看大陆。曾经有相当一段时间，从大陆看香港，就只有一部小说：唐人的《金陵春梦》。直到"文革"十年过去后，才由一而二，成了梁羽生和金庸两位新派武侠小说的天下。更后一些，爱情随着武侠来了，是亦舒、岑凯伦，也许还有林燕妮……三位或不止三位。这里只说香港，台湾的琼瑶、古龙、高阳……不在其内。

新派武侠，香港上乘，这是没有异议的。也有作家、学者认为金梁之作是文学作品，特别是金庸，甚至比一般不算流行文学的文学作品更文学。也许可以说是"凤"是"麟"。

至于爱情小说，那就另有争议，就是在香港，也还有人认为不一定很"严肃"，或只有个别的才可以归入"严肃"之列，一般就还是流行文学。

现在谈《金陵春梦》的已经较少，好像它已经完成它的时代使命了。如果把它当做"图解概念"或"为政治服务"的一个典型，如果依然有争议，相信也是较少的。

斯人去矣！金庸、梁羽生也已"闭门封刀"停笔不写武侠了。只有爱情小说的作者还在挥笔不已。而更多作者、更多品种的小说作品，此刻正在为香港的文坛创造繁荣。（让我们就用"繁荣"这个字眼吧，就算有些勉强，今天的香港大局不是在强调稳定繁荣么？服从这个大局。）

离《读书》那篇文章的发表快十一年了，今天还能说"香港的小说还停留在初创阶段"么？当时就已经有人并不同意。

手边刚好有一本《浮城志异——香港小说新选》。

这新，新在全是八十年代的作品，而多的是八十年代后期的作品。有的甚至是九十年代的作品,创作于一九九〇年。

作品都是中短篇,甚至很短的小小说。长篇自然是无法入"选"的。

作者二十三位,老中青都有,尽管编者未必要标榜三结合。

老作家有刘以鬯、舒巷城。中年作家有海辛、也斯、西西、亦舒、辛其氏、吴煦斌、张君默、林荫、施叔青、陶然。青年作家有李洛霞、李碧华、陈宝珍、周蜜蜜、罗贵祥、钟伟民、钟玲玲、钟晓阳、草雪、黄碧云、颜纯钩。个别在六十上下或四十上下,处于老中的边缘。这里面,有早就知名的,也有近年才显露头角的——这部分最多,也可以算是一"新"吧。

新更在内容。

老作家也用新手法进行创作。刘以鬯的《副刊编辑的白日梦》,采用的是意识流手段。舒巷城的《热心》,是三个电话的记录,全部对话,没有一句叙述的文字。在刘以鬯来说,这当然不能说新了,他几十年来一贯就在不断地探索、创新。前几年他的那篇《打错了》,一个打电话的故事,两个不同的结局,两个故事前一部分文字完全相同,重复使用,只是最后一部分文字有异,这一"新"使内地一些刊物禁不住一再转载它。我倒欢喜他七十年代的作品《对倒》:一个渐渐衰老的老头子,一个胡思乱想的年轻女孩子,通过两人偶然在电影院中邻座,而写出两人一天之内所做所想的事,两条线交叉发展,彼此并不相涉,却反映了当年社会一些人生世相和主角的种种心理反应。

像他们这样年龄增长而创作不休的老作家是太少了。两人相较,舒巷城的新作又少了一些,如果是力气用在别的方面,就真有些替香港文坛可惜。侣伦死后,他已是香港土生土长的老作家硕果仅存者了。

每有新作,例必创新的西西。一年前听说患了癌症,现在病情似乎稳定了。遥望南天,我不禁要以《渴望》的歌《好人一生平安》为祝。使人感到喜慰的,是这场大病并没有挫倒她的创作努力,一个新的长篇正在写作、陆续发表,那是题目就有些惊人的《哀悼乳房》。我们的《香港小说新选》的女编者看了,虽未看完(不知道是不是已经写完,至少在西西她们的《素叶文学》上还没有发表完),就已赞好。

编者显然是偏爱西西的《浮城志异》,要不然,怎会用它来做香港小说新选的书名?浮城,是西西给香港取的外号;志异,是"九七震撼"出来后她为这个城市写的童话。浮城,也就是浮动的《我城》(西西旧作)。编者十分赞赏地说:西西"以童话的形式,描写了一个上不着天、下不着地的浮城,展示了浮城中一幅幅奇异的人情世态的画面。城中的生活常态,多是比照着香港的物质环境写出,妙的是对种种奇迹、异象的描写,极富想象力地隐喻或暗示了香港人的某种精神态度、内心状态。作者有所赞叹,有温婉的嘲讽,亦有所置疑和隐忧,但这一切都寄寓一组组笔触明亮简洁且具哲理意味的意象里。结尾时对外来者与城中人面对同一个窗口,彼此凝视,各有所思,言近而旨远,耐人咀嚼回味。"

我是个脑筋有点死的人,更欢喜写实之作。当然,我也并不菲薄《浮城》。

对于香港,八十年代以来最大的现实莫过如"九七"问题了。刘以鬯首先以《一九九七》为题写了它,它没有进入这本新选,据说是别的选本已经选了的缘故。编者求新,力避重复,二十三位作者中,只有钟晓阳的《姑娘》和黄碧云的《盛世恋》是内地刊物上转载过的。读新选,会感到面目一新,而不会觉得似曾相识。

间接和"九七"有关的作品,施叔青《韭菜命的人》、颜纯钩《关于一场与吃饭同时进行的电视直播足球比赛,以及这比赛引起的一场不很可笑的争吵,以及这争吵的可笑的结局》。写的都是"新移民",还有张默君的《玉玦》也是。所谓"新移民",是指七十年代以来,陆陆续续从大陆到香港定居的人。他们并不为"九七"而来,只是来了才碰上"九七"。

直接写"九七"的作品不是没有,只是长篇较多,无法"当选"。

颜纯钩的这个题目有点怪,内容有点趣。争吵起于父子之间,这样的争吵在家庭生活中是常事。争吵是为了父亲帮中国队儿子帮香港队。"你是香港人,不帮香港队,你就不对!""咦,你也是中国人,你怎么不帮中国人?"就是这么吵起来的。人们记得,北京那一场球赛还有人因此打起来呢。生活中的小事能反映出问题,我欢喜这样的作品。

施叔青《韭菜命的人》,是她的《香港新移民系列之二》。在创作《新移民系列》之前,她写过一系列《香港的故事》(又叫《香港传奇》)。《香港的故事》是写上流或半上流社会的;《香港新移民》却偏于下层,而且是通过采访纪实。我们不能不佩服作者的努力(她又通过和和大陆作家的对话,写了十五篇《文坛反思与前瞻》,一样叫人钦佩)!

这位出生于台湾鹿港,在台北、纽约、香港生活得较长久的女作家,把她的笔触更多地放在香港这个国际大城市上面。白先勇因此说:"施叔青选中香港作为她的写作题材,算是挖到了一座所罗门王宝藏。这个六百万人居住的小岛是都市中的都市,其历史之错综复杂,文化之多姿多彩,社会上各色人等,华洋混杂，可谓琳琅满目，应有尽有。恐怕世界上还找不到第二个像香港这样无以名之的奇异区域。香港应该是任何小说家梦寐以求的一个好题材。"

可惜好题材引发出来的好作品并不多，特别是具有大气魄的大作品（就不随便说伟大吧）。几十年前张爱玲写过《倾城之恋》，那"城"是香港，只是主要写的是"恋"，不是"城"。施叔青能写出两个系列，虽然还是不能使人感到满足，总是很不错的了。

《香港小说新选》中，也斯的《岛和大陆》、陈宝珍的《找房子》、钟晓阳的《姑娘》、黄碧云的《盛世恋》、亦舒的《缘》、周蜜蜜的《倦》、草雪的《一点三刻的绝唱》、李洛霞的《小工》（尽管背景是澳门）、李碧华的《凤诱》（尽管有些怪异）、钟伟民的《蒲公英与花鱼》（背景似乎也是澳门）……都在不同程度上反映了香港的世态和香港人的心态，使人读来感到亲切。

辛其氏的《盂兰盆节》和海辛的《最后的古俗迎亲》，使人感受到怀旧的情趣。

吴煦斌的《牛》和罗贵祥的《剧作家里的剧作家》，都是力作。作者是花了很大的气力才能写出这种力透纸背的作品的。《牛》以一个探寻蛮荒洞穴里远古壁画的故事，表现了原始的与大自然斗争的坚毅力量，文字的重量压得使人透不过气来。故事的背景显然在异国，如果把它放在《世界文学》之类的刊物中，作者署上一个外国名字，不会引人质疑。我以为这不能算是一个过高的评价。刘以鬯说，吴煦斌长于绘影，也长于绘声，也长于描写动物与植物。她"在那些好象'锻炼'过的文字中，诗与哲理常如春天的花朵般处处盛开"。她爱向丛林与荒野找寻题材，她的小说"民族色彩淡，却充满了阳刚之美"。这是一位阳刚的女作家。

罗贵祥可能是一位容易引起争议的青年作家。他今年才只有二十九岁，是这个选本中最年轻的作者，却写出了《剧作家里的剧作家》这样的作品。一节又一节附录在前，一节又一节本文在后，这车在马前的形式已经不寻常了。内容更是怪诞的，有人读了说是不知所云。我也不是很看得懂，但却感到了它的一股力量。我也不一定赞赏这样的手法，但我认为文艺创作中应该具有各式各样的创作方法，哪怕有些怪诞。

这本新选中有钟玲玲的《我的灿烂》，是由一首诗和四篇散文组合而成的。香港电台的电视部把它拍进系列片集《小说家族里》，这就使它具备了小说的身份。这使人想起，现代小说家中，贝克特（Becket）就是将诗和小说结合在一起的。这也是一种新的探索和实验（钟玲玲有新著长篇《爱莲说》）。

从这些都可以看到，编者在选编这本《香港小说新选》时，是力求兼容并包，把各种各样创作手法的作品都选进去的。这正是八十年代以至今天香港小说世界的事实。这个世界不仅仅有大量流行的流行小说，也还有居于少数并不就不是真理的少数严肃的作品。这个选本是以严肃为主的，因此没有选用那些流行的（而且流行的又多是长篇），但陶然的《都市即景》和林荫的《险过剃头》这些近于流行小说的小小说也还是选进去了。陶然的五题"小小"，其实写得还是颇为严肃的。

这个选本有一个特色：本文后面附有作者的小传、作者本人对写作的意见和别人的评论。这显然很客观。

编者的主观都在最后的《穿行于彼岸的小说风景》中。在这篇近两万字的编后记中，它告诉读者：她不仅接触过香港的小说，也接触过香港小说的作者和小说背景地的香港。有时是从十几本书中才选出一篇作品的，几乎没有只看到一篇就选上那一篇。她的态度谨严。

如果说七十年代末期香港小说已经算不得"还停留在初创的阶段"，八十年代的这个选本就更加证明了香港小说的更加走向成熟。这个选本放在任何大陆小说选或台湾小说当中，应该是并无愧色的。我想，这不至于是我的偏爱和偏见。

香港并不见得是"浮城"，尽管有时人心不免有浮动的时候。西西又曾经给它取过另外一个名字："肥土镇"。从经济的角度看，没有人对香港的"肥土"提出异议。

从文化的角度看，香港也早已不能说是"沙漠"了，尽管它也还不能就晋升为"绿洲"。它早已"春在绿芜中"，如今更是有些"杂花生树"的江南景色。不信，就观赏观赏这一片小说园地吧。

香港舞蹈家曹诚渊说："香港是一个精致的城市，就像一个象牙球，本质是脆弱易碎，外观是灵巧多变，而卷藏在一圈圈球体内的，竟是那么繁复，不易整理，不易清洁。就因为这个象牙球是我土生土长的地方，所以我有权利去喜爱它，也有义务毫无条件去保护它。"对于所有土生土长的香港作家来说，更应该好好去写它。

一九九二年六月
（《浮城志异——香港小说新选》，艾晓明编，中国人民大学出版社。）

东北雪东方珠

在老树绿荫下，在黑瓦、红檐、灰砖墙的古朴的屋子里，在不大不小的一室中，排列着大约十个左右的书架，架上排满了新从香港运来的四千多册旧书。这是香港，也是"海外"第一位知名的作家，通过他的夫人，捐赠给寄身在北京万寿寺的中国现代文学馆的全部藏书。这是托孤性质的捐赠，它们的主人已经离尘世而远去了。对于一位终身著书而爱书的人来说，书当然是他视之如儿女的所爱。

这当中，恐怕少不了王瑶的《中国新文学史稿》这两本书吧。说两本，一本是一九五一年开明书店版，一本是一九五三年新文艺出版社版，也就是开明版的再版。

两本书大同而小异，异中的一处是五三年版删去了一大段文字，这是第二编第八章《东北作家群》的一节：

其中比较早的作家是李辉英，他的长篇——《万宝山》——是描写九一八以前的万宝山事件，人民抗日斗争的大运动的，以及日本帝国主义积年累月的经济掠夺情形等等。但他的刻划并不算如何的成功。他在一九三二年一度回过东北，又写了短篇集《丰年》。在《序言》中作者对自己说"应把闲情逸致的笔变成对敌人反抗的武器。譬如揭露日本帝国主义在东北压迫我们弱小民族以及屠杀、欺骗等等皆是。……当时是抓着现实社会的一点,想说的就说了。"这本书除了实践之外,没有别的。《丰年》一篇是写的东北义勇军的背景的,说明爱好和平的老苍夫孙三,在事实的教训中,由于当前的情况,知道了除了参加抗日外别无他途。《修鞋匠》是写一个手艺人的,因为日本的胶皮鞋大量倾销,使修鞋匠的业务大受影响,于是愤怒的冲出去兴起一场对警察愤怒干涉的反抗。另一篇《乡下佬》是描写青年学生们地下抗日的活动的,题材也是抓住了现实的。作者的兴奋情绪,吉林的地方方言写当时情况,是很切实的,虽然是篇好作品,但作品的思想性弱,仅凭表面的现象描绘,感人的程度略嫌不够,只是用语流畅,文字简练,此外则是说明的部分太多。

  人们很容易就猜想,送这四千多册藏书给中国现代文学馆的大约就是有"东北作家"之称的李辉英吧。

  不错。

  李辉英初时没有开明版,后来也只有了新文艺版,因此根本不知道王瑶的书曾经写到过他。直到一九七二年,一位日本学者清水茂在日本的《野草》杂志上介绍他时提起有这回事,他才恍然。清水茂却仍不悟,不知何以会有这删削的事。李辉英最初也摸不准是什么原因,最后终于想到:"我想,倒怕是因为我已在这期间来到了海隅——香港了。一个离开了内地远适海外的文人,删除了与他有关的两段文学史上的文字,不也十分的公平么?"

  五一年初版到五三年再版删书,是两年后的事。

  七二年知道有这回事,是二十年后左右的事了。

  一九八六年王瑶教授到过香港,作家梅子把这件事问他,他的回答是：正如李辉英的"我想"。这更是三十三年以后的事了。

在这以前一年，丁玲一九八五年访问澳大利亚回程经过香港时，曾经表示，那是一场"误会"。

我也就因此想到了我的一场"误会"。

大约是一九八〇年前后吧。李辉英一天约我到他在港岛半山的家里喝下午茶。那是他大病以后，听说病的是癌。他不仅行动不便，连说话也相当困难。尽管困难，还是断断续续地说了不少话，我主要是听。具体的内容现在都记不起了，只有一件事是当时印象深刻，现在依然清清楚楚没有忘记的。他告诉我，他和内地的一个单位多年来都有着联系，他为此不止一次去过广州。不过一般人不知道，他要我也不必让一般朋友知道，只是心里明白就行了。

我暗叫了一声惭愧。原来我是误会他了。我不记得从什么地方听到过，他在一九五〇年到香港以前，在内地（好像是河南吧），当国共两军处于内战期间时，是国民党这边临近前线某一处地方的县长。在我的主观想象中，这位手执水笔的作家原来竟是执过屠刀的，受伤恐怕沾有鲜血。因此，尽管我平日欢喜和文艺界的人来往，对他却有了"远之"为宜的戒备。我没有主动约会过他，至少没有单独的主动约会，这才有他终于约我到他家中喝下午茶的事，就是我们两人对谈，连他的夫人张周也只是初时寒暄了几句话就避开了。

也是说来惭愧。直到前不久，张周把李辉英的藏书送给中国现代文学馆时，我才知道她年轻的时候也是有过写作的。最近更从在台湾的老作家陈纪滢的文章中，知道她还有一副好歌喉，领导过合唱团，大唱《松花江上》、《芦沟问答》、《长城谣》等等抗战歌曲，到六十年代人已五十，还能唱得感人泪下。我在他们家中见到她，已不是陈纪滢笔下长着娃娃面孔的少女，而是办幼稚园很成功的老校长了。

正是在陈纪滢笔下，我才又知道，抗日战争胜利后，李辉英曾经回到东北，先后做过国民党方面松江省建设厅的主任秘书、长春市政府的秘书长。我想，我所听到过的他在河南做过"战乱县长"的说法恐怕是靠不住的讹传。胜利接收，那是急于还乡，还可理解；失败而流落河南去做个要命的七品芝麻官，那就可能性不大了吧。

那一次下午茶是消除了我的误会，尽管还不知道去东北接收这些事情。

至于王瑶的删除或奉命删除，是不是有着相同的误会内容，我不知道。而丁玲口中的误会又是具体有着什么，也一样不清楚，现在才知道，丁玲当时还说过，应该对李辉英这样的老作家给予公正的评价。

事实上，公正的评价在丁玲说这话前一年的一九八四，已经有过两次体现：一次是六月间周扬、艾芜到深圳时，曾经邀李辉英去相会，那是他和一批香港作家同去的；而十二月底，他更和一批香港作家到北京参加全国作协第四次代表大会，还坐上了主席团的席位。他是完全具备这样的资格的，因为他不仅是老作家，而且是三十年代的左联作家，先是在上海参加左联，后又到北京发起北方左联所领导的北平作家协会，并主编协会所办的《文艺周刊》。

作为老作家，李辉英的"老"可以一直"老"到他十分年轻的二十一岁，那一年，他发表了处女作《最后一课》于丁玲主编的《北斗》杂志上，原来的题目是《某城纪事》，题文都经过丁玲的修改,题目的修改显然灵感来自法国都德同名的短篇。李辉英谈到他自己这处女作时也不讳言写作灵感的这一来源。那一年是一九三一,"九·一八"事变发生之年。三个月后,李辉英发表了他这中国的《最后一课》。他后来笑说,这是他写作生涯中"最早的一课"。

《最后一课》是中国第一个以反映抗日斗争为题材的短篇,同是反映抗日斗争的第一批长篇有《万宝山》。这是第二年的一九三二出版的,也是李辉英的作品。说一批,是因为同时出版的还有钱池瀚(张天翼)的《齿轮》和林菁(华汉)的《义勇军》。不论是第一个还是第一批,不论短或长,李辉英都有一份,他应该是可以当得起"李第一"而毫无愧色。一定要说愧,那是作者后来自己也认为他的《最后一课》和《万宝山》的艺术水平都不高。

李辉英是由于丁玲的关系而登上文坛的。《万宝山》既是出于她的建议和鼓励,又是她修改了送去出版社出书的。

他因此结识了丁玲,后来又结识了鲁迅,见过面,也通过信。鲁迅给他主编的《生生月刊》写了《脸谱臆测》,对他表示支持,却给审查的老爷们打上红杠,不准发表。后来收入了《且介亨杂文》。

这当中,伪"满洲国"建立的那一年——一九三二,他回了东北一趟,在沈阳度过了"九·一八"的一周年。七月底离开,九月底回到上海,使他能以第一手的材料,揭露日本军国主义者侵略中国的种种罪行。他写下了好些篇近于报告文学的散文。这样的行动在当时的作家中是绝无仅有的,不但是第一,而且是唯一。这一年他还只二十二岁,春天写成《万宝山》,秋天潜访"满洲国"。

后来的几年他一直在上海，教书、写作、编杂志。一直到一九三六年，应北平《晨报》之邀去编副刊，却因左倾而受到《晨报》打退堂鼓的对待。第二年"七·七"事变就发生了。

于是他南下，在国民党统治区辗转流离，一度在黄河边上的豫西灵宝，参加过杂牌军孙桐萱总部做文书之类的工作。在灵宝的窑洞中完成了长篇《松花江上》。孙桐萱部后来被解散，他又重到四川。这一段日子，大约就是他在河南做"战乱县长"的讹传的根据。

胜利后，就是回东北接收，像陈纪滢后来回忆的那样，不一样的是另有一说，说他代理过长春市教育局局长，也不是"战乱县长"。

解放前后，他在长春大学、东北大学教过书。一九五〇年春天离开东北大学，秋天到了香港，一住就是四十年。

他这个东北作家，一生之中，在东北只不过住了二十年多一点。

他是三十年代在上海和穆木天、萧军、萧红……等人被一起称为"东北作家"的。"东北作家"的印象，我们为什么不可以称他为香港作家呢？四十年了啊！

这当然和日本军国主义不断侵略东北，最后更发动了"九·一八"事变，建立伪"满洲国"有关，和当年李辉英他们这一群流亡在关内的东北青年人，同仇敌忾，以笔作枪，以作品当武器，抗击敌人有关。由于他们有那么一群，由于鲁迅又支持萧军出版了《八月的乡村》和萧红的《生死场》，文坛上因此有了"东北作家"的称誉，而从此就保持下来。

李辉英在指出多年居于台湾的女作家苏雪林一篇文章的错误时，谈到过"东北作家"的问题。苏雪林说："另一群的青年作者,一般被称为东北作家。由于他们得到鲁迅的协助,自然而然成为他的群党,随时为他效劳……"李辉英对这些话"不能表若干遗憾"后指出:"当年出现在上海的所谓东北作家,老实多是各自为战的,并不曾有过联谊之类的组织,但彼此之间终于认得了,一方面是协作上面的同道,就此多了个接触的机会;一方面到底是人不亲土亲,因此而结识了一点往还,也是情理中事,可从来没有形成一个所谓'群党'"。他还指出,受到鲁迅直接帮助的只是两萧——萧军和萧红;而鲁迅替《八月的乡村》和《生死场》写序,也不是什么"吹嘘",只不过是"说出内心的老实话,甚而是愤慨话罢了"。

李辉英是四十岁那一年到香港的,生命中的一半以上在这"东方之珠"里度过。还是教书、写作、编杂志。

他编过《热风》,是和曹聚仁、徐訏合作。也编过香港中国笔会的会刊《文学天地》和《笔会》(两个都是报上的半月刊)。

他在香港大学教过语文,那不属本科,不很正规。他在中文大学联合书院教过中文系,后来更主持中文系。他是一九七六年在中文系主任的职位上因病退休的。前后十年。

也许因为这个缘故,他的著作中有《中国现代文学史》和《中国小说史》。比起他的同乡晚辈司马长风的三卷《中国新文学史》来,态度要谨严得多,但在香港海外受到的注意似乎反而较少。这和他为人的风格相似,不哗众取宠。

他在香港完成了四个长篇:《人间》、《苦果》、《四姊妹》、《前方》。这以前是《万宝山》、《松花江上》、《复恋的花果》和《雾都》。曹聚仁对《人间》作了最高的评价,他说:"真正能够反映抗战时期的实生活的小说,以我所见到还要推近年在香港出版,李辉英所著的《人间》。当抗战局面已经过去了,火辣辣之情绪已经冷却了,我们再以反省的心情,把那个时代的动态检讨一下,这才形之于笔墨,就不像抗战时期那些作家的小说,那么肤浅了。作者原是东北人,年轻时期,就在关内过流亡生活;抗战时期,在西北一带住得很久(这里主要指河南,略及山西,不能算西北——作者)。他所描写的光明面与黑暗面,都是很凸出的……这是一部写实的小说。(李氏的其他小说,都不足以和这部小说相比并的。)"

《雾都》、《人间》和《前方》,他自己说是他写的抗战三部曲。《雾都》的背景在重庆,《人间》在西安,《前方》在郑州和洛阳。洛阳和西安都是古都,因此也就被称为"三都赋"。《雾都》写于抗战期间的重庆,《人间》和《前方》写在五、六十年代的香港。《雾都》在抗战胜利不太久的一九四七年就被日本翻译家译成日文出版。

《松花江上》没有被列入抗战三部曲中,但作者说他是把它作为三部长篇的第一部的,二、三部来不及写就去世了。他只是在六十年代里把它修改,出了新的香港版。这是《万宝山》以后他的第二个长篇。

八个长篇中,只有一个《四姊妹》是以香港为题材的作品。此外,就是短篇集子如《名流》之类了。

他有九个中篇和九个短篇的集子。

他还写了不少散文随笔。有写东北的《乡土集》,写南洋的《星马纪行》,写文坛的《三言两语》(这里面有珍贵的资料)等等。还有《李辉英散文选集》,是天津百花文艺出版社出版的。

他的故乡东北,沈阳的春风文艺出版社替他出版了《李辉英研究资料》。研究资料和散文选集的编者都是马蹄疾。这是内地近年替他出版的仅有的两个集子。

研究资料出版于一九八八年。第二年,马蹄疾带了一本李辉英选集的稿子到香港,那边的三联书店打算编入《香港文艺》,出版《李辉英卷》。

人们在等待这"一卷"的出版,这"人们",当然也包括过李辉英自己,但现在却不能包括他了。他已经在一九九一年五月的第一天去世。

这仿佛还是昨天的事,实际上却是昨年,几百天一下子就过去了。

人不见,书满眼。中国现代文学馆出现了李辉英书库。这使他的位置显眼一些。他写过两篇"我之于书"的散文,说自己是爱书的人。现在这四千多册书的远道归来,又一次说明了他是爱国的人。

他的爱国,首先表现在他是第一个写抗日小说的,而且一生多是写抗日之作,他的最后一个长篇就是抗日的《前方》。这一份到老不懈抗日题材的坚持,在别的作家还很少见。

他为人朴实,朋友说他忠厚,就是写起论辩文章来,也只是摆事实,讲道理,而不动火气。如谈到《中国新文学史稿》的再版本把他整个删除掉时,他还是平心静气地说"不也十分的公平么"这样的话,尽管事情实在不公平。他在指出苏雪林把"东北作家"们一个个都说成是"学术修养并不好","措辞有瑕疵,句子结构有错误,思路极端的不合逻辑",他也只是实事求是地指出苏雪林"过于武断"和"保守"而已。

他是不是总是这样温文而雅呢?并不。他自述在豫西窑洞写作《松花江上》时就说过:"亲爱的朋友们,你简直不只每当我听到青年男女唱起流亡三部曲（包括《松花江上》这第一部曲在内）时，我们心情会激动到什么地步，而那种热血沸腾的情形，真不知如何处置自己才是呢。"他自己也一样唱得珠泪滂沱，悲伤、沉痛、愤慨，于是而挥泪写作。

一个热烈的爱国主义者！

写于一九九二年五月李辉英周年祭

香港的文学和消费文学

——代后记

香港最近似乎非正式地加了冠,被戴上了"宝地"的桂冠。

这使人想到台湾,想到"宝岛"。这些当然都是从经济的角度发出的赞声。

不到十年以前,今天的"宝地"还是被一些人斥之为沙漠地。谁没有听过"香港是文化沙漠"?

这当然是从文化角度发出的嗤笑或慨叹。但就是依然不变这角度,现在也少到几近于无,没有再听到什么"文化沙漠"的声音了。

香港是有文化的。

香港是有文学的。

一本《香港文学》月刊已经持续不断地出了七年。一本《香港文学初探》既有香港版也有北京版。这都是"香港制造"的。

在内地,不久前看到一本以《中国当代文学》为名的书,其中《香港文学》占了整整一节五页。这显示了一种认同,尽管颇有一些说得不很准确的地方。未见其书,只闻其名的,如《香港文学导论》、《香港作家传略》、《香港女作家素描》之类,也显示了香港的文学和香港的作家受到注视而不是无视——写到"注视"时,我有些踌躇,是不是应该写上"关注"呢?近十年来,"关注"压倒一切的盛行,而我从年轻到年长所得到的理解是:"关注"带有一点怀疑忧虑之情,和一般的注视、重视是有些不同的。是我一直理解错了?还是现在人们的忧患意识洋溢,管你好还是坏,都非一律忧心地"关注"不可?

而最为普遍,最容易引起"关注"的,是内地的报纸刊物在一些作者的名字上,往往要加上"香港"两字的标签,显示那是来自"宝地"的港货。使人容易识别,这无可非议,却不免又使人感到多少有些在以香港为标榜。其实,港产的未必都好。

可能甚至意味着不好。尽管"香港有文学"(这使人想起鲁迅的诗句"世界有文学"),但那是些什么文学呢?"框框文学"(围在花边里的报纸副刊杂文和"流行小说")、"袋装文学"(结集而成可以装在口袋里的一本本小书)、"消费文学"(不叫"消遣"更有商业意味)、"俗文学",(以之对"纯文学",不说"通俗",有不通之意么?)、"不正经文学"(有的作者自称在写"不文"的专栏,被称为"不文某","不文"就是不文雅、不正经,"不正经文学"可以和"严肃文学"相对)……这里面既有好的,也有不好的;既有低格调的,也有高格调的。总而言之,有了就是了。这和"沙漠"的意味着无,到底是不同了。

他也就有了不同的慨叹。

在上海的文学刊物上,可以看到一位香港老作家的感慨:"在香港这个商品社会里,文学也被商品化了,成为一种消费品……这类作品被称之为'城市消费文学'。"被举出做证明的是袋装小说的流行。

在香港的文学刊物上，不，首先是在香港举行的一个"世界华文文学研讨会"上，可以看到一位香港女作家分析《文学与消费文学——香港小说的两种倾向》。她宁愿用"文学"来代替一般常用的"严肃文学"，宁愿用"消费文学"来代替"流行文学"。她指出，"眼前有部分香港文学研究者将所有香港小说都当作文学作品来研究。甚至有太重视、强调"流行"的倾向。她把"消费文学"称之为"消费品"。言外之意，那不是文学。

矛头都指在"消费文学"上。

老作家忘记了，在香港的文化市场里，老早就有过"三毫子小说"、"五毫子小说"之类比眼前的袋装书还要单薄的文化商品供应了。这老，可以老到三四十年前。

"消费文学"。不但是"古已有之"的，也是无所不在的。不要说香港，不要说台湾，更不要扯到外国，中国大陆上大小城市的书摊，只要肯去"关注"一下，难道还缺少非"文学作品"的"消费品"么？难道不是可以看到著名作家也在写武侠小说，著名作家也在捧内地产品的武侠小说，以它们可以比得上港台的武侠小说而沾沾自喜么？这里无意菲薄武侠小说，只是信手拈来做例子。

只是想说，不必为"消费文学"紧张。它是古今中外的。古已有之，中亦有之。"阳春白雪"总是文学作品，"下里巴人"算不算得消费品呢？当然，"消费文学"自有它特殊一些的含义，那不过是加上一些现代化的包装和其他罢了。

"阳春白雪"和"下里巴人"是永恒的。什么时候都有。正像少数和多数，精致和粗糙，永远都有一样。

精致的总是要少些，而少些就是寂寞些。多才会热闹，热闹未必不是好。最好是各适其适。现在人们爱谈人的素质问题，我想，当素质逐渐提高，对精致的文学艺术品的喜爱也就一定随之提高，对于文学艺术品的要求也一定提高。"阳春白雪"和等数十人，"下里巴人"和等数千人这样的距离一定会拉近，甚至会颠倒过来。这需要加劲，努力，但急不来的。这是千秋业，不是十年八年几十年的事。

当然，作为文学的研究者，只是重视、强调"消费文学"，也像一般读者那样，对"文学"或"纯文学"或"严肃文学"反而加以漠视，那就难怪不把文学事业当作消费行业对待的文学工作者要为之摇头了。

我怀疑这种偏向（是不是最好说"倾斜"？）是由于替香港有文学论作辩护的一个结果。因为要肯定开放在香港这一片土地上的花花草草是文学，于是大量的"消费品"也包括了进去。

这是有趣的，"消费文学"的提出，本身就有着虽是消费品却也是文学的含义。要不，何必替它挂上这羊头？我想，"消费文学"至少是文学的一种，它在文学之内，不应该排斥在文学之外，它和"严肃文学"只不过层次之分而已。精致的消费也不一定是低层次，而拙劣的严肃也不一定是高格调。

"框框文学"也好，"袋装文学"也好，"通俗文学"也好，"流行文学"也好，无妨而且实际也应该都是文学。这在香港是大量地生产，大量地充斥于文化市场的。

以"框框"来说，几十份报纸每天不下于成千个"框框"——专栏。

以"口袋"来说，多产的作者月出一书，最多产的有年出一百本书以上的。

以"通俗"来说，爱情是永恒的题材，在报刊、书籍、电视、电影的爱情之风永恒吹拂下,最近有一对"15＋12"的孩子殉情自杀了。十二岁的是女孩子,当然是小姑娘。此外,武侠、科幻、怪异……要什么"通俗"就有什么"通俗"。

以"流行"来说,内地的市场真是帮了大忙。香港弹丸一岛,九龙是比这一岛为大的半岛,总之是区区之地,六百万人口说多多,说少也是少。一本书出来,数以万计就是畅销了,内地市场却可以为它们打开数以十万计的销数。颇有一些香港人,在从南到北,从广州到北京的书摊上看到了一二十年岑凯伦的小说排列开来,才知道香港原来有这样一位著名作家。真是声名不闻于近都而远播于千万里!

这其实只是不知者的孤陋寡闻,岑凯伦是在香港也有大名的,而且二三十年前就有名了。那时候,有个写流行爱情小说的郑慧,是仅次于当年红极一时以流行爱情小说见长的伊达的女作家。她就是八十年代的岑凯伦。一个已经成了名的作者,为什么要弃去原有的大名不用,而另换新名,除非是改变作风,要以新人的姿态出现,就实在叫人想不通。我既极少看过当年的郑慧,又完全还没有看过今天的岑凯伦,这不通也就暂时无法顿开茅塞。想到初时有人问起岑凯伦,我居然回答从未听说香港有过这样一位作家,就不免要暗叫"惭愧、惭愧","失敬、失敬"(在香港,应该说"失礼、失礼")。

当年为什么知道郑慧?说来有趣,朋友和我曾经在内地"文革"开始之年,办了一个文艺月刊,就拉过郑慧的稿。她既"流行",刊物就想借以有助于"畅销"。这月刊只办了不祥的十三期就停了,"文革"狂飙猛吹下,尽管是在国门边上的香港,要活下去也难,终于自我了结。

提起这件事,主要是想到,我们一些人早就认为,"流行文学"也是文学,因此才去拉郑慧的稿。记得也曾拉到了刚刚露出头角的亦舒的小说,第一篇就是《满院落花帘不卷》。

提起亦舒,是有这样一个问题。她是六十年代中期就开始"流行"、"畅销"的爱情小说作家,二十多快三十年了,至今依然具有很强的卖座力。她的小说、散文结集成书的,被加上"系列"的衔头,人家的系列是十本、八本,多的一、二十或二、三十本,她的系列却在一百本以上。当然,这不是问题,问题是有这样的争议:她的作品是"流行文学"呢,还是"严肃文学"?用研讨会上有过的提法:是"文学"呢,还是"消费文学"?说到底,可以问得更短一些:是不是"文学"?换一个问法就是:是"文学作品"还是"消费品"?就是一些持论比较严谨的作家也表示:应该是文学。因为她写作较严肃,文字有艺术性,人物刻画得好……和一般"流行小说"不同。

但也有异议,而且这"文学"和"消费文学"的相异,在一个研讨会上正是从亦舒的作品来划分的。被举出来的作家是:刘以鬯、也斯、吴煦斌、西西、舒巷城、罗贵祥等,属于"文学",而亦舒、李碧华、西茜凰等属于"消费文学"。我想,这里面可能还会加上老牌的林燕妮,新起的梁凤仪吧,尽管梁凤仪的作品以"财经小说"为名,不是寻常"爱情",有"领导标新二月花"的意味。

在谈到亦舒的作品时,也有人提到了"边缘文学",基本上还是文学,不过已经到了边缘了。或者说,处于"严肃"和"流行"之间,模棱两可,这就是边缘。

我不学无理——没有理论,但我认为,对待文学,态度应该是严肃的,尽管形式可以轻松,"玩"文学就不好。文艺有女神,不宜亵渎,也不必因尊敬而过分紧张,对"严肃文学"固然不必害怕,对"消费文学"也不必害怕。都不怕并不是把它们等同,这里当然有层次之分,有优劣之分,高层次的极劣未必胜于低层次的极优。层次不同,各有精品,并皆佳妙。不轻通俗敬严肃,这样行不行?好不好?

我敬严肃,因为严肃不易,不管结果是不是精致,总是不易。只要不是故作严肃状就可敬。

不轻通俗,因为通俗尽管比严肃要轻易,但更能普及众生。通俗而能精致,并不一定比严肃的精致更容易达到。不少人说,金庸的武侠小说中对人性的刻画,比许多文艺作品要文艺得多——深刻。

谈到难易,我就想到,要想成为一个作家,最容易的地方可能就是香港了。这得感谢有那许多报纸刊物。

一个城市几十份报纸、几百种刊物,每天、每周、每月需要多少文字(还有图画)来填版面?有人粗略地计算了一下,只是报纸,每天就有近千大大小小的专栏,这有多少作者?有人一支笔写几个或十几个专栏,有人写一两个专栏。这样,专栏的作者就有好几百人了。这几百人就都是作家?

大大小小的专栏,大的且不说,小的小到只有一二百字。一般是四五百、五六百字,七八百以至一千的,就算是不小的专栏了。专论般的文章才是大专栏,几千字一篇,写起来不简单。但三几百字的副刊文章,真是随笔——随便你怎么下笔,从天下之大到吐痰之微,无不可写,无不可登。最为稀罕又最不稀罕的,连写不出文章这样的事情也可以写成文章,而且可以一写再写,可以你写了他也写我也写。真是叫人叹为观止!实实在在的今文观止!

只是从这一点,也可见专栏的易写。只要能在某一个报纸的副刊，或某一个刊物的版面。找到一块地方，让你建立专栏，日日写，月月写，年年写，你就不难成为作家。你既在"作"文，而那一块地方又是你一"家"的天下，天天都是你抛头露面，你还能不是一名"作家"么？货真价实，一点也不骗人！

香港报纸的副刊几乎有一个共同的规律：版面的形式固定了，划成许多大大小小，整齐或不整齐的块块，有些加框有些不加框，约定了作者，每天固定写那么几百字，不到改版时，这样的天下大势就不变，诸位作者就如群雄割据一般，据有一块发表作品的块块框框。有人称为这是"框框文学"或"块块框框文学"。有的作者自称这是他的"贩文认可区"。这是从香港当局划地给小贩们摆摊子做生意而得来的灵感，那些地方叫做"小贩认可区"，在那些区域以外，是不许小贩随意摆摊子的。"贩文认可区"这样的一名之立，是作家的自我幽默，什么专栏作家，不过贩文小贩！

但不要看轻小贩。内地的不少个体户不就是市场上的小贩？有些人何等风光！香港的"文章小贩"是形形色色都有的，有些的确是为稻粱谋的小贩，东家卖一块西家卖一块，拼凑生活费用，那当然是艰难岁月，是在换取消费的资本，有另一种"消费文学"的意味。却也有不愁吃穿，只是为了写来"玩玩"的，这就不是"消费"而是"消遣"了。这就不是谋利而是争名了。她们或他们日常当然不是小贩之流，因文章而流向应流，或因文章而更增名气。真能写的，就更是逐渐有大名，大有知名度。

真能写，有些专业作家是真能写的。以往的最高记录是一天一万多字，现在的惊人纪录是两万多字或更多。一小时呢？以往是两千字，现在是四五千字。当然，这是极个别的"奇人",近于科学幻想。

以往,香港写稿的人自称为"爬格子动物"。这是一位四十年代来自上海的作家带来的。似乎三十年代在上海就有"爬格子"之说,现在加上了"动物",就更是传神。后来由于有每小时两千到少五千的高产出现,有人说要改为"爬格子机器",只有机器才能这么快。而其中最早出现的一副"机器"说,一般写稿是在纸上运笔如飞,而他,却是笔不动纸动,就像缝纫机,机上的针不动而布动,他是连纸如布地写文章。好一部"爬格子机器"!

这样的"机器"到底不普遍,不过三几人而已,比较普遍一些的是真正的机器——图文传真机。现在颇有一些作家是拥有它的,每天一写完稿就一传了事,省事得很。以往,有的作者拥有几块"贩文认可区",每天赶完了稿,得一家一家亲自送去报社,或雇请专门送稿的人一一送去。也有自己坐了约定的私人出租车送稿的,熟了,就本人不去而车去。这样的送稿上门,可以说是"香港特色"。现在好了,用不着了,把稿子往家中的图文传真机上一送就行了。更好的是便于外出旅游,无论亚欧美澳非,去哪一洲,都可以每天写稿,即传即到。作者和编者都不愁旅游性质的断稿。传稿不奇,天天传,海角天涯到处传,这恐怕也是"香港特色"。这不一定是"消费文学",却肯定是"文学消费",一种新兴的"文学消费"。

从"消费文学"到"文学消费",真是扯得太远了。话说回来,能有这样的"文学消费"固然不错,能有诸如此类传稿、发刊以至印书的"文学消费"手段,也是不错。这总是生活上、经济上、文化上的一种兴旺吧。

当然,"消费文学"越热闹,就越会显得"严肃文学"、

"精致文学"、"杰出文学"、"正统文学"……（怎么说才好呢）的寂寞，这是无可奈何的事。但也不必唤奈何。这恐怕是事物的规律：精必少。多了，就是不出精，或精而又精。精的，就应该耐得住寂寞。精在，就总会有精光发出。还是那句话："石在，火是不灭的。""消费文学"再蓬勃，也掩不住"精致文学"的精光。

不但不必愁，还应该欢喜。消费是众人所需，"消费文学"也是众人之所需，只要那是健康的，也就可喜了。健康，是对读者的精神上说，不是说文学上的损益。

借一句老话："井水不犯河水。"井水和河水是并存的，在最深层处还是相通的。

一九九一年十二月

《南斗文星高》后记

罗孚先生于上世纪 80 年代在《读书》上发表了一些介绍香港作家的文章，后汇集为《香港文坛剪影》，由生活·读书·新知三联书店于 1993 年 2 月出版。后经作者补充修订后以《南斗文星高——香港作家剪影》由天地图书有限公司（香港）于同年出版。同期，作者还在大陆和香港的文艺刊物上发表了一些著名作家和艺术家在香港活动的文章，后收入三联书店（香港）有限公司 1992 年出版的《香港文丛·丝韦卷》之中。本书汇集了上述两部分内容，以《南斗文星高》名之。本次出版受作者委托作了修订，校正了部分讹误。

沈昌文先生多次建议并积极推动罗孚著作的出版，提供了许多第一手材料，提出了许多宝贵意见，还在本书编辑出版过程中给予了具体指导；黄苗子先生在住院期间为本书题写了书名；陈子善先生热情地撰写了推荐信并提出了一些建议；陈平原、李怀宇二位先生也给予了许多支持；田珅、董曦阳二位先生在前期做了许多重要工作；罗海雷先生提供了大量资料和照片。在此深表感谢。

范用先生生前一直关心罗孚著作的出版。在本书付排期间，范用先生不幸去世，在此谨表哀悼。

中央编译出版社
2010 年 9 月 17 日

图书在版编目(CIP)数据

南斗文星高/罗孚著.
—北京:中央编译出版社,2010.10
(罗孚文集)
ISBN 978-7-5117-0534-1

Ⅰ.①南…
Ⅱ.①罗…
Ⅲ.①散文-作品集-中国-当代
Ⅳ.①I267

中国版本图书馆 CIP 数据核字(2010)第 177574 号

南斗文星高

出 版 人	和 龑
策划编辑	高 林
责任编辑	叶 芳
编辑信箱	yefang58@gmail.com
责任印制	尹 珺
出版发行	中央编译出版社
地　　址	北京西单西斜街36号(100032)
电　　话	(010)66509360(总编室)　(010)66511239(编辑室)
	(010)66161011(团购部)　(010)66130345(网络销售)
	(010)66509364(发行部)　(010)66509618(读者服务部)
网　　址	www.cctpbook.com
经　　销	全国新华书店
印　　刷	北京中印联印务有限公司
开　　本	880毫米×1230毫米　1/32
字　　数	220千字
印　　张	10
版　　次	2010年10月第1版第1次印刷
定　　价	26.50元

本社常年法律顾问:北京大成律师事务所首席顾问律师　鲁哈达
凡有印装质量问题,本社负责调换。电话:(010)66509618